La sangre

Fernando García Ballesteros

La sangre

Papel certificado por el Forest Stewardship Council®

Penguin
Random House
Grupo Editorial

Primera edición: febrero de 2026

© 2026, Fernando García Ballesteros
Esta edición se ha publicado gracias al acuerdo con Hanska Literary & Film Agency, Barcelona, España.
© 2026, Penguin Random House Grupo Editorial, S. A. U.
Travessera de Gràcia, 47-49. 08021 Barcelona

© Diseño: Penguin Random House Grupo Editorial, inspirado en un diseño original de Enric Satué

Printed in Spain – Impreso en España

ISBN: 978-84-204-7761-9
Depósito legal: B-21401-2025

Compuesto en Arca Edinet, S. L.
Impreso en Unigraf
Móstoles (Madrid)

AL77619

Primera parte

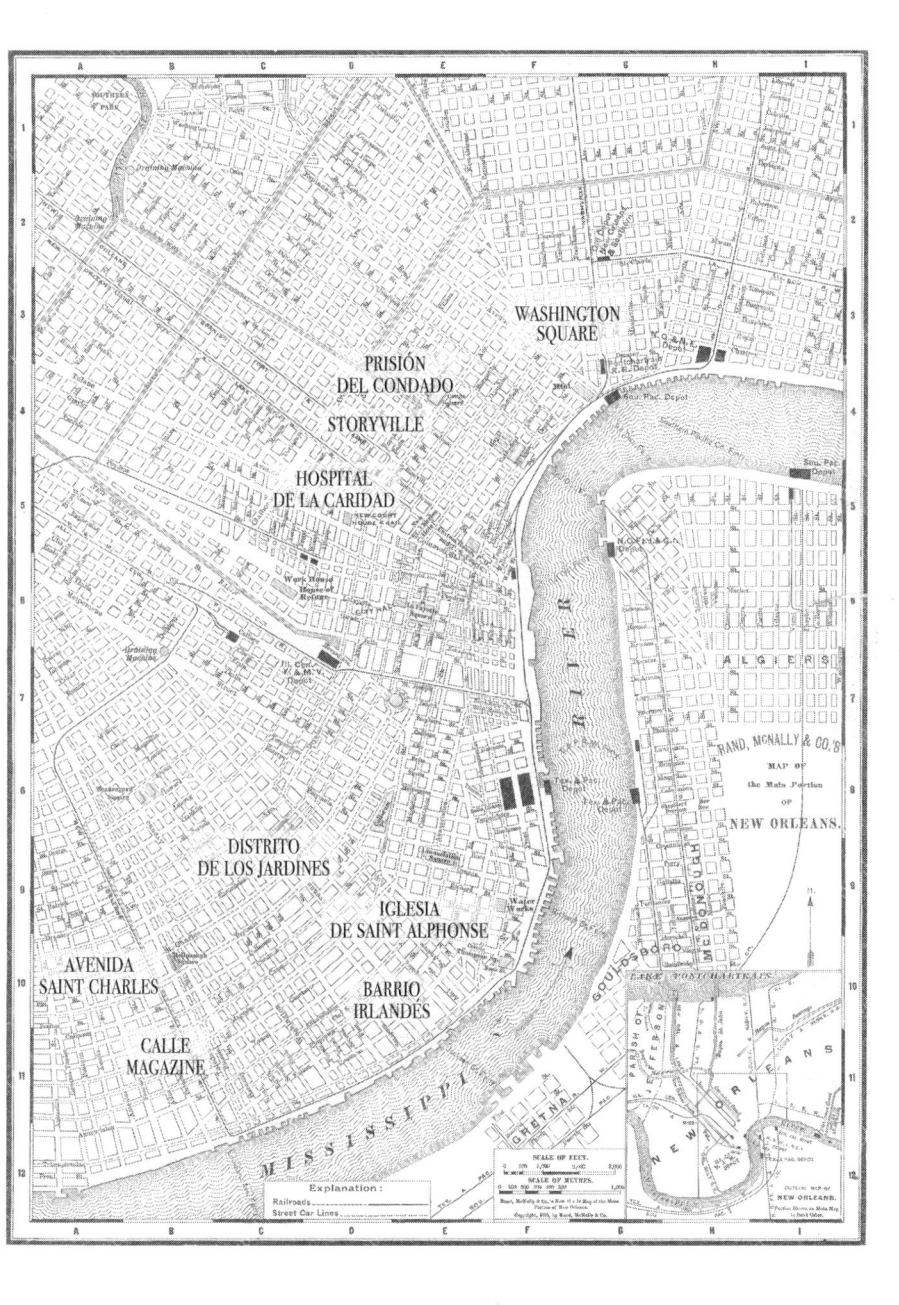

WASHINGTON
SQUARE

PRISIÓN
DEL CONDADO

STORYVILLE

HOSPITAL
DE LA CARIDAD

ALGIERS

RAND, MCNALLY & CO.'S
MAP OF
the Main Portion
OF
NEW ORLEANS.

DISTRITO
DE LOS JARDINES

IGLESIA
DE SAINT ALPHONSE

AVENIDA
SAINT CHARLES

BARRIO
IRLANDÉS

CALLE
MAGAZINE

RIVER

MISSISSIPPI

LAKE PONTCHARTRAIN

NEW ORLEANS

OUTLINE MAP OF
NEW ORLEANS.

Explanation:
Railroads
Street Car Lines

SCALE OF FEET.
SCALE OF METRES.

ÁRBOL GENEALÓGICO

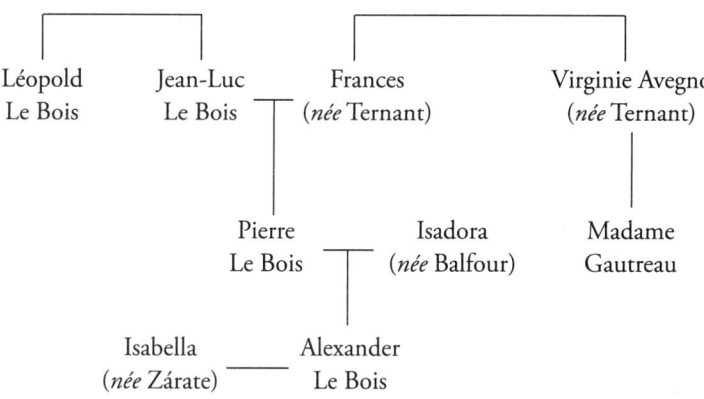

Léopold Le Bois

Jean-Luc Le Bois

Frances (*née* Ternant)

Virginie Avegno (*née* Ternant)

Pierre Le Bois

Isadora (*née* Balfour)

Madame Gautreau

Isabella (*née* Zárate)

Alexander Le Bois

La jaula es pequeña para un loro como aquel. Sus plumas son oscuras y se van tornando rojizas al descender por las alas. Nadie, pero nadie, quiere tenerlo dentro de la casa. Desde que lo enviaron de algún lugar de África, vive en el invernadero rodeado de plantas y flores tropicales, sin que pueda llegar a alcanzarlas.

Alexander Le Bois, el joven amo, lo mira con curiosidad. No sabe muy bien qué hacer con él. Fue un regalo de bodas de alguien a quien apenas conoce. El animal le devuelve la mirada, ladea la cabeza, tal como hace Alexander cuando observa a la gente, parece reírse de él, imitándolo, retándolo incluso. Y eso es algo insoportable para un Le Bois.

La pequeña Sarah entra en el invernadero cargada con un cubo de agua. Le han ordenado barrer y limpiar todas las hojas caídas y luego baldear a fondo el suelo. Apenas ha cumplido once años, pero tiene una mente práctica. No entiende qué hace un invernadero en ese lugar, con ese clima húmedo y caluroso, donde todo crece sin esfuerzo.

El joven amo está sentado en un taburete con la mirada perdida, la camisola desgarrada y manchada, las manos ensangrentadas. Tiene una herida en un lado de la cara. Sobre el pómulo se abren tres arañazos recientes, vívidos y profundos. En el suelo, el loro que tanto miedo le da a la niña está boca arriba, muerto. Las alas, semiabiertas y de plumas oscuras que se tornan rojizas en las puntas, son de un tamaño considerable. Las garras, aún tensas, muestran que se ha defendido. En el aire todavía aletea el eco de una terrible lucha.

Sarah suelta un gemido. Al verla, él alarga la mano y le dice con una voz más ronca de lo habitual:

—Dame agua.

Ella asiente. Piensa que el agua del balde no es lo mejor para beber. Lo ha llenado con la vieja cañería del jardín, que proviene directamente del río. Calla. Ha aprendido rápido a no contradecir al hombre blanco, por extraño que sea lo que se le antoje.

Alexander bebe con desesperación, sin importarle derramar la mayor parte del líquido. Aliviado, pero sin haber saciado la sed, se queda mirando a la niña. Le sonríe, puede que la haya asustado. Le pasa una mano por la mejilla, los labios gordezuelos, el superior algo rugoso, el inferior de un intenso rosa fresco. Las manos muestran heridas y desgarros, gotean sangre. De una manera vaga, se pregunta si el interior del sexo de la pequeña será del mismo color que sus labios.

Sarah nunca ha visto unos ojos azules tan cerca. Tienen el mismo color del mar después de una tormenta.

—Diremos que se ha escapado —dice él.

La puerta de la jaula está abierta. La jaula es dorada como el oro viejo.

Ella baja la cabeza, asiente. No quiere seguir mirando un azul como aquel.

—Buena chica.

1

Isabella entra en el gran dormitorio conyugal desde el vestidor. Lleva un vestido largo de color champán, bordado con mariposas que parecen a punto de alzar el vuelo. Alexander aún no ha acabado de vestirse. Lo ayuda con el frac Mamie Desmoines, su ama de cría, quien nació siendo esclava en la plantación Le Bois, ahora perdida para siempre. Mamie intenta alisar una inexistente arruga en la chaqueta como una madre haría con el uniforme de un hijo el primer día de colegio. La etiqueta del Carnaval exige frac a los hombres y vestidos largos a las mujeres. Los únicos que pueden disfrazarse son los miembros de la cofradía que organiza el baile, el más famoso de Nueva Orleans y al que solo se asiste con una de las muy codiciadas invitaciones.

—¿Cómo puede ser que tardes tú más que yo en vestirte? —pregunta divertida, en su francés aprendido en la escuela—. Llegaremos tarde y pensarán que es culpa mía.

Él sonríe de una manera que deshace cualquier recriminación. Isabella suspira aliviada. Alexander tiene un comportamiento extraño últimamente, y ella supone que es la tensión del baile. Han pasado tres días desde que vio por primera vez las heridas en sus manos, que han empezado a cicatrizar, y una fea señal debajo del ojo. No es el mejor aspecto para acudir a la cita más importante del año. Sabe que a Alexander no le gusta que se le pregunte por algo que considera una menudencia. Apenas lleva un año de casada, pero ya ha aprendido a buscar el momento adecuado para preguntar lo que le interesa saber. Se acerca a él, le besa las manos como si se las fuera a curar.

—¿Te duelen?

Él niega con la cabeza con un gesto que ella encuentra adorable, irresistible.

—¿Cómo te has hecho esto?

A veces su francés se enreda en preguntas sencillas, y tiene que pararse a pensar los tiempos verbales correctos, aunque en cambio sea capaz de hablar largo y tendido de literatura y botánica. Isabella Zárate es española, nacida en La Habana. Su lengua natural, la lengua en la que maldice cuando algo no sale bien o en la que gime cuando llega al placer, es el castellano, empapado en un acento que se come algunas erres y las transforma en curiosas des. Sus abuelos y sus padres son también españoles, de Asturias, pero supieron vender en el momento apropiado sus posesiones cubanas y volvieron con toda la familia y riqueza a España, a la ciudad de Oviedo. Ser española en Nueva Orleans no supondría un problema, pero para los Le Bois, descendientes directos de los primeros franceses de la colonia, Isabella resulta demasiado exótica, ríe con demasiado ímpetu y al hablar toca a la gente a la menor ocasión, como si quisiera cerciorarse de que su presencia fuera real. Además, para horror de muchos, lo mismo hace con la gente de color.

—En el jardín —contesta él—. Quería hacerte un ramo de rosas.

Ella se ríe, no le cree de ninguna de las maneras. El señor Booker, el jardinero, nunca le dejaría tocar los rosales, por muy amo que sea.

Alexander le acaricia el cabello, que lleva recogido. Es oscuro y grueso, e Isabella ha prendido florecillas en él, pequeñas camelias, como ha visto en un cuadro de la emperatriz Sissi durante su luna de miel en Europa. Aprieta el cuerpo de su mujer contra el suyo medio jugando, medio riendo. Isabella echa la cabeza atrás, ríe avergonzada, enrojece, nota el sexo de él, duro, contra sus caderas.

Están rodeados de gente, en aquella casa siempre hay ojos atentos.

Y a veces él... como si prefiriera que hubiera alguien mirando.

—Llegaremos tarde —susurra ella, separándose—. Tu abuela ya debe de estar esperándonos.

Frances es la abuela, la matriarca, la que luchó enérgicamente en la guerra de Secesión, la que afrontó las penalidades de la Reconstrucción y la que, en efecto, los está esperando muy erguida cuando finalmente bajan la escalinata el uno del brazo del otro. La forma en la que mueve el collar de perlas de triple vuelta denota irritación y fastidio. El traje de Frances es soberbio, pero la tela cae recta, sin gracia, en un cuerpo enjuto.

Las chicas del servicio se han quedado en el vestíbulo para verlos salir, e Isabella les sonríe con amabilidad. Desde el primer día conoce sus nombres. Todas son creoles de color. Frances las elige de un mismo color de piel, el justo grado para que no puedan pasar por blancas, ni que se las pueda llamar «etíopes».

Suben los tres en el carruaje. A medida que se alejan de las mansiones ajardinadas y se adentran en la ciudad, Isabella mira las calles, a esa hora a rebosar de gentes, el radiante ir y venir del último día de Carnaval. El cochero, el señor Jones, se las apaña para esquivar el apogeo final de las cofradías que llevan desfilando todo el día. Son tantos los carruajes en las inmediaciones del teatro de la ópera, emplazado en una esquina de las calles Bourbon y Toulouse, que han de hacer cola, como las caravanas de un desierto, iluminados por el resplandor de varias antorchas encendidas aunque todavía no haya anochecido. A pesar de que las cofradías de la ciudad tienen prohibido acercarse al teatro para no obstruir el paso a los carruajes, están rodeados de curiosos que desean admirar los vestidos de las damas y el quién es quién de la ciudad, y ver cómo celebran el Mardi Gras las viejas familias francesas, los primeros colonizadores, cuyos apellidos se repiten una y otra vez, y que no tiene nada que ver con el Mardi Gras de las calles, el de los pobres.

En realidad, el primer Le Bois no era más que un soldado raso francés, y si acompañó a la expedición inicial que se había aventurado hasta aquellos territorios fue solo porque no tenía donde caerse muerto. La mayoría de ellos no eran los más nobles ni los más educados, sino los más alborotadores y, tal vez, los más caraduras. Se necesitaba ese carácter para sobrevivir en una ciudad recién creada en medio de los pantanos infestados de mosquitos. No había mucha diferencia entre sus antepasados de fortuna y quienes ahora bailan en las calles. Sin embargo, lo último que desearían aquellas familias es verse mezcladas con las cofradías y carrozas multicolores y aquellos gradientes de color de piel.

Mientras esperan en el carruaje para entrar, Alexander estrecha con fuerza la mano de su esposa. De repente tiene la respiración agitada y un aspecto extraño, la mirada fija en algún punto dentro de sí mismo.

—Estás sudando —dice Isabella.

—Es este maldito cuello. —Se introduce el dedo en el cuello de la camisa, intenta soltarlo un poco, algo que no resulta de gran ayuda. Se esfuerza en sonreír y añade—: No te preocupes, se me pasará.

Ella asiente. Hay en Alexander una especie de fulgor que aún le corta la respiración, no termina de acostumbrarse a que sea su marido.

Por fin llega su turno y descienden del carruaje. Isabella y Alexander se conocieron en París y en una de sus primeras citas acudieron a la Ópera Garnier. Isabella aún retiene en su mirada aquel edificio blanco, enorme y voluptuoso, y, a pesar de su buena voluntad, encuentra el Teatro Francés de Nueva Orleans chato y provinciano, con cierto aire de viejo casino y ese remedo de estilo griego. En su interior se celebra el baile de Carnaval, un baile que debería ser alegre, pero que en realidad es de una férrea solemnidad. Se eligen el rey y la reina entre los jóvenes presentados en sociedad el año anterior: ellas han de ser vírgenes, ellos casi siempre han dejado de serlo apenas entrada la pubertad con alguna de las criadas mestizas de la casa, elegidas con cuidado por sus madres. Alexander se coronó rey en su día, y lo mismo su madre muchos años atrás, antes de que cayera en desgracia.

El comité de recepción tiene la sagrada misión a ojos de la sociedad biempensante de que cada invitado sea la persona correcta, el auténtico destinatario de una invitación escrita a mano, con una caligrafía ceremonial y pomposa. Con los Le Bois es fácil: todo el mundo parece conocer a Alexander; a Frances ni siquiera se atreven a pedirle la invitación.

Intercambian sonrisas, los escoltan a través de un *foyer* revestido de terciopelo rojo hasta su lugar entre el gentío que no duda en saludarse. Isabella está nerviosa, tiene la sensación de que se adentra en la garganta de algún gigantesco animal prehistórico. Adora las fiestas, pero aquel lugar parece un baile de debutantes perenne, en que la obsesión de todo el mundo son los apellidos y a cuánto asciende la renta de cada cual.

Hay cuatro semicírculos de palcos. A la cuarta galería se la llama «la de los negros». Las personas de color tienen prohibido el acceso a otros lugares del teatro y de ninguna manera pueden mezclarse con los demás. Las óperas siempre se cantan en francés, cualquiera que sea el origen del libreto original. La mayoría de quienes ocupan aquella cuarta galería conocen las letras de memoria, mucho mejor que las otras galerías; es común entre la gente de color escuchar desde la infancia aquellas populares arias y cantarlas en familia. Hoy no hay nadie sentado allí.

El teatro ya está lleno, aunque aún falta una hora para el *tableux*, una representación de algún hecho histórico que se ha guardado en secreto durante meses y permanece oculta tras el telón. Un entarimado sobre el que bailarán toda la noche cubre las butacas de la platea.

Isabella y Frances se dirigen a la primera balconada y Alexander al segundo piso. El joven se muestra exultante, recuperado ya del episodio del carruaje. Su mujer sabe que adora el ir y venir, el hablar y alternar con la gente, reírse y emborracharse.

Verse y dejarse ver. Para Frances, encontrarse en el lugar adecuado con la gente adecuada, vestida de la forma adecuada, es su religión y a la que se dedica con devoción sacerdotal. Más allá se encuentran los Villere, los Buisson, lo mejor de la sociedad. Sentadas entre el apogeo de vanidad, Isabella mira a un lado y al otro, sintiéndose observada. Se da cuenta demasiado tarde de que, a pesar de su decoro, su escote tipo bañera no esconde la voluptuosidad apresada, tersa y blanca de sus pechos. No es que le hayan enviado el vestido desde París, sino que lo compró allí, y es sublime, sabe que realza su belleza.

Están esperando el *tableux*. Ya han aparecido el rey y la reina de Carnaval, vestidos de reyes renacentistas. Hay una ráfaga de aplausos. Frances no aplaude, tan solo agita los collares de perlas a modo de aprobación.

—Hace cinco años Alexander fue el rey —dice una de las mujeres; Isabella sabe por su tono adulador que va a lanzarle una pulla—. La reina fue Sophie Villere. Estaba maravillosa.

Todas ellas dirigen la mirada hacia las mujeres Villere. Sophie Villere era quien a ojos de todo el mundo debería haberse casado con Alexander, algo que, por algún oscuro motivo que Isabella no ha logrado averiguar, nunca llegó a suceder. Aguarda tensa una nueva acometida de sarcasmos, lanzados de una manera vaporosa para que parezcan tan solo divertidos comentarios. Teme que le pregunten por el ansiado embarazo. Tanto ella como Alexander están deseosos de ser padres, pero por ahora la suerte no acompaña.

De pronto hay un pequeño cambio en el orden: uno de los amigos de Alexander se ha dirigido al palco a buscarla.

—Isabella...

Ella se levanta de inmediato. La alta sociedad puede tolerar el adulterio y el derroche, pero jamás un cambio en la etiqueta: Philippe Villere no debería estar allí, y las miradas se deslizan hacia él como serpientes entre piedras. Advierte cómo las mujeres acercan las cabezas, dispuestas al murmuro, porque ¿no es al fin y al cabo Philippe Villere un verdadero creole, uno de los miembros más jóvenes de la venerada familia Villere, por la que incluso Frances siente respeto, y que están sentados en el mejor palco de proscenio, una *bagnerie* abierta, dos más allá de los Le Bois? Si Nueva Orleans fuera una monarquía, él sería el príncipe heredero.

—¿Qué sucede? —pregunta nerviosa.

—Alexander está muy extraño, enfermo, quizá. Ha preguntado por ti.

A pesar del vestido, Isabella se las arregla para caminar deprisa por los pasillos abarrotados y se siente una campesina ante el andar resuelto y confiado del joven Villere. Solo tienen que dar la vuelta a la herradura dorada que forman los palcos. Llegan en unos instantes, aunque hayan de esquivar a multitud de personas.

Al entrar en el antepalco los recibe el humo de los habanos, el reflejo ámbar de los licores. Alexander está sentado en una de las butacas, con la mirada perdida. Un Le Bois nunca se permitiría mostrarse de aquella manera en público. Embriagado sí, perdido no. Isabella se acerca hasta él, preocupada. Le ha empezado a sangrar la nariz y la sangre es extraña, como si algo en su interior se hubiera deshecho, como si algo nuevo quisiera tomar posesión. Ve en sus ojos un velo que no había visto nunca, allí donde acaba la claridad de la luz.

Lo envuelve con el echarpe y, con infinita ternura, la misma que la lleva a amar a los animales, a los enfermos y vulnerables, que no soporta las injusticias en el mundo, le limpia la cara con un pañuelo.

—No tendría que haber bebido antes de salir de casa —dice ella, inventando rápidamente una excusa, y a su alrededor los demás jóvenes asienten como si fuera verdad, aunque ninguno de ellos la crea.

El *tableux* ha empezado. Se trata de la corte del rey Arturo: un lugar imaginario. Todo el mundo se asoma a las galerías.

Alexander eleva de pronto la mirada hacia ella y murmura:

—Sálvame.

Los amigos de Alexander observan incómodos. Solo su amigo del alma, Philippe, parece preocuparse por él. Consiguen que se levante. Lo ayuda a salir del palco y a bajar las escaleras, ahora desiertas y en silencio. Dejan atrás los gorgoteos de las carcajadas y el brillo afilado de los diamantes.

Isabella tiene la costumbre de llevar siempre una considerable cantidad de dinero encima, una costumbre que los Le Bois consideran paradójicamente pobretona, y ofrece una buena propina a una chica del guardarropa para que los ayude; cojea un poco, como si hubiera tenido la polio.

—Será mejor que vuelvas dentro —le dice Isabella a Philippe.

Él asiente. Parece todo bajo control. Aunque Alexander sea su amigo del alma, no puede dejar escapar la oportunidad de mostrarse ante el gran mundo, un pasaporte para los negocios.

La chica del guardarropa avisa al carruaje. Se encontraba justo en la esquina, frente a una licorería; en la ciudad muchas veces lo sublime hace esquina con lo más prosaico.

—Señora... ¿Qué ha pasado? —pregunta el señor Jones con preocupación.

—No lo sé, pero volvemos a casa.

—¿Y madame Frances?

Isabella cae en la cuenta de que no le ha dicho nada. Tan solo la vio salir desesperada.

El señor Jones parece entenderlo todo a la primera y dice:

—Puedo venir a por ella más tarde, señora. El baile durará varias horas.

Regresan en el carruaje. Alexander casi parece estar muerto. Isabella lo palpa y siente un gran alivio al notar su corazón. Le besa los labios entreabiertos.

Nunca ha tenido una sensación de felicidad similar a la de su compañía. En aquella casa segundona, la de las magnolias (la primera, la de la plantación, la perdieron después de la guerra), Isabella es feliz. Los reflejos del lago en el techo, las vaharadas de aire soñoliento que provienen del Misisipi. Todo parece sacado de un cuento; sin embargo, hay algo en ella, en su educación católica y en el hecho de haber abandonado su hogar, que considera la felicidad como el pródromo de la desgracia. Siempre ha temido que desaparezca por ensalmo.

Al llegar a la Casa de las Magnolias, el señor Jones y Talbot, el hijo adolescente del señor Booker, sujetan a Alexander por los brazos como si estuviera borracho y lo suben al dormitorio. Isabella sabe que no los esperaban de vuelta tan temprano, les ha fastidiado el Carnaval. Estaban celebrándolo a su manera: huele a carne a la brasa, tal vez también a cangrejos de río y algo de ron. Mamie Desmoines jamás permitiría que los hombres se emborracharan.

Han acostado a Alexander en la cama con dosel dorado y el apellido «Le Bois» bordado en plata. Isabella se ha sentado a un lado, y le acaricia la frente, helada.

Mamie y los sirvientes adoran a Alexander y no ven con desagrado a Isabella, saben que está enamorada de él, aunque preferirían que no bajara tanto a las cocinas, y que no fuera tan generosa con los recaderos. El exigente carácter de madame Frances resultaba a menudo fatigoso, pero también implicaba estabilidad, algo inmutable, la seguridad de que la casa y su lugar en ella será así por los siglos de los siglos. Para quien había padecido tanto, la felicidad es la certidumbre, y con madame Frances siempre sabían a qué atenerse.

—Tiene que verlo un médico —dice Isabella acongojada. Sabe que el señor Honoré, el médico de la familia, también estaba en el baile y no podrá atenderlo.

—Yo conozco uno —dice Claire.

Es la joven hija del señor Jones. Habitualmente no usa vestido de criada, sino uno azul de hacer faenas, porque ayuda a su padre en el mantenimiento de la casa. Hoy, en cambio, lleva un vestido blanco, precioso, con varios collares de colores alrededor del cuello.

Una de las criadas, Madeleine, la reprende con la mirada.

—No haga caso, señora. Es negro, señora. Negro, no creole de color.

—Es un buen médico —insiste Claire.

—Pero es noche de Carnaval... —duda Isabella—. ¿Estará en casa?

—A Markus no le gusta bailar.

2

El ruido de la calle se agita y se remueve como si fuera un único ser con vida propia, un animal que juega y se retuerce, entra y sale de las casas a su antojo, y baja hasta el río y vuelve reptando hasta la ciudad. Miles de personas se mueven de un lado a otro en lo que en principio parece un ritmo caótico, aunque si se presta atención hay un latido, un compás que une los cuerpos. La música va y viene en oleadas, y la multitud la obedece o la traiciona según convenga a sus almas. Markus sabe que tendría que estar afuera, dejándose llevar, riendo, haciendo algo alegre, en vez de estar echado en la cama, en ropa interior, observando el reflejo de las luces de la calle que se pierden en el techo y entre las grietas de las paredes. En una de aquellas paredes, cuelga su título de Medicina. Las letras son rimbombantes. Hay profusión de sellos y de firmas. Es de una universidad solo para negros abierta tras la Guerra Civil, una institución bondadosa cuyos profesores, la mayoría yanquis blancos y veteranos de la guerra, creen que enseñando a los negros cosas prácticas se logrará un mundo mejor.

Markus vive en el piso superior de una casa de dos plantas, encima de la tienda del señor Giovanni, hacia el final de la calle Magazine, a apenas unos bloques de distancia del río. Es una calle comercial; a un lado se encuentra el barrio irlandés, al otro el Distrito de los Jardines; una ciudad donde muchas veces solo una acera separa la pobreza de la riqueza. Allí vive y tiene la consulta: una habitación con un escritorio, una docena de sillas que nunca llegan a estar ocupadas, unas revistas de viajes, incluso de arte, una camilla y el biombo, todo de un blanco descolorido, pues son de segunda mano. A buen recaudo se encuentra el archivo de historias clínicas, con un moderno código de colores para así localizarlas más rápido, aunque sean pocas, así como su bien más preciado: un microscopio.

A pesar del griterío, oye que llaman a la puerta de la entrada, en el piso de abajo. Piensa que se han equivocado o que ha sido alguien gracioso. Insisten y Markus acaba por asomarse a la galería apoyándose en la barandilla de hierro forjado.

—Necesitamos tu ayuda.

Es Claire. Una chica que trabaja como criada en una gran casa. Ha venido varias veces a la consulta. Dice estar agotada, cansada a todas horas. Markus no ha encontrado nada extraño en ella. Tan solo ha visto que sus glóbulos rojos bajo el microscopio tienen una forma curiosa, curvados y más alargados de lo normal.

Markus se pone la chaqueta y el sombrero de fieltro tipo bombín que nadie lleva en la ciudad, pero que a él le gusta porque le hace sentirse más académico, y sujeta su maletín. Mientras baja, piensa en un accidente, en una pelea no lejos de allí. En la calle se quedan el uno frente al otro. Las luces de colores se reflejan sobre el rostro de Claire, quien levanta la voz para hacerse entender. Markus se la queda mirando, preocupado y a la vez contento por verla de nuevo.

—No es para mí, es para mi señor, Alexander Le Bois. Algo le pasa.

Le Bois. Markus ha escuchado hablar de ellos: una de las antiguas familias de la ciudad que de vez en cuando aparecen en algún letrero conmemorativo, inaugurando un festival de arte o incluso dando nombre a alguna calle.

—Tardaremos horas —dice él.

—No, si sabe por dónde ir.

Ella señala al carruaje y al chófer, un hombre mayor que guarda parecido con Claire y que tiene cara de pocos amigos.

Markus va sentado en el interior del carruaje. No está acostumbrado al tacto sedoso y al balanceo que suaviza tanto la dureza de los adoquines como el hundimiento en el barrizal de las calles. Lleva el maletín de cuero inglés sobre las rodillas, regalo de su familia. Hay en él cierta obstinación por hacer las cosas de una determinada manera, la que él considera correcta. Como cuando iba al *college* y se sentaba en primera fila, siempre en el mismo lugar. Claire viaja en el pescante del carruaje, junto al chófer. Percibe en ella algo de salvaje, de desear imponerse al cansancio, algo que Markus encuentra admirable. Markus le ha dicho que cree que la forma de sus glóbulos rojos tiene que ver con su agotamiento físico, que no está seguro de ello, pero que le gustaría investigarlo, le ha hablado de que no puede ejercer como médico en un hospital por ser negro, pero que algún día lo logrará. Ella parece tener también una determinación: sobreponerse, luchar y que las cosas cambien.

A Markus, Nueva Orleans lo sorprende todos los días. Una calle está animada, llena de colores, la siguiente se muestra oscura y vacía, y se van alternando, hasta que de pronto aparecen en el Distrito de los Jardines, plagado de mansiones hermosas y sorprendentes, iluminadas a ambos lados de la avenida Saint Charles. Nunca ha puesto un pie en ninguna de esas casas. Solo lo ha visto desde el tranvía que recorre la avenida. El carruaje la deja atrás y enfila otra calle, más quieta y residencial.

La mansión es distinta a las que vio antes, más antigua y solemne. En la entrada, un grupo de columnas sostiene la veranda superior que rodea toda la casa. Le hacen subir por la escalera de servicio, estrecha y de peldaños de madera mil veces fregados. En realidad, es la que lleva más rápido al piso superior, pues, al contrario de la gran escalinata central, no se pierde en repliegues absurdos.

Llegan a un dormitorio amplio de techos altos. A pesar de la magnificencia de la estancia, la luz eléctrica es débil y han de ayudarse con una lámpara de gas. Ve a un hombre joven echado sobre una gran cama. El cabello rubio, el perfil noble y la palidez de una escultura antigua le traen a la memoria al gran rey de Macedonia, y se dice que el nombre de Alexander casa perfectamente con su apariencia. A su lado hay una mujer vestida con un traje de ensueño por el que la luz se desliza en ondas temblorosas.

—Por favor, mi marido... —ruega al verlo.

Lo ha dicho en francés, pero Markus detecta un acento extranjero que no es el creole, el francés que Markus todavía no se atreve a hablar, aunque dedique sus noches a estudiarlo. Él le contesta en inglés, a lo que la mujer asiente.

Markus intenta abstraerse de cuanto lo rodea y se centra en el paciente. Tiene febrícula y el pulso ligeramente acelerado, pero lo que más le llama la atención es su mirada. Como si estuviera viendo algo en su interior. Acerca una pequeña vela a los ojos: las pupilas permanecen dilatadas, inmóviles ante la luz, hasta que de repente se contraen con una fiereza extraña. El reflejo fotomotor de contracción de la pupila está retardado. Y eso resulta extraordinario. Tan solo ha oído hablar de ello en casos de sífilis avanzada, pero lo descarta porque el hombre no muestra ningún estrago de la enfermedad.

Markus aproxima el rostro al de Alexander.

—¿Cómo se encuentra?

El joven no contesta. No responde a las órdenes verbales. No parece inconsciente, sino que la conciencia se refugia en algún otro lugar.

Le viene a la mente un diagnóstico antiguo, fiebre nerviosa, pero intenta alejarlo en nombre de la ciencia moderna. Tal vez sea una meningitis o una encefalitis, piensa. Tal vez una hemorragia cerebrovascular. Pero eso no explicaría la febrícula. Observa una señal bajo un ojo, un grueso arañazo. Se fija también en las manos, cubiertas de heridas como si se hubiera peleado con algo furioso y con garras.

—¿Cómo se ha hecho esto?

—En el jardín.

—¿Ha recibido algún golpe o tomado alguna sustancia?

—No, solo ha bebido champán. —La mujer duda antes de preguntar—: ¿Es fiebre amarilla?

—No lo creo. Aunque los primeros días el diagnóstico sea variable, no creo que sea el caso. Podría ser una crisis epiléptica, el pequeño mal. ¿Ha tenido alguna vez una crisis como esta?

—No, que yo sepa. —Isabella mira a su alrededor buscando una confirmación.

Una mujer negra que parece estar a cargo niega con la cabeza.

—Es la primera vez, señor.

—Tiene el reflejo miotático retardado. El ritmo cardiaco es regular, sano, late con fuerza, tal vez incluso demasiado. La respiración no es entrecortada. Aunque está muy pálido, desde luego. ¿Ha vomitado?

—No, solo ha sangrado por la nariz.

Isabella acerca el rostro a su marido y besa los labios entreabiertos.

—Disculpe..., pero sería mejor que el paciente permaneciera aislado y no...

Markus se retira con cuidado, le atraviesa la intensidad de su amor.

—... no debería besarlo, hasta que se vea la evolución...

—¿Qué podemos hacer? —pregunta ella—. Es como si no estuviera aquí.

—No corre peligro de muerte. Déjele reposar esta noche. Tal vez, las emociones... A veces la mente necesita descansar y, si no le hacemos caso, nuestro cuerpo decide por nosotros.

No le gusta decir todo aquello, suena a medicina vieja. Aun así, es lo único que se puede hacer por el momento.

—Mañana llamaré al médico de la familia —murmura la joven—, me ha dejado usted más tranquila.

Markus está acostumbrado a verse sustituido a las primeras de cambio por un médico blanco, aunque en este caso la mujer se muestra realmente agradecida. Él le da su tarjeta. Ella sonríe de pronto y se muestra cálida mientras dice:

—Hoy es noche de Carnaval. Siento haberle hecho venir tan tarde.

Markus no se mueve. Piensa en lo agradable que resulta ser tratado de aquella manera. Tan solo como un médico. Y no sabe muy bien cómo reaccionar. Ella malinterpreta sus gestos.

—Oh, perdón, qué tonta, lo siento.

Busca su bolsito, lo abre, remueve y le ofrece una considerable suma de dinero.

—Espero que sea suficiente.

Markus asiente. Parpadea y baja la mirada. De pronto, que todo se haya reducido a un intercambio pecuniario le provoca una náusea.

La escena se ha repetido muchas veces desde su infancia: una mujer blanca que le paga por sus servicios, por limpiarle el jardín, por dar de comer a los gatos en su ausencia. Y luego lo despacha con buenas intenciones, con una sonrisa que esconde un «por favor, márchese». Sin embargo, en ella todo parece distinto, como si de verdad lo estimara y se preocupara por él. Al recoger el dinero, sus dedos tocan los de ella, y a ella no parece importunarle. De una forma difusa, Markus repara en que es la primera vez que toca a una mujer blanca, aunque sea a través de la tela de un guante.

Se despide y Claire lo acompaña al salir de la habitación. Ahora quedan entre las penumbras del pasillo. A pesar de ello, Markus ve que ella sonríe y dice:

—Mi padre tiene que volver a buscar a madame Frances en el teatro. Puede llevarte de vuelta.

A Markus le gustaría sonreír, decir algo ingenioso, preguntarle si los acompañaría, pero siente de pronto el peso de su maletín de médico, ella es su paciente.

Claire suspira y dice:

—Tendrá que estar esperando horas y horas en el carruaje a que madame Frances salga del baile. La esclavitud moderna.

Markus sabe que ella se encuentra defraudada por algo que él no ha hecho o dejado de hacer.

—¿Qué tal te encuentras tú?

—Tengo que volver a la habitación. Baja las escaleras. No tiene pérdida.

3

La avenida Basin es la calle principal de Storyville, el distrito rojo de la ciudad, el barrio donde la prostitución ha sido legalizada desde hace un tiempo, el único lugar de toda la Unión donde eso sucede. La avenida mantiene su letargo a primeras horas de la tarde. Las fiestas del Mardi Gras han culminado con el baile del Carnaval y hay muy pocos transeúntes a esas horas. Tan solo se oye el ruido de los trenes en la estación, el latido confuso de las vías, el crujido de algún carromato. Más allá se ven las puertas del cementerio Lafayette número 1, como una pesada sombra que los separa del Vieux Carré, el antiguo barrio francés. A un lado y a otro de la calle, los edificios son mansiones que muestran cierta extraña exuberancia en su arquitectura. En el lugar más prominente de la avenida se levanta una mansión de tres pisos, con una elegancia ampulosa y a la vez burlona, como si quisiera reírse de las antiguas mansiones coloniales. Cristales vidriados y columnas ornamentales de estilo Imperio parecen buscar una respetabilidad deliberadamente fingida. Se trata de uno de los burdeles más preciados de la ciudad, y su dueña es una mujer llamada Vita Vinci, que a esas horas descansa en la biblioteca de la mansión.

Para ella es un alivio que el Carnaval haya acabado, y con ello las resacas, los cientos de botellas en la calle y los gritos a todas horas. Este año ha decidido no organizar en su casa el baile francés, en el que las mujeres van desnudas a excepción de una máscara. Se está haciendo mayor y empieza a cansarle la vorágine dorada de las fiestas. Al contrario de lo que se pudiera imaginar, los mejores días son los más calmados del año; su negocio florece con el aburrimiento y la lasitud, porque su principal fuente de ingresos ha dejado de ser la prostitución y ahora son los negocios.

Llaman a la puerta de la biblioteca. Por la forma de hacerlo ya sabe de quién se trata.

—Adelante.

La puerta se abre un tanto ceremoniosamente y aparece su socio y mano derecha; un hombre musculoso y brutal, de edad indefinible y rostro serio y oscuro como su piel. Su traje es de buen corte, obra de un sastre especializado en disimular armas en la pernera del pantalón. Vita sabe que su familia proviene de Haití y de la antigua franja libre entre el estado de Luisiana y Texas.

—Ha llegado Philippe Villere. Pensé que te gustaría saberlo.

—Gracias, Emmanuel. ¿Está en el *parlor* japonés?

—Sí, *ma'am*.

Aunque el trato entre ellos dos resulte un tanto formal, el uno depende del otro. Vita necesita la protección de Emmanuel y sus hombres, y Emmanuel, la cobertura legal y el buen hacer de Vita. Ambos se han involucrado en negocios que no necesitan llamar la atención. Y, ahora, gracias a Storyville, paradójicamente es un burdel el que encubre el resto de sus transacciones comerciales.

Vita Vinci deja el libro a un lado. Se levanta y se mira en el espejo. La línea de su mandíbula empieza a mostrar signos de madurez, pero el pecho aún llena el vestido, y sigue despertando admiración cuando hace una aparición en público, adornada con su habitual profusión de joyas. Sabe que el exceso puede considerarse vulgar, pero tras una vida agitada le gusta llevar las suficientes encima, por si ha de huir de repente con lo puesto. Según sus cálculos, le daría para al menos comprar una casa en algún lugar con vistas a un río, y seguir pagando los estudios de Annie, su única hija.

Suspira, orgullosa de lo que ha conseguido.

Conoce la fama de su local. Sabe que el piano siempre está perfectamente afinado y que el *professor* Kid Ross, el pianista que ameniza la espera, es un joven negro prometedor. A veces, los profesores son inmensamente populares y muchos clientes vienen a escucharlos a ellos casi tanto como a fornicar con las chicas. Pese a la liberalidad de sus costumbres, hay cosas que no se pueden pedir en la casa: ni niños, ni animales. El lugar solo está abierto para hombres blancos. Los negros o mestizos únicamente pueden ser sirvientes, crupieres, bármanes o profesores. Vita considera un absurdo aquella segregación. No le importaría atender a los hombres de color, siempre que tuvieran dinero, pero sabe que por ahora es imposible oponerse a las leyes segregacionistas. Ella misma es una octorona, una mujer con un octavo de sangre negra, y, como cualquier octorón, por la ley de una sola gota de sangre, legalmente es negra, porque se considera que una sola gota de sangre negra contamina la blanca. Los octorones son los últimos de la lista. Son el último peldaño. Su hija dejará de ser considerada negra y será blanca, porque ya no hay nombre, no hay palabra para nombrar al hijo de un octorón. Negro, mulato, cuarterón y octorón. Y al final la sociedad decide que eres blanco; esa gota, ese pecado original ya ha quedado expurgado, eliminado; la sangre ya es pura, blanca.

El *parlor*. La música. Exquisito como siempre, Philippe le besa la mano cuando llega a su altura. Una deferencia aristocrática. Su francés no resulta correoso como en otros creoles, sino que surge de forma natural de sus labios. Vita no ha acudido a saludarlo tan solo por deferencia a la aristocracia, sino porque es inmensamente rico.

—Señor Villere...

Vita habla un francés aprendido en las calles y más cajún que napoleónico, así que él le contesta en inglés:

—Philippe, por favor. Me han dicho que tiene usted un nuevo encanto.

—Nadia.

Como esperando el pie, una mujer joven entra en el *parlor*. Va completamente desnuda a excepción de varios collares de perlas y unos botines altos de piel. Lleva el cabello peinado como una perfecta dama; en la casa ha llegado a haber tres peluqueras que se turnaban día y noche para peinar a las mujeres y acicalar el vello púbico acorde a los gustos de los clientes.

Philippe se muestra encantado. Nadia es en realidad de una ciudad de Texas. Vita le ha enseñado a disimular su acento nasal por otro en el que las erres resuenan con exótica rotundidad. Él desliza los dedos por los pechos, desciende por la cadera, acaricia como al descuido el sexo. Ella entrecierra los ojos como Vita le ha enseñado a hacer. Aunque tal vez en aquel caso Nadia no haya tenido que fingir en exceso. Philippe es joven, el rostro agraciado y el roce de sus gemelos de oro sobre la piel desnuda resulta prometedor. Su familia acaba de firmar un contrato para tejer los uniformes del ejército americano, algo que otros considerarían una traición: todavía hay una gran animadversión hacia el ejército yanqui. Para los Villere no hay nada personal en ello, solo son negocios.

Vita descorcha una nueva botella de champán. Una norma de la casa es que nunca se ha de esperar a que las botellas se vacíen. De una manera casual, Vita logra que se libere una evocadora espuma, como un espasmo sensual. Philippe lo advierte y sonríe. Recoge la espuma derramada por el cuello de la botella con un dedo y le ofrece el dedo a Vita. La está tanteando.

La madame sonríe. No debe importunar a su cliente, tampoco dejarle llevar las riendas. Llena una copa y dice:

—Lo siento, no bebo cuando la casa está abierta.

—Pero yo sí —dice Nadia con suavidad.

Vita considera que ha hecho una buena inversión con esa chica. Ha estado al quite y lo ha resuelto con gracia. Lame el dedo a Philippe, le besa la mano, y él aprovecha para sujetarle la mandíbula sonriendo, aunque ahora hay algo nuevo en su mueca, una pulsación oscura en los labios.

—Iremos a una bonita habitación.

A menudo, Philippe prefiere permanecer en el *parlor* y hacerlo con las chicas mientras el profesor sigue tocando y el barman está de pie, esperando atento a calmar la sed entre amorosos embates.

—Naturalmente —dice Vita.

Conocedora de los gustos de Philippe, ha preparado la habitación de estilo bizantino, adornada con un gran espejo tornasolado.

Cuando la pareja empieza a subir las escaleras hacia la planta de arriba, Vita Vinci se retira de nuevo a la biblioteca a leer. Conoce los rumores de su casa. Sabe cuándo se están limpiando ostras en las cocinas de más abajo, quién es el barman por el vaivén de una coctelera; sabe identificar a sus chicas según sus gemidos y su fingimiento, y sabe, sobre todo, detectar cualquier atisbo de problema. Y, de repente, se ha deslizado hasta la biblioteca un pequeño grito ahogado, el rumor de un cobertor arrastrado por el suelo, no por el placer, sino por el desconsuelo, y eso es algo que la pone en alerta. Los sonidos proceden de la habitación bizantina. Vita prefiere atender esos casos personalmente. Ha pasado mucho tiempo desde que empezó a trabajar como prostituta en un burdel en Kentucky, y recupera esos arrestos para dirigirse a la habitación y, sin muchos miramientos, entrar en ella.

Allí está Philippe, con la mirada perdida, sentado en el suelo, la espalda apoyada contra la cama, una botella de champán derramado. Pese a que unos momentos antes todo el mundo la ha visto desnuda, Nadia se tapa con un cobertor de seda.

—¿Qué ha pasado? —pregunta Vita tan sorprendida como preocupada.

Nadia parece encogida. Philippe empieza a sangrar por la nariz, como lo haría un chico mareado tras chocar con un rival en un deporte brusco. Vita se acerca a su lado. Sospecharía que ha fumado opio si no fuera porque sabe que esa droga no es del gusto de su cliente y que no le habría dado tiempo a llegar a ese estado. Se sienta en el suelo sin muchos miramientos, frente a Philippe. Ha visto infartos, intoxicaciones de todo tipo, dolorosos priapismos causados por la cocaína, pero es la primera vez que ve aquello. Las pupilas permanecen inmóviles. Y eso es lo terrible. La anormal inmovilidad, como si no miraran hacia fuera, sino algún lugar en su interior.

Vita da varias palmadas. Los sirvientes de la casa saben reconocer la importancia del problema según su grado de sonoridad. Instantes después, la brutal presencia de Emmanuel junto a su lugarteniente Isaiah y otros dos hombres, las manos guardadas en la chaqueta sujetando un arma, sofoca la habitación.

—No es un problema para vosotros —indica Vita—. Llamad a madame Carrière.

Vita no descuida a sus chicas y, antes de resolver el problema, alguien tiene que hacerse cargo de Nadia.

—¿Qué le sucede? —pregunta Emmanuel.

—No lo sé. Creo que está enfermo. ¿Ha venido solo?

—Sí.

—¿No hay ningún carruaje esperándolo?

—No, *ma'am*. —Emmanuel mira a Philippe y frunce el ceño—: No parece saber dónde está.

—Avisa al doctor Roberts —dice Vita—. Envía a Tommy a darle recado y que no vuelva si no es con él. Hay que acostarlo en la cama. Ayúdame.

Tommy es un espabilado chico irlandés. Vita tiene varios chicos que hacen recados. Tommy es el único blanco, el que puede acercarse a un barrio respetable a enviar una información o ayuda. Además, gracias a su cara de pilluelo, su cabello rojo y sus pecas, sabe congraciarse con criadas y chóferes, y salir airoso de italianos malcarados.

Están incorporando a Philippe cuando entra madame Carrière. Es una mujer mayor que cuida de las chicas cuando enferman y se encarga del avituallamiento de la casa, y enseguida se hace cargo de la situación. Madame C., como la suelen llamar, arropa a Nadia con un chal sobre los hombros.

—Apenas me tocó, se lo juro, señora —dice la muchacha—. De repente, se puso así. No sé qué ha podido ocurrirle.

—Vamos a la cocina —dice Madame C., envolviéndola también con el cobertor—. No pasa nada. Nos tomaremos un chocolate caliente.

Philippe respira de pronto con una exhalación de aquello que ha tomado posesión de su interior. Cierra los ojos, el trance o lo que haya sido ha cesado. Y ahora murmura algo, una visión. Le dejan descansar en la habitación de Nadia. Vita prefiere quedarse allí. Observa cómo se deslizan las sombras del edifico de enfrente. Pronto las puertas y las ventanas de las mansiones se abrirán y se oirá aquella música bastarda, portuaria, más negra que creole, y que solo se puede escuchar en lugares como aquel o en los barrios negros.

El doctor Edgar James Roberts aparece una hora más tarde. Es un hombre de mediana edad con quien Vita se entiende a la perfección: valora que sepa moverse entre ambos mundos. Es capaz de pasar visita en la Mansión Vinci, y también a los Villere y los Deschamps, sin que nadie parezca molestarse con ello. Atiende de forma discreta casos de sífilis y gonorrea, ha ganado una considerable fortuna practicando abortos a chicas de buena familia y ha perfeccionado una técnica para reconstruir hímenes.

El doctor intenta hablar con Philippe, quien apenas contesta como un adolescente muerto de sueño que solo desea dormir, aunque sus ojos están en todo momento abiertos.

—Si no fuera porque llevo tratando a la familia varios años, habría dicho que ha padecido una epilepsia, el pequeño mal, una crisis de ausencia.

—¿Es necesario llevarlo a un hospital?

—No por el momento. No se preocupe. Me haré cargo de él.

Entre Emmanuel y Tommy ayudan a Philippe a subir al carruaje. Es uno sin distintivos, no es la primera vez que se debe acompañar a un hombre a algún hogar respetable. La Mansión Vinci también dispone de una salida de carruajes a la calle de atrás, donde los burdeles son más baratos y hay proliferación de casas de apuestas.

Cuando todos se han marchado, Vita se acerca de nuevo al *parlor* japonés. La casa dispone de cinco de ellos, cada uno de un estilo diferente, donde cualquier fantasía puede ser satisfecha.

Kid Ross sigue tocando el piano. Vita Vinci prende uno de sus cigarrillos rusos, le tiende otro al profesor y se lo enciende con una larga cerilla. Aún siente el placer de encender un cigarrillo a un hombre. Ha pedido que le preparen también un brandy ligero, no quiere volver a tener problemas con el alcohol.

—Es la primera vez que la veo nerviosa, señora.

Kid Ross siente una franca simpatía por Vita. Empieza a tocar una nueva canción, «When the Pale Moon Shines».

Ella se limita a dar un sorbo a su bebida y no responde, pero piensa que también es la primera vez que ve en semejante estado a un hombre.

4

El distrito rojo de Nueva Orleans reproduce a la perfección la segregación racial del Sur. A medida que las casas se alejan de la avenida Basin, los edificios empiezan a apiñarse, los salones de concierto son más procaces que emocionantes, las tascas se empequeñecen y la piel de las mujeres se va oscureciendo. En apenas unas manzanas, las casas de bonito ladrillo visto y columnas ornamentadas dejan paso a calles estrechas, oscuras y húmedas, los colores brillantes de las cristaleras se diluyen en un gris mate, y los burdeles no son más que moteles estrechos, tugurios tan diminutos que reciben el popular nombre de pesebres, ya que no suelen ser más que habitaciones de moteles compartimentadas en serie. Es Blackstoryville, el barrio dentro de Storyville donde los hombres negros puedan solicitar el servicio de una prostituta, negra también. El patio trasero de la ciudad. También hay burdeles para hombres blancos especializados en las pieles negras, donde se anuncian verdaderas africanas de Etiopía, pero son una minoría y es un vicio considerado de un execrable mal gusto.

Markus camina decidido hasta la calle Laveau: Tallulah, una prostituta negra, le ha pedido que visite a una amiga. Va vestido de una forma que considera elegante, no es consciente de que ningún médico blanco vestiría un presuntuoso traje de tweed, en vez de la agradable lana de entretiempo, y menos en Blackstoryville. Tallulah ejerce en una casa de dos plantas, no en uno de los pesebres, aunque la barandilla de hierro forjado del piso superior esté oxidada y el color de los ladrillos sea de un indefinible naranja. Lo espera en la puerta, ataviada con una lustrosa peluca sujeta con pinzas de colores brillantes. Sabe que Markus es tímido y le avergüenza estar en un sitio como aquel, por eso, en cuanto lo ve acercarse, le hace una señal de que entre rápido, no vaya a ser que alguna de sus compañeras se confunda y le salga al paso.

Cuanto más oscuro es el color de su piel, peor consideración tienen las prostitutas. De ahí que muchas de ellas se maquillen con cosméticos vendidos por charlatanes que tan solo son arcilla mezclada con sales de plomo que devoran la piel. Y es entonces cuando acuden a ver al médico. Fue así como Markus y Tallulah se conocieron.

El apartamento donde ella vive y ejerce su profesión no es mucho más grande que las habitaciones de los burdeles. Un diván con un chal, un biombo con motivos japoneses. Notas de perfume muguet que no tapa cierto olor a moho y agua que se filtra de alguna cañería, el papel pintado a imitación de un respetable hogar en algún otro lugar.

Al ver a la chica en la cama, se sorprende. No esperaba que fuese blanca.

—Sé lo que estás pensando —dice Tallulah—. No es una puta. Es mi amiga, vive conmigo.

La chica es delgada, no muy agraciada. Markus sospecha que en la infancia pasó la tisis. Una blanca viviendo allí resulta peligroso.

—¿Qué le sucede?

—Está rara, apenas habla.

Markus se sienta en la cama, al lado de la enferma. La destapa ligeramente y deja a la vista un bonito crucifijo de plata. Empieza a realizar un chequeo observando las mucosas.

—¿Cuánto tiempo hace que se encuentra así?

—Desde ayer.

—¿Nació aquí?

Intenta descartar la fiebre amarilla. Puede que no sea de Nueva Orleans, y que no se haya aclimatado a ese mal.

—Sí. Es de Carrollton, su familia tiene una granja. Son alemanes. Se llama Rose. Pilló la polio de pequeña, y con la cojera no valía para la granja y se escapó. Su padre tenía las manos muy largas. La vi muerta de hambre. ¿No puedes darle algo? No sé, me pone nerviosa esa mirada.

Para su sorpresa, Markus reconoce los mismos signos y síntomas que vio hace tres días en Alexander Le Bois. Para confirmarlo, pide a Tallulah que baje la luz. Acerca una vela. Las pupilas de Rose tardan en contraerse.

Aquello lo sorprende. Desde que atendió a Alexander, ha intentado pensar qué enfermedad puede provocar que la pupila no se retraiga a su debido tiempo. No tiene muchos recursos como médico en Nueva Orleans. No puede ejercer en hospitales y solo puede atender en una consulta privada. Su madre consideraba que Nueva Orleans era la ciudad del pecado, casi les tenía más miedo a los inmigrantes católicos que a los sureños blancos. Hubiese preferido que Markus ejerciera en Atlanta, pero él sabía que tenía que marcharse de allí, con el poco dinero que había ahorrado trabajando en la tienda de la señora Grace y luego ejerciendo de practicante con el señor Atkins. Necesitaba poder dedicarse a la ciencia, y escapar de la presión de su familia de que se enriqueciera lo más rápido posible. No le echaban en cara que hubieran tenido que hacer ciertas renuncias para poder pagarle los estudios, aunque siempre estaba esa sensación de «bueno, ahora que eres médico, nos sacarás de esto, podremos irnos a vivir a una casa mejor, a un barrio mejor», que en el lenguaje de su madre significaba un barrio donde no viviera gente con la piel tan oscura como la de ellos.

Si se hubiese quedado en casa, su madre le habría casado con alguna buena chica, apropiada, con quien podría tener hijos y no sentirse solo, y habría vivido en un vecindario de personas negras, a imitación de los respetables vecindarios blancos, pero a la vez más rígido, un lugar ahogado en el paroxismo de la imitación de los blancos. La religión como eje central de sus vidas. Aun así, Nueva Orleans tampoco es lo que esperaba.

Aquel es un mundo difícil: la consulta no funciona, los negros no se acaban de fiar de uno de los suyos, y la mayoría de ellos acuden al Hospital de la Caridad. Tampoco pertenece a los creoles de color, que se han apropiado del sentido del término «creole» y ya no se aplica solo a lo francés, sino también a las personas de color que nacieron libres mucho antes de la Guerra Civil. A poco que pudieran permitírselo, preferían visitar a respetables hombres blancos, con sus bonitas consultas en la calle Canal. Los médicos negros se asocian a sacamuelas y a barberos, y, naturalmente, a prostitutas. Y Markus ha cometido el error de principiante de atenderlas. No lo acaba de entender, porque ellas se mostraban respetuosas y vestían con una modestia adecuada cuando acudían a su consulta, pero todo el mundo en aquella ciudad sabía que lo eran nada más verlas. Incluso el señor Giovanni, el tendero italiano que vive debajo de su casa, le ha llamado la atención por el ir y venir de aquellas chicas. No puede decirles que no quiere atenderlas. Por respeto a ellas y por respeto a sí mismo. Además, su agenda es escasa. Probablemente volverá a retrasarse en el pago del alquiler al señor Richmond: ha conseguido no deberle ningún mes, pero por más que se esfuerce siempre va con una semana o dos de retraso. No sabe venderse como médico. Le avergüenza acudir a los salones y bailes, hacerse valer, sonreír a las personas adecuadas; no tiene gracia alguna bailando y puede aburrir a cualquier interlocutor con su pasión por los experimentos del doctor Pasteur. Había mandado imprimir anuncios, aunque de nada habían servido. Era un desconocido, y en aquella ciudad todo eran referencias, relaciones, incluso entre la población negra libre y los creoles de color. Markus también se avergüenza de haber utilizado en una ocasión los servicios de una prostituta. Aquella urgencia, una vez satisfecha, le había dejado asqueado, y desde entonces permanece célibe. Tan solo tuvo una novia en Atlanta, con la que nunca llegó a acostarse, nunca disfrutó de la libertad de los chicos de su barrio.

Vuelve la atención a la chica. Algo se le está escapando.

—¿Dónde trabaja? —pregunta Markus.

—En el teatro.

—¿Corista?

—Por Dios, te he dicho que es coja, ¿cómo va a trabajar de corista? Trabaja en el guardarropa del teatro de la ópera.

5

Alexander ha querido pasar la tarde en el jardín. Han transcurrido tres días desde la noche del baile. Tres días descompensados, agitados, llenos de gritos en mitad de la noche, en los que él desaparecía y volvía huraño, y se sumía en horas de ensimismamiento como si se hubiera drogado con opio.

Isabella se ha mostrado amorosa, lo que más desea es cuidarlo, pero por primera vez él desvía la mirada cuando ella lo acaricia, y le dedica una sonrisa torcida cuando le pregunta si se encuentra mejor. Es todo tan extraño, de un día para el otro. Lo ama de una manera absoluta, dolorosa, le gustaría estar abrazada a él a todas horas. Y de pronto aquel rechazo. Es la enfermedad, se dice una y otra vez, la enfermedad que todavía no tiene nombre.

Por la mañana ha venido de nuevo el médico de la familia. El doctor Honoré considera que está padeciendo una crisis nerviosa; ha recordado que su madre tenía ese mismo tipo de problemas. La madre de Alexander vive en algún lugar de la Costa Oeste, Isabella no la conoce, nadie habla abiertamente de ella, y ha ido reconstruyendo su historia con retazos de aquí y allá.

El doctor le ha recetado descanso, un poco de láudano, y, para sorpresa de Isabella, Alexander, quien necesita estar siempre entretenido con algo, moviéndose, montando a caballo, yendo de un lado al otro, ha decidido hacerle caso. Ahora se muestra más hablador, aunque la mirada ausente no ha desaparecido del todo.

Hace buen tiempo. Isabella, sentada junto a Alexander, observa la melancolía en su rostro. No ha comido en todo el día. Lleva una camisa blanca abierta por el pecho; una fina manta le cubre las piernas y eso le da un ligero aire de emperador o de caudillo a la espera de que algo suceda. A veces tiene frío y otras calor. Pasa horas sumido en un mundo interior, y se le ve murmurar a ratos, entre ataques de sudor helado que van y vienen.

Isabella ha servido el té ella misma. En la antigua casa, la casa grande, la plantación Le Bois, había una magnífica hilera de magnolias plantadas a ambos lados del paseo que llevaba hasta el porche. Aquí el jardín es agradable, aunque no tan espacioso ni privado, se vislumbran las mansiones vecinas, y plantaron los árboles sin mucho criterio, aquí y allá; las copas de unos chocan con las de los otros, dejando rodales de sombra y sol. Más allá se encuentra el invernadero, al que Isabel se asomó una vez y salió mareada por su clima pegajoso. No ha vuelto a ir desde entonces.

Ven acercarse a Jacques. Alexander sonríe por primera vez en el día. Al llegar a su lado, lo abraza como si llevaran años alejados. En realidad, apenas tres o cuatro calles los separan. La mayoría de las casas son producto de la división de plantaciones incluso antes de la guerra. Ellos nunca han vivido en el Vieux Carré, donde se suponía que residían las familias francesas, sino que vivían a las afueras, en la pequeña ciudad de Lafayette, antes de que Nueva Orleans la absorbiera, y antes también de que la avenida Nayare se convirtiera en la avenida Charles y aparecieran todas las mansiones de los nuevos ricos yanquis y formaran el Distrito de los Jardines. Habían quedado rodeados, engullidos, por lo que Frances llamaba con desprecio el *assaut*, el alud. El viejo orden francés, anegado por el saludable, rico y pretencioso orgullo americano. Jacques saluda a Isabella besándole la mano.

Alexander busca con la mirada a un ausente.

—¿Y Philippe?

—Creo que también anda indispuesto. El baile no fue lo mismo sin ti. Menudo susto nos diste. Mira que ponerte enfermo en el día más sonado del año.

—Me duele la cabeza —dice más animado—. No grites mucho.

Isabella siente un conato de celos. Le pasa con Philippe y no tanto con Jacques y el resto. Comparten negocios, algunos son viejos como el del algodón, azúcar, café; otros nuevos como el de la hulla de alquitrán. Ninguno es tan rico como Philippe. Solo Alexander se ha casado. En el fondo, ella sabe que es porque es el más pobre de todos y que, gracias a la dote de ella, la casa sale adelante. Las granjas, en algún lugar del norte, apenas dan para sobrevivir, y eso logra que él sea tacaño y a la vez manirroto, y regatee con el precio de cualquier cosa necesaria para la casa y sea espléndido con el champán, porque según Alexander gastar en champán siempre es una buena inversión.

Alexander y Jacques ríen juntos. Aunque ahora en la risa de Alexander hay una cualidad diferente: es como si lanzara una dentellada al aire, la quijada se moviese a un lado, sin volver del todo a su sitio, y algo nuevo en su rostro se deslizara sin ambages al exterior, desde un oscuro mundo interior.

Una criada joven, Madeleine, se acerca y al llegar a su lado hace como un conato de reverencia antes de susurrarle a Isabella:

—Madame Frances desea hablar con usted.

—¿Ahora?

De manera intuitiva, levanta la mirada hacia la casa y ve una silueta en una de las ventanas. Está a contraluz, apenas es una acuarela gris; sabe que es ella por la forma férrea en la que sujeta las cortinas. No puede contrariarla, al menos tan abiertamente como negándose a atender su llamada.

—Si me disculpáis. Hay un pequeño contratiempo en la casa.

Jacques se levanta. Isabella besa en la frente a Alexander, y él sonríe, aunque sabe que lo hace más por su amigo que por ella. Tardan un poco en volver a las conversaciones mientras Isabella se aleja, los zapatos hundiéndose entre la espesura del césped.

Frances la espera mirando el jardín a través del ventanal, en el saloncito llamado «de dibujar», aunque nadie haya dibujado nunca nada allí. Para la joven es como contemplar el reverso de un cuadro que ha visto momentos antes. Frances siempre le hace sentirse como si la hubiera pillado en falta, como si fuera la culpable de algo. No se vuelve a mirarla cuando entra en el saloncito. Isabella ha aprendido a sonreír con cuidado antes incluso de que Frances se dé la vuelta.

—Me han dicho que la noche del baile vino un médico negro a visitar a Alexander —dice Frances, como si algo pastoso se le hubiera quedado en la boca y deseara escupirlo. Una abominación.

Isabella se pierde entre las diferencias de clase, los yanquis, los anglosajones, los descendientes de los aristócratas franceses, los creoles mezcla de francés y español, y luego los creoles de color, mulatos, cuarterones y octorones, y después los negros: los negros libres desde siempre, los negros descendientes de esclavos; castas y subdivisiones que Isabella empezaba en algunos casos a comprender, como que no eran iguales los franceses que vinieron junto a los primeros pobladores que los franceses delincuentes que redimían pena o los franceses refugiados tras la Revolución.

—Hice lo que consideré más adecuado para su salud.

Isabel es consciente de que muestra debilidad si tiene necesidad de excusarse de esa manera. Frances también lo sabe y por fin se da la vuelta y la mira con ojos fríos.

—Y no se te ocurre otra cosa que traer a un negro a esta casa —dice con el tono de quien impone algo a un niño terco.

—Es un médico.

—No pienso seguir discutiendo sobre esto contigo. Te comportas como una chiquilla absurda. —Frances suspira llena de frustración y añade—: Y otra cosa, mi nieto solo está enfermo, no es un inválido. No has de estar todo el día encima de él. Puede que eso le resulte agradable a los hombres al principio, pero ahora solo consigue ponerlo nervioso. Tienes que aprender a dejar a los hombres solos.

Jacques y Alexander siguen en el jardín. Los muebles de hierro blanco resaltan sobre la hierba que el señor Booker mantiene siempre fresca y tersa. Vistos desde allí, los dos le recuerdan a una obra de teatro de un autor ruso estrenada en París, que fueron a ver durante su luna de miel. Isabella quiere volver al jardín, a estar con ellos, a compartir sus risas y la fraternidad; a veces anhela aquel otro mundo al que solo se le deja asomarse. Sabe que Frances no ha acabado con sus recriminaciones y toma la iniciativa.

—Tengo que volver con mi marido.

—No he terminado.

—Yo sí.

«Lo siento, no quiero sentir este vacío», le hubiera gustado decir. Frances no la entendería, la tomaría por loca. Se vuelve, da la espalda a la matriarca Le Bois, sale de la habitación, baja las escaleras, llega al jardín y al acercarse, como si hubiera interrumpido algo, una ceremonia íntima, Jacques se levanta y se despiden educadamente, entre risas, dejándola con la sensación de que tal vez Frances esté en lo cierto y haya roto el ensalmo, como una rígida institutriz que ha entrado sin avisar en la habitación de los niños al escucharlos jugar. Alexander le ve marchar. Ha quedado con el resto del grupo para acercarse al club de tiro. Su cara cambia, pasa de la alegría al estupor de los últimos días.

—Hace frío —dice—. Quiero volver a casa.

Se pone en pie. Isabella lo acompaña sujetándolo amorosamente por la cintura. Alexander se deja hacer, más por inercia que por deseo de ser ayudado. Al entrar en la casa, parece recuperado de pronto y ser consciente de dónde se encuentra. Con un movimiento de hombros, se deshace del abrazo de Isabella.

—Vete —dice sin mirarla, la voz hastiada, como si se lo hubiera repetido varias veces.

Isabella se queda perpleja. Él nunca ha sido así.

—¿No me has oído?

Ella baja la cabeza. Está enfermo, se dice a sí misma. Tal vez Frances tenga razón. A veces los hombres necesitan estar solos.

—Sí, claro. Tengo ropas que coser.

Lo deja en la entrada trasera de la casa y sube las escaleras. Hay algo desagradable que no ve, solo percibe. Nota la sonrisa de él a sus espaldas.

Isabella tiene a pocas personas a quienes acudir en Nueva Orleans, ninguna amiga a quien llamar como tal. Solo conoce al cónsul. Los demás españoles de la ciudad le resultan desconocidos; llevan años viviendo allí y ella en cambio apenas unos meses. Hay un grupo de cubanos, pero el cónsul le ha avisado de que no son bien vistos, no tienen buena fama porque se les acusa de haber traído la fiebre amarilla hace años. La guerra de Cuba, además, ha cambiado las prioridades. El cónsul se esfuerza en evitar simpatías por los rebeldes.

Sube a refugiarse en el dormitorio matrimonial. Él está enfermo, eso es todo. Tendrá que cuidarlo. Le gustaría escaparse a la iglesia de Saint Alphonse, donde a veces va a rezar a solas, alejada de la catedral francesa de Saint Louis, demasiado solemne y canónica, donde los Le Bois son venerados casi como santos, y Alexander considerado poco menos que un arcángel. Prefiere la capilla irlandesa, y el padre joven que la atiende y con el que le gusta hablar y confiarle sus problemas.

Mamie está planchando. En el semisótano, una celosía le permite ver pasar a la gente, y desde allí controla todo lo que acontece en la casa. Es su rincón favorito. Mamie adora que la ropa blanca huela a limpio y, aunque hay suficiente servicio para hacer aquella tarea, prefiere encargarse ella misma. Han venido los amigos de Alexander. Los conoce a todos, los ha visto crecer, sabe quién es cada miembro de sus familias, incluso sus amas de cría. Y de inmediato reconoce los pasos de quien está bajando las escaleras.

El vapor de la plancha, el almidón, el olor a limpio. Hace mucho tiempo que él no baja a verla allí. Sonríe, como unos años antes, como cuando apenas era un adolescente, pero la insolencia encantadora ha dejado paso a algo más, una dureza nueva en la línea de la mandíbula.

Mamie deja la plancha. Sabe que él no está bien. Que algo está pasando.

Él se acerca, le aprieta los pechos sin muchos miramientos. El pesado cuerpo de ella no resiste. Todos los hombres Le Bois la han buscado para lo mismo.

Mamie lo ama a su manera. Él le dijo una vez, después de haber estado en algún lugar caro y sofisticado, que acostarse con ella era como llegar a casa y cambiarse los zapatos por unas viejas zapatillas. Cuando la urgencia de la pubertad quedó atrás, Alexander dejó de pelear con sus faldas almidonadas y cintas del delantal.

Y ahora ha vuelto. Intempestivo. Exigente. El azul de su mirada es de una intensidad metálica. Mamie lo ayuda. Los pechos, enormes, se liberan, y Alexander los estruja, los lame y chupa con frenesí como si hubiera vuelto a la adolescencia, cuando en cambio ahora ella empieza a ser mayor y su paso es menos firme, y su cara ancha y su nariz africana revelan signos de cansancio. Hace años que él no la tomaba.

La pequeña Sarah asoma la cabeza en el cuarto. Le han llamado la atención los sonidos procedentes del cuartito de la plancha. Mamie la ve, sujeta a Alexander de la cabeza y la entierra contra sus carnes. Cada vez es más consciente de que la pequeña Sarah no debe llamar la atención del amo.

Tras rezar el rosario en la pequeña capilla que nadie en la casa visita, Isabella se ha acostado en la cama. Alexander entra en el dormitorio finalmente pasada la medianoche. A ella le resulta difícil mirarlo a los ojos; con la luz incierta, no ve si su rostro es el hermoso y amable de siempre o es el amenazador de los últimos días. Aguanta la congoja. No sabe dónde ha estado durante el resto del día. No ha acudido a cenar. Frances tampoco lo ha hecho. Y ha tenido que cenar sola en el gran comedor ante la mirada compasiva de los criados. Alexander puede haberse refugiado en cualquier lugar. Aquella casa está llena de lugares extraños que ella desconoce.

Ve cómo se desnuda. El cuerpo fuerte y duro de él, por las largas horas de equitación y de natación en el lago. El cuerpo rotundo de ella, que con los años tenderá hacia cierto sobrepeso como todas las mujeres Zárate que ella ha conocido.

Se acuesta a su lado. Ella permanece quieta, inmóvil, como le dijo su aya que debía hacer en la primera noche de bodas, y escucha su respiración irregular, asaltada por algo parecido al gemido de un animal al sentirse acorralado. Él siempre la busca al dormirse, pero esta vez se queda estirado, en una posición yacente, extrañamente tensa, mirando el techo.

Isabella apenas duerme. Piensa en su casa de La Habana, en los jardines, en olores dulzones y pegajosos, y luego en la vuelta a la madre patria, aquella España idealizada, donde pronto descubrió que todo parecía pintado de un color mate y grueso. Y el Oviedo de sus padres, que ella había imaginado como una ciudad con castillos y almenas, era una ciudad pequeña, en la que todo el mundo se conocía, y donde todo lo tenía la obsesión paterna por que la vieja oligarquía lo aceptara como a uno de los suyos.

Acaba de quedarse dormida cuando la despierta el grito de puro terror de Alexander, quien se abraza a ella sudando.

Al poco, el señor Jones entra en el dormitorio, revólver en ristre en una mano y un candelabro en la otra. La habitación queda sumida en un juego de luces y sombras.

—No pasa nada —dice Isabella—. Ha sido una pesadilla.

—Jesucristo... No había escuchado gritar a nadie de esa manera.

—Todo está bien. Ha sido la fiebre, ya sabe.

Alexander continúa abrazado a ella y le escucha susurrar:

—Sálvame.

Vuelve a ser suyo de nuevo.

6

El padre Neil O'Flaherty es el joven sacerdote de la iglesia de Saint Alphonse, que forma parte de la Congregación del Santísimo Redentor. Los padres O'Callaghan y Macguire son mayores y pidieron ayuda a la casa madre en Italia. Al poco tiempo, el sacerdote redentorista que enviaron se tuvo que marchar de manera repentina. El padre Neil ignora el motivo exacto, intuye un problema de adaptación al clima y a la humedad; los rumores van y vienen en la congregación. Hace tan solo unos meses que él ha llegado a la parroquia; lo enviaron en el último momento, aunque no formara parte de la congregación. El edificio no puede competir con la solemnidad catedralicia de Saint Louis, pero está en una de las primeras calles del barrio irlandés, frente al monasterio y el colegio, y es sin duda uno de los pilares de la comunidad irlandesa, tanto espiritual como crematístico, pues es allí donde la mayoría guarda sus ahorros.

Necesitaba salir de Irlanda, un cambio de aires, aunque no esperaba que en Nueva Orleans los feligreses lo recibieran con cierta renuencia. Se pregunta si no será también por su aspecto: el padre Neil lleva sotana, pero no utiliza el tradicional gorro de los hermanos redentores. Y, si no fuera por su alzacuellos, parecería un joven estudiante de algún colegio liberal del Medio Oeste.

La vieja Bridget ayuda a limpiar la sacristía, a planchar las casullas, a que no falten flores a la Virgen. Canturrea canciones mientras lo hace. Algunas son tonadas irlandesas, otras son de un popular vodevil en el que hombres blancos se oscurecen la cara y hacen mofa de los negros. En las canciones se deslizan palabras que él desconoce. El padre Neil está ocupado estudiando el francés criollo. Si pudiera, sería lingüista. Va apuntando en una libreta. *Baragouin*, aquella mezcla de palabras y formas de diferentes lenguas. Españolas, africanas, las diferencias entre el francés cajún y el criollo. Hay filipinos que, con su español criollo, arrastran palabras de origen malayo.

—Hay algo en usted... —dice la señora Bridget de pronto.

El padre Neil enrojece tan solo escuchándola hablar. Bridget tiene el acento angosto de quien nunca ha salido de las mismas cuatro calles desde que nació, y mucho menos ha estado en Irlanda, y que lo ha aprendido de su madre y su abuela, que utiliza expresiones que ya nadie usa y a las que ella se aferra. A él al principio le resultó interesante y recogió algunas de sus expresiones y aquella forma de asentir aspirando, que según algunos era una herencia escandinava. Ella lo miró con suspicacia: ¿por qué un cura quería saber por qué utilizaba unas expresiones y no otras? Peor aún: a veces, cuando lo pillaban desprevenido, al padre Neil le salía de forma natural hablar con el acento de la reina, el acento de los protestantes.

Bridget sonríe, las arrugas se derraman por sus mejillas, y es como si le descerrajase un tiro en la cara. Los ojos grises como agua sucia de fregar parecen saberlo todo de él, todos sus secretos, mientras que él solo conoce un pecado de ella: fuma a escondidas.

—Hay algo en usted... —insiste— que creo que podría ayudar a Tommy.

—¿Tommy?

—Tommy, el chico de la señora Dolores. Está enfermo.

Tal vez la vieja Bridget, al fin y al cabo, solo quiera ayudar, piensa Neil. A él se le dan bien los enfermos.

Tiene paciencia y no le molesta coger sus manos y rezar. Y sabe que necesita congraciarse con los feligreses.

—Puedo acudir cuando haya acabado con...

—Oh, no quisiera quitarle tiempo de las muchas cosas que tiene usted que hacer.

¿Cómo se las apaña para que sus frases digan lo contrario a lo que se supone que significan? El padre enrojece. Su cabello es rubio oscuro, su piel es pálida y pecosa en la nariz y el pecho, y más de una vez le han dicho que su mirada transmite una calidez maravillosa, pero la vieja Bridget es inmune a su encanto y consigue ponerle nervioso. Es su descaro americano, piensa Neil, lo peor de Irlanda unido a lo peor de América.

—¿Qué hay más importante que atender a un niño enfermo?

Neil quiere ganarse a la comunidad. Los padres redentoristas son toda una institución y a él lo ven demasiado joven; además, hay algo que les resulta una desventaja: parece un inocente. Sabe que a sus espaldas lo llaman «el santito». Los padres redentores le han pedido que se lo tome con humor. Viene directamente de Irlanda y entre las personas mayores despierta una mezcla de recelo y nostalgia. A pesar de que a Nueva Orleans llegan cada día inmigrantes irlandeses, el padre Neil pronuncia de una forma especial, se parece demasiado al enemigo, habla inglés con la cadencia de los protestantes, pero para sorpresa de todo el mundo también domina el irlandés, y su irlandés es puro, sin aristas. Esa dualidad, ese Jano lingüístico, los desconcierta.

La vieja Bridget lo acompaña a ver al enfermo, o más bien el padre Neil se deja guiar por ella. Bridget se cubre la cabeza con un llamativo pañuelo de color amarillo. Tiene toda una colección de pañuelos de colores: verdes, lilas..., una excentricidad por la que es conocida en todo el barrio. Bridget se muestra orgullosa de ir caminando al lado de un cura. La familia vive en una de las pequeñas casitas blancas que forman el vecindario de Chanel Island. Una imitación de Irlanda, aunque sea una Irlanda semitropical caótica, blanca y azul, iluminada por el sol. Aquí la ropa se seca enseguida, el aire no trae vaharadas de turba, sino de los sacos de café del puerto, a veces mezclado con el olor de las reses en los mataderos cercanos. La humedad es de otro tipo, caliente, no cala los huesos, más bien sofoca la piel. A Neil le gusta aquel barrio, aunque las calles sean puro barro, porque también hay belleza, hay árboles frutales, naranjos y jardines en las entradas de las casas. Una enorme cisterna domina el paisaje. Los niños parecen multiplicarse en las calles a cada paso que dan.

La casa es pobre, extremadamente limpia, en apariencia más grande por fuera que una vez dentro. Solo dispone de dos habitaciones; por el camino, Bridget le ha contado que la mujer tiene otros dos hijos además de Tommy. La madre los recibe con rostro cansado, ha dormido pocas horas.

—¿Viene a ver a Tommy? —pregunta ella.

Dolores se coloca mejor el pañuelo, baja la vista con paciente resignación ante la presencia de Bridget.

—Si le parece bien... —empieza a decir el padre Neil.

—Claro que le parece bien —contesta Bridget.

En el catre donde yace, la mirada del pequeño Tommy llama la atención del padre Neil. A veces es extraviada, como si buscara algo, y luego aterrorizada porque lo ha hallado en su interior. Las manos se aferran a algún asidero imaginario. En el cabecero de la cama, clavadas en la pared, hay bonitas postales de otras ciudades: San Francisco, Nueva York... Neil se pregunta de dónde las habrá obtenido.

—No sé qué le ha podido pasar —dice Dolores.

—¿Lo ha visto un médico?

—Ahora iba a llamar a uno. Tengo el dinero justo para pagarle.

—El doctor O'Connor podría... —interviene la señora Bridget.

—No quiero a ningún médico de los astilleros.

—Pues hala, gasta el dinero tontamente... El doctor O'Connor le vería de buena gana sin importarle...

—Pero a mi marido sí le habría importado...

El padre Neil conoce al doctor O'Connor, el encargado del servicio sanitario de los astilleros, y lo considera un buen hombre. No acaba de entender aquella renuencia.

—El crío está poseído por el demonio, porque le hacéis trabajar de correveidile en un lupanar —sentencia Bridget.

—Mi marido murió en un accidente, en el puerto, y ya no podemos elegir quién nos da trabajo —replica la madre de Tommy con repentina fiereza.

—Culpa de esos negros que aceptan cualquier sueldo.

—Eso no es cierto. Las cosas iban bien en el Sindicato Unido, cuando irlandeses y negros íbamos a una, y eso a la patronal no le gustaba...

—Paparruchas —dice la señora Bridget con aires de superioridad.

—La patronal nos enfrentó a nosotros contra ellos, y Fionn defendió el Sindicato Unido, por eso... el accidente... Accidente que tanto usted como yo sabemos que no fue tal...

Bridget se apresura a cambiar de tema:

—Estás aburriendo al padre O'Flaherty.

Los otros dos pequeños se han mostrado callados y respetuosos al ver al sacerdote, pero ahora él los ve burlarse de Bridget a hurtadillas, entre risitas nerviosas, como hacen los niños. Es la vecina de enfrente, quien siempre tiene algún motivo para quejarse, y que sabe los horarios de entrada y salida de todo el vecindario.

Llaman a la puerta y Dolores acude a abrir. Alguien pregunta por qué Tommy no ha ido a trabajar.

7

—Hay algo que deberías saber. —Emmanuel está en la biblioteca, de pie frente a Vita, quien está leyendo el *Picayune*.

Ella baja el periódico y se retira el monóculo. Antes llevaba unas gafas para leer. No permitiría que nadie la viese con ellas. Prefiere el monóculo, considera que le da un aire elegante y sofisticado.

—Tommy está enfermo. No vino a trabajar ayer y él es muy cumplidor. He mandado recado para saber si estaba bien. Su madre ha explicado que tiene la mirada perdida y aspecto ausente.

Emmanuel se la queda mirando muy serio. Ella sabe que es quisquilloso con la higiene y las enfermedades. Antes pensaba que era supersticioso. Ahora sabe que es un miedo a los microbios y gérmenes: parte de su familia murió con la última epidemia de fiebre amarilla.

Aunque él se muestra respetuoso con Vita como si realmente trabajara para ella, en realidad son socios. Vita regenta el burdel, pero Emmanuel se encarga de los otros negocios: las apuestas de caballos; invertir el dinero en la bolsa con la información proporcionada por los clientes a las chicas entrenadas para ello; comprar viejas mansiones a familias arruinadas, arreglarlas y revenderlas a ricachones yanquis, y, últimamente, el tráfico de armas. A veces también se encarga de dar palizas a quien se lo merece y poner a raya a la Mano Nera, la mafia de Palermo, que quiso sacar tajada en los asuntos del local, y por la que Emmanuel siente un odio extremo. Vita sabe que Emmanuel es íntegro a su manera. Vio truncada su carrera de boxeador de peso pesado por no dejarse sobornar para perder ante un blanco en el Club Olympic y él se encontró en la calle.

—¿Crees que tiene algo que ver con lo que le sucedió a Philippe Villere?

—No te hubiera interrumpido si no. Puede ser algo contagioso...

—No es fiebre amarilla.

—No he dicho que lo sea, *ma'am*.

Él siempre la llama *ma'am* delante de otra gente, no cuando están a solas. Y si lo hace es porque algo no le acaba de gustar. Emmanuel se la queda mirando. Resulta difícil esquivar su mirada. Al final, Vita suspira y cede, no hay nada de malo en avisar a un médico.

—De acuerdo. Avisaré al doctor Roberts. ¿Alguien más está enfermo en la casa?

—No, señora. Madame Carrière me ha dicho que Nadia está bien.

—¿Solo Tommy, entonces?

—Sí.

—Cualquier problema, házmelo saber.

—Naturalmente.

—No quiero aparecer en *The Mascot*.

—No sería la primera vez.

—Claro, ¡pero no por ese motivo! —contesta Vita medio riendo para aligerar el tono de la conversación.

En el burdel tiene instalado el último modelo de teléfono, aunque no sea de su agrado. Le trastorna que interrumpa en cualquier momento con su sonido procaz, y que se le dedique una atención inmediata como si fuera un bebé enfermo. Solo merece la pena por sentarse en la bonita silla teléfono con repisa que ha mandado instalar.

—Quisiera hablar con el doctor Roberts.

A Vita le molesta interactuar con la operadora. No le gusta saber que su conversación y sus silencios los puede oír un desconocido. Mientras espera que la telefonista la pase con el doctor, piensa en la posibilidad de que sea una enfermedad infecciosa. Un brote de fiebre amarilla o algo semejante sería terriblemente perjudicial para el negocio. Acaba de gastarse una fortuna en la casa. La ha remodelado desde los cimientos, añadiendo una última planta con torreones. Ha comprado los dos edificios aledaños y los ha transformado en habitaciones donde se pueda mantener una discreta reunión, y servir de base para sus otros negocios. Sabe que el distrito rojo no durará para siempre. Diversas voces se han alzado contra la medida, única en Estados Unidos, tal vez única en el mundo. La prostitución legal tiene muchos detractores, pero Vita ha tomado posiciones.

Al fin responde una voz de mujer mayor, tan incómoda con el teléfono como pueda estarlo Vita.

—El doctor no puede atenderla. La llamará lo antes posible.

—No se preocupe. Si es así, prefiero mandarle recado.

El doctor Roberts llega a su casa un par de horas más tarde. Viene de visitar a Philipe Villere en la avenida Charles. No entiende qué le sucede al muchacho. Parece una crisis nerviosa, letárgica, que se alterna con momentos de extraña lucidez. Tiene la mirada ausente y a la vez se le ve sumido en un pensamiento propio. Ignora qué le está sucediendo. Es un joven saludable, apenas bebe, y que él sepa no ha caído en el vicio del opio. Mantiene relaciones sexuales con las chicas de la Mansión Vinci, pero son chicas sanas; él mismo se encarga de su cuidadosa revisión médica.

Al verle llegar, Eleodora, su vieja criada, le entrega el sobre con el recado, y a él le basta un vistazo para reconocer su procedencia. El sobre tiene una pequeña línea negra a un lado y recuerda a las cartas oficiales enviadas por el ejército para informar de una muerte. Por superstición, a nadie se les ocurriría interceptarlas. Nadie creería que vienen de un prostíbulo.

El recado informa de que el chico irlandés que ayudó a Philippe también está enfermo, con los mismos síntomas. No quiere alarmarle, aunque considera que puede ser de su interés.

Edgar James Roberts se sienta en su despacho. Tal vez tendría que ir a ver al muchacho, comprobar de una manera fehaciente que su enfermedad es tal como le han indicado. Puede que todo sea una casualidad. Nunca ha sido dado a la investigación de las causas de las enfermedades. Estudió Medicina por asegurarse un futuro económico y el prestigio, y para llevarle la contraria a su padre, de familia de abogados.

El teléfono suena al otro lado de la puerta, y al cabo Eleodora entra en su despacho, con rostro inquieto:

—Doctor, es la señora Buisson. Su hijo... parece que no se encuentra bien.

El doctor Roberts sabe que Jacques Buisson es amigo íntimo de Philippe Villere. Todos pertenecen a un mismo grupo social. Se dirige hacia el teléfono como quien camina al patíbulo:

—Señora Buisson...

—Oh, cómo me alegro de hablar con usted, doctor. Verá, mi hijo, Jacques... Está muy extraño, pálido, y tiene, no sé, la cabeza en alguna otra parte...

—¿Ha estado en contacto con Philipe Villere en los últimos días?

—Desde luego, estuvo con él en el baile de la ópera, y precisamente ayer fue a ver a Alexander Le Bois, que también está enfermo. Tengo miedo de que le haya contagiado algo.

Le Bois no es paciente suyo, aun así lo conoce a la perfección. Es el hijo de la malograda Isadora Le Bois, de soltera Balfour, la mujer más guapa de la ciudad y que huyó abandonándolos a él y a su padre por un viajante de comercio californiano.

El doctor Roberts calcula con rapidez. El periodo de incubación de lo que sea que los enferma es de apenas veinticuatro horas. Y todo indica que sucedió en el baile final del Carnaval. Y allí había una multitud.

—De acuerdo, señora Buisson. Me acercaré en un momento. No comente nada, aunque será mejor que su hijo no entre en contacto con nadie.

El doctor Roberts sabe que él mismo puede contagiarse. Pero por primera vez en su vida lo intriga el origen de una enfermedad.

8

Markus ha regresado a visitar a Tallulah, incapaz de quitarse a Rose de la mente. Al llegar a la entrada de la casa en Blackstoryville, una chica negra que parece hacer guardia en la puerta lo confunde con un cliente.

—Oh, ella ya no está aquí —dice cuando Markus le pregunta—. Pero yo te puedo tratar igual de bien... —Se ríe y le pasa las manos por los brazos. Las palmas son de una aspereza agradable.

—No, no... —dice Markus atorado—. Soy su médico.

La chica lleva un espeso maquillaje, de manera que tiene la piel de la cara más clara que la del cuerpo y las manos, que se ven cuarteadas. Es escuálida, un vestido amarillo le baila sobre los hombros, y calza unos zapatos blancos que le vienen enormes y en otro tiempo fueron bonitos. Markus no logra identificar su acento, aunque intuye que es haitiana por sus huesos marcados, por su mirada esquiva a pesar de la sonrisa.

—Había una chica blanca, Rose, estaba enferma.

Markus le advierte una mueca extraña. La mirada lo rehúye, como si temiera que sus palabras hubieran sido escuchadas. Una mezcla de vergüenza y resignación.

—¿Qué les ha pasado? —insiste Markus.

—No lo sé. Se marcharon y ya está.

—No me estás diciendo la verdad.

Un hombre alto y musculoso aparece detrás de ella. Sonríe de medio lado al ver a Markus. Viste un traje a rayas como él nunca ha visto llevar a nadie.

—Eh, ¿algún problema? —La voz restalla como un latigazo.

La chica del vestido amarillo se encoge y susurra:

—Ya se marchaba, *bwòdè*...

Markus es testarudo y a veces no sabe dar un paso atrás cuando es necesario. No sabe ver la diferencia entre lo que alguien quiere decir y lo que realmente está diciendo.

—Estoy buscando a una chica que se llama Rose.

El hombre entrecierra los ojos, lo mira de arriba abajo y sonríe.

—No es asunto tuyo, lárgate.

—Estaba enferma.

—¿Y eso a ti qué te importa?

—Soy su médico.

—Oh, oh, oh, ahora entiendo tus aires de blanquito arrogante.

—No está —murmura la chica con la cabeza gacha, tiene miedo—, se marchó, se fue a su granja. Vete.

El hombre es alto, fibroso, y se pone delante de ella. Markus reconoce en él a los chicos que nadaban vigorosamente en el río, los que maduraron como hombres mucho antes que él, esos que a los once años ya tenían un bozo oscuro sobre el labio.

Por fin retrocede un paso. El hombre sonríe de oreja a oreja. En el fondo le ha hecho gracia su torpeza.

—Vete con tus amigos blanquitos, anda.

9

El doctor Roberts, tras visitar al joven Buisson, comprueba que tiene los mismos síntomas que Philippe. Ha pedido que permanezca lo más aislado posible. No sabe exactamente si la enfermedad se transmite por el aire, por contacto directo con el enfermo o por contacto indirecto con su ropa o utensilios. Ha estado en la misma habitación que él y no se ha colocado un pañuelo en la boca, pues la familia Buisson, la segunda más importante después de los Villere, lo consideraría una ofensa. Y también porque siente una especie de reticencia a que una enfermedad avance tan rápido. Una parte de él cree que todo es fruto de la casualidad. Otra parte tiene miedo. Y el miedo empieza a ganar la partida.

Le pide a Eleodora que anule cualquier visita de hoy. Aunque ya es mayor, la mujer sabe llevar una agenda, es buena haciendo números y recuerda sin leer el historial el nombre de los pacientes nada más verlos.

—¿No se encuentra bien? —pregunta ella.

—Tengo un terrible dolor de cabeza.

—¿Quiere que le prepare algo de comer?

—No, gracias, esperaré a Marie y los niños.

Cuando su mujer llega a la casa de su paseo, habla con ella y evita ver a sus hijos. Edgar James Roberts vivió la epidemia de fiebre amarilla de 1878, en la que casi una tercera parte de la población perdió la vida y que sumió a la ciudad en la desesperación y el caos. Todos los que vivieron aquella época quedaron marcados por la pandemia.

—Los niños y tú tenéis que marcharos de la ciudad por un tiempo. Id a Saint Louis Bay. Estaréis bien. Ya he reservado habitaciones para un par de semanas en el hotel Pickwick.

—Pero, Edgar...

—Ahora. No preguntes.

Nunca lo ha visto así, tan preocupado.

—Déjame al menos un par de días para que organice...

—No, no hay tiempo —la interrumpe—. Llévate a los niños de aquí. En la playa estaréis bien —insiste.

Marie quiere abrazarlo. Edgar se aparta.

—Es mejor que no te acerques a mí. —Entiende que ha de dar una explicación plausible—. Mira... Es probable que empiece a haber casos de fiebre amarilla. Eleodora podrá cuidar de mí.

—Tuve el vómito negro. ¿No lo recuerdas? Tú me trataste. Así nos conocimos.

—Sí, tú lo tuviste, pero los niños no.

Los niños eran los más vulnerables. Y los niños son lo que su mujer más quiere en el mundo. Edgar sabe que Marie se casó con él no por amor, sino por conseguir una estabilidad después de haber ido de un lado a otro como una inmigrante pobre. Nadie está al tanto de que ella es de la Martinica francesa: es mestiza de piel clara, y se hace pasar por blanca. Muchos sospechan que no lo es, pero frente a ella aceptan su verdad: se trata de la mujer de un prestigioso médico con buenas conexiones con las mejores familias.

—Hazme caso, por favor.

En dos horas se ha preparado todo. Al final no le ha costado tanto convencerla: Saint Louis Bay es el lugar donde huyó la población acomodada de la ciudad buscando refugio durante la pandemia. Aquella playa es un lugar de ricos, y a su mujer le gusta aparentar. Edgar, en realidad, acepta encargos que una parte de su conciencia le recrimina, acallada por el dinero que sirve para mantener el nivel de vida, la amplia casa en la que viven, los vestidos de su mujer y el colegio solo para blancos para sus hijos, al que han accedido gracias a alguna que otra mentira y a dos cartas de recomendación.

Cuando está todo listo, Edgar y su mujer se encuentran en el vestíbulo.

—¿No te quieres despedir de los niños?

Los pequeños están ya en el carruaje. Parecen tan desconcertados como excitados por el sorprendente viaje, justo después de la semana de Carnaval. Su padre, cariñoso, no les ha dado ningún beso, y los ha saludado desde lejos.

—No, marchaos ya, cuanto antes mejor.

—¿Estás seguro?

—Sí.

Ella hace ademán de acercarse. Él la frena con un gesto de la mano.

—Si escucháis que ocurre algo extraño en la ciudad, marchaos al norte.

—Me estás asustando.

Él se esfuerza en sonreír, la apremia para que suba al carruaje junto con los niños y se queda allí de pie, mientras se alejan calle abajo.

La casa ha quedado vacía. Siente un eco insólito, y no tan solo por su ausencia.

Se va directo a la cama con un dolor terrible de cabeza, como si los huesos del cráneo apretaran las sienes. Tiene sueños terribles, premonitorios y aclaratorios a un mismo tiempo, como si se empezara a conocer a sí mismo. Pasan varias horas hasta que se despierta. El dolor de cabeza palpita ahora en el fondo de sus órbitas oculares. No recuerda nada. Un parte de su ser desea volver a sentir la visión de sus sueños y otra la rechaza, le da miedo, prefiere el vacío, inane, salvador.

Se mira en el espejo y repara en el pecho ensangrentado. Ha estado sangrando por la nariz. Comprende de inmediato que se ha contagiado.

No conoce nada semejante a esa enfermedad. Hemorragias nasales, cefaleas, el estado de sopor y a la vez de lucidez. Ni siquiera tiene en casa una biblioteca médica que pueda considerarse como tal.

Ve entrar a Eleodora en la habitación. ¿Ha llamado a la puerta? Tampoco lo recuerda. Es una mujer mayor, está apurada. Al verle de pie muestra una cara de alivio por encontrarlo despierto y de preocupación al notar su camisa ensangrentada.

—¿Qué sucede? —pregunta el doctor.

—Ha llamado la policía. El señor Philippe Villere ha muerto. He intentado avisarle, pero estaba usted dormido, como muerto también, si no fuera porque hablaba en sueños.

El joven Villere, muerto. La noticia resuena en su cabeza. Se siente abotargado y necesita pensar con claridad.

Eleodora le señala el pecho.

—¿Qué le ha pasado?

—He sangrado por la nariz. Seguramente una subida de tensión.

—Usted siempre tiene la tensión baja.

Se quedan mirando el uno al otro. Eleodora ha trabajado para la familia desde siempre. Edgar piensa siempre en ella como una mujer mayor, pero en realidad es de su misma edad. Puede que la sangre sea fuente de contagio. A pesar de ello, ha decidido que Eleodora se quede, que respire el mismo aire reconcentrado de la habitación, y a buen seguro la está condenando. Y lo más raro de todo es que no siente ningún tipo de remordimiento, ni siquiera de emoción.

—Le lavaré la camisa —dice la mujer.

—No la quiero, tírela. —Pese al abotargamiento, se da cuenta de que lo ha dicho con una brusquedad impropia de él, y para suavizarlo añade—: La casa está muy vacía ahora.

—Sí. Debería haberme avisado de que la señora y los niños se marchaban con tanta prisa.

Roberts se lava la cara con profusión. Le resulta difícil centrarse. A pesar de ello, ha aparecido una pequeña determinación como un punto de luz. Quiere saber lo que ha sucedido con el joven Villere. Se cambia de ropa y sale a la calle.

El carruaje de la familia se ha marchado con su mujer y los niños a Saint Louis Bay, de modo que escoge un coche de alquiler. No respeta el turno de los cocheros que esperan y, pese a las protestas, busca a un hombre embozado. Sabe que está infectado, que está propagando la infección por la ciudad, que tal vez alguien suba al carruaje detrás de él. Nota algo extraño: la total ausencia de culpabilidad.

No siente remordimiento alguno.

Simplemente quiere algo.

No le importan los demás.

¿Puede una enfermedad cambiar así el carácter de una persona?

Roberts deduce que, si es así, ha de afectar a los nervios, al cerebro, como ha visto en algunos casos de sífilis.

Hay un chico joven en la entrada de la mansión Villere y tiene órdenes de no dejar pasar a nadie, pero el doctor Edgar James Roberts es el médico de la familia, lo reconoce y le abre la reja. En la entrada el jardín está aparcado el viejo carruaje de la policía.

El mayordomo que lo recibe va vestido con traje negro, es un hombre mayor, de color, andares irregulares, cabello blanco y ojos que las cataratas empiezan a velar. Está lloroso. Todo el mundo lo parece en la casa. Una sombra mate embadurna las cosas.

El doctor Roberts se siente en la obligación de preguntar:

—¿Qué ha sucedido?

—Una desgracia —responde abatido, sin decir nada más.

La mansión de los Villere. El gran salón, escenario de numerosos bailes. Y ahora hay un matrimonio mayor rodeado de hombres con uniforme y cara de circunstancias bajo enormes lámparas. La señora Villere está sentada con la mirada al frente, apoyada en una gran mesa de caoba oscura. Se percibe algo en ella como si hubiera tenido que tomar una decisión difícil en nombre de la rectitud moral, el sacrificio, el hacer lo correcto, como esas madres resignadas que ven cómo sus hijos se van a una guerra lejana y saben que no volverán. El señor Villere intenta mantener la calma, aunque está lloroso, a su lado, como si los dos posaran para un cuadro, tal como el que está colgando a sus espaldas, pero remedado veinte años más tarde.

Frente a ellos, de pie, se halla el inspector De Sanctis. Es un hombre joven, el policía de la más alta graduación a la que un creole ha podido llegar. Tiene la piel aceitunada, pómulos altos y cabello oscuro, seguramente herencia de algún abuelo indio. Dicen que es cuarterón. Durante la Reconstrucción dejaron que hombres de color fueran policías, alguno llegó incluso a ser oficial. Sucedió más como venganza de los yanquis que como deseo de integrar a los negros y también contra la desbocada Liga de los Hombres Blancos. Sin embargo, los oficiales negros no pudieron ascender en el escalafón policial y convertirse en inspectores.

—Fue... Nos dijo... Ha sido horrible —murmura la señora Villere.

No parece triste, sino perpleja, desconcertada. Habla con franqueza con De Sanctis, y él le contesta con una amabilidad a la que no acostumbra.

A pesar de su estado, la mente de Roberts capta ciertas sutilezas. Hay una corriente soterrada entre ellos dos, algo parecido al afecto. Luego piensa que la señora Villere y su marido quizá estén contagiados. Si Philippe lo contagió a él, debe de haber contagiado también a sus padres. Piensa que los tres están sentenciados, que incluso De Sanctis y su actitud vigorosa están en peligro.

No le importa. Y se sorprende a sí mismo al pensar de aquella manera.

Incluso le gustaría rodearse de más gente.

Que todos pudieran sentir aquella clarividencia.

Porque ahora sabe que todo el mundo es hipócrita y falso.

Aun así, el peso de su existencia previa permite a Roberts seguir el protocolo social. El inspector De Sanctis y el doctor se saludan con un asentimiento de cabeza. De una manera tácita, los dos hombres se retiran a un lado.

—El joven Villere se ha precipitado desde el piso superior y ha caído en el vestíbulo —dice el inspector—. Varios criados afirman que han escuchado una fuerte discusión. Me han comentado que usted lo ha visitado esta misma mañana.

—Sí, sí, me llamó la familia, no se encontraba bien.

—¿Qué le sucedía?

A la enfermedad no le ha dado tiempo de borrar años de reuniones sociales, y Roberts sabe que ha de tener cuidado con De Sanctis. Algo en su interior le hace pensar en sí mismo como el provecto señor Roberts, el señor burgués, el vientre agradecido, y ese algo se lo recrimina, se ríe incluso de él. Le cuesta hablar, sabe que ha de comportarse, pero siente una pulsión interior que se va haciendo cada vez más poderosa y pronto no podrá reprimir el decir lo que piensa de toda aquella gente, su pasión por la limpieza de sangre, por imitar maneras aristocráticas que ya nadie recuerda, que este país es una república, maldita sea.

—No se lo sabría decir —logra articular—. Dolor de cabeza, mareos.

—Parece que usted tampoco se encuentra muy bien.

El doctor levanta la mirada hacia uno de los espejos del salón y se sorprende al verse sudoroso, como si estuviera también él a punto del colapso, en contraste con la fuerte y vigorosa presencia de De Sanctis.

En ese instante entra un hombre en el salón, maletín en mano. Es el doctor H. S. Schmidt. El médico patólogo más famoso de la ciudad y que a la vez realiza funciones de forense. Más joven y delgado que él, con un increíble talento, inspector de Sanidad, miembro de varias asociaciones científicas y del Comité de la Salud. Nadie entiende por qué hace de forense, un trabajo mal pagado e intempestivo.

Schmidt le dedica al doctor Roberts una sonrisa que pretende ser amistosa, pero no hay calidez alguna en ella, sino más bien desprecio y superioridad intelectual.

A Roberts le gustaría que aquel presuntuoso se tragara esa mueca. Todo el mundo sabe de su manera de proceder en el hospital penitenciario del condado.

Se refrena.

Hay una lucha en él.

Sabe que pronto no podrá contenerse ante toda aquella panda de hijos de puta. Aunque para entonces, reconoce, ya estará muerto.

10

Morgan de Sanctis, desnudo, fuma al desgaire asomado a la ventana mientras observa entre las cortinas el ir y venir de la avenida Basin.

—No estabas pensando en mí —dice Vita Vinci echada en la cama de su dormitorio.

—Tú tampoco —replica.

Vita contempla su espalda, le recuerda a la escultura romana de un gálata caído o un púgil que vio una vez en una visita a Roma. Le gusta observarlo sin que él se dé cuenta. Apenas sabe de su vida, tan solo acumula detalles de aquí y allá; sabe que tiene un padre alcohólico al que no soporta y una madre que murió hace tiempo. Después del sexo, Morgan tiende a alejarse de ella, y una sombra de desencanto aparece en su frente. La pequeña muerte deja en él un poso melancólico y le hace parecer más serio y distante.

A ella le siguen sorprendiendo sus maneras, la forma en que dobla con pulcritud su ropa sobre una de las sillas, que guarde con discreción su ropa interior, alejándola de la vista, como si fuera más íntimo que verle alcanzar el placer encima de ella.

Se levanta de la cama y el susurro del satén rompe el silencio. Hace tiempo que no se muestra completamente desnuda ante un hombre. Un vaporoso *negligé* le levanta los pechos, una fabulosa gargantilla de diamantes disimula la madurez del cuello.

Se acerca a Morgan por detrás y aprieta su cuerpo contra él de un modo cálido, sin resultar sofocante. Adora el suave desorden de su cabello oscuro, en contraste con la línea recta de su pelo en la nuca, tajante y limpia, que ahora besa y acaricia. Él echa la cabeza hacia atrás, como si aquel fuera un gesto demasiado íntimo que no desea.

Vita le quita el cigarrillo de la mano, le da una calada y se lo devuelve. El humo permanece entre los dos. Desearía saber lo que piensa. Morgan se da la vuelta como si hubiera intuido su deseo. Sus rostros quedan muy cerca. Él no la mira directamente, su mirada se detiene en algún punto de sus cabellos. Ella adora observar sus ojos castaños, que tienen la dureza y la suavidad de una piedra de río. Él es por lo menos veinte años más joven; a su edad, Vita ya no esperaba volver a sentir esa pasión, tiene miedo de hacer el ridículo.

—Hoy ha muerto alguien que conocía —dice él con pesar—. Se llamaba Philipe Villere.

Vita ha aprendido a disimular, ladea la cabeza, parpadea como si tuviera algo molesto en las pestañas, todo para esconder la sorpresa. Así que Philippe Villere ha muerto. El doctor Roberts no le ha informado.

—¿De qué le conocías? —pregunta con suavidad.

—De años atrás.

—¿Era amigo tuyo?

—No.

—Pero parece que te ha afectado.

—Ha muerto en un accidente. En su casa. Al caer de una escalera. Lo siento. No sé por qué te estoy contando esto. Tengo que marcharme.

Se separa de ella y, de repente, la atrapa el frío.

11

Markus acude a la bonita sede de la Orleans Parish Medical Society, una sociedad que realiza las funciones de un colegio profesional de medicina. Que lo admitan como miembro está más allá de sus posibilidades. Aun cuando no hay ninguna regla que impida acceder a un hombre de color, necesita el aval de al menos cinco médicos que cuenten con varios años de experiencia. Sin ese aval también le es imposible ejercer la medicina en un hospital. La medicina más moderna, clínica, está fuera del alcance de Markus, y de cualquier médico de color; incluso los creoles negros originarios de la ciudad y que siempre fueron libres, como el doctor Louis Charles Roudanez, han de limitarse a realizar consultas privadas. Sabe que el doctor Roudanez, muerto hace unos años, tenía una bonita consulta en el Vieux Carré, y que había publicado el periódico negro, *The Tribune*. Markus ha intentado introducirse en aquel mundo de criollos negros, educados, multilingües, sin éxito alguno. No han contestado ninguna de sus cartas, ni sus tarjetas de visita.

La sede se encuentra en un edificio neoclásico, en la calle Canal, y su interior recuerda a un club de caballeros. Markus ha acudido allí por su extensa biblioteca. Podría dirigirse a la universidad, pero sabe que no le permitirían acceder a ella si no forma parte del profesorado o alumnado. La Orleans Parish Medical Society dispone de una biblioteca propia con las últimas novedades científicas y, lo más interesante de todo, la *Gazette Hospitalière*, donde se reportan diferentes casos clínicos. Como cualquier persona de color, Markus sabe encontrar los resquicios legales para poder estar en lugares a los que no debería acceder.

—Soy el doctor Johnson. Me han dicho que la biblioteca era de acceso libre para cualquier médico, incluso sin estar colegiado.

—¿Es usted médico?

—Sí.

Abre su cartera y muestra un pliego lleno de sellos que lo afirma. El hombre lo comprueba.

—Tengo que consultarlo. —No lo dice de manera hostil, sino con cierta pereza por tener que realizar cualquier trámite.

Otro hombre, mayor, se asoma desde un despacho interior, observa detenidamente a Markus y, tras un intercambio rápido de palabras, el primero vuelve al mostrador.

De nuevo no hay hostilidad, sino una suerte de molestia, incordio. En aquel lugar, las leyes segregacionistas de Jim Crow no se aplican por la sencilla razón de que a nadie se le ocurriría que ningún médico negro acudiera allí.

—Está bien, pero solo se le permitirán tres búsquedas. ¿Sabe cómo consultar las fichas bibliográficas?

Ciertamente, había asociaciones colegiales negras, incluso se habían fundado dos colegios de medicina que lidiaban con dificultades económicas y que la American Medical Association despreciaba, dejándolas en los últimos lugares de su clasificación médica anual. Ninguna de ellas disponía de los recursos necesarios para realizar una investigación seria sobre una nueva enfermedad.

Tras hojear varias fichas, pide dos números de la *Gazette Hospitalière* y un libro sobre infecciones asociadas al sistema nervioso central, incluida la rabia.

Mientras hace tiempo, observa los estantes apretados con libros. Desliza los dedos sobre ellos —algunos están encuadernados en cuero viejo—, y es indescriptible el placer que obtiene al hacerlo. Las mesas de caoba y las lamparitas verdes le recuerdan de manera dolorosa un mundo académico que resulta inaccesible para él.

Más allá, dos hombres, sentados en sendas butacas Chesterfield, hablan en voz alta a pesar de estar en una biblioteca, mientras leen el *New Orleans Democrat*, periódico conservador donde los haya. Han echado una rápida ojeada a Markus y se han dado cuenta de que no es ningún camarero, sino uno de esos tipos negros estudiosos, en realidad unos ingratos, que han empezado a pedir su ingreso en la asociación colegial. A esas horas solo ellos tres se encuentran en la amplia biblioteca.

—... su madre se pensaba que estaba poseído... Tenía la mirada en otra parte. Y algo extrañísimo... Un retardo en la miosis...

—Tal vez no es que estuviera enfermo, sino simplemente que era irlandés...

Ambos ríen.

Markus recibe la información como una pequeña descarga eléctrica. La emoción prevalece sobre la cautela que ha de tener al acercarse a dos hombres blancos.

—Perdone... ¿Ha dicho que tenía un retraso en el reflejo de la pupila?

Los dos doctores se miran, extrañados al principio. Le contestan divertidos; a veces, ser interpelado por un hombre negro no se toma como una ofensa, sino como un ocurrente entretenimiento.

—¿A qué viene tanto interés?

—He visto a otro paciente que mostraba el mismo signo. Vengo precisamente para buscar información que pudiera serme de ayuda.

—¿Ah, sí?

—¿Quién es el paciente?

La confidencialidad no se aplica a los pacientes pobres, así que no le importa contestarles:

—Un crío. Se llama Tommy.

—¿Dónde vive?

—¿Para qué quiere saberlo?

—Le he dicho que tengo un paciente con la misma sintomatología.

Markus se da cuenta de que ha sido demasiado rudo. No puede evitarlo. ¿Por qué dar tantas vueltas solo porque él sea negro?

La sonrisa del médico se va desvaneciendo. Su otro compañero carraspea. Lo que en un principio podía ser divertido empieza a ser irritante. Al médico que ha atendido a Tommy no le importa perderle de cliente, la madre ahorró todo lo que tenía para pagarle, así que no habrá una segunda visita y no pierde nada en darle la información. Dejemos que el negro se divierta con sus cosas.

—En la calle Rousseau, esquina con Jackson. Cerca de la comisaría.

Markus le hace un ademán de agradecimiento con la cabeza, y se marcha a toda prisa. Mientras se coloca el sombrero escucha a sus espaldas:

—Querrá curarlo con vudú.

Vuelven a reír. El mundo vuelve a encajar de nuevo. Excéntrico como el chamán de una tribu.

Markus camina deprisa hacia el barrio irlandés. Ha ido a su casa a buscar su preciado maletín. Nunca se ha adentrado allí, aunque la calle Magazine, donde vive, hace de frontera natural entre ese barrio y la parte baja del Distrito de los Jardines. No todos los irlandeses son pobres y trabajan en el puerto. Muchos de ellos han prosperado con pequeños negocios, y se han comprado una casa al otro lado de la calle, en aquella parte baja del distrito ajardinado.

Está decidido a visitar a Tommy. No ha contado, sin embargo, con que un hombre negro vestido como un blanco en el barrio irlandés puede levantar suspicacias. Si hubiera ido desarropado y sucio, no habría llamado tanto la atención. Markus apenas repara en ello: solo piensa en Tommy. Porque Tommy presenta los mismos síntomas que Alexander y que Rose, la chica del guardarropa. ¿Qué relación tiene Tommy, un chico pobre, con ellos? ¿También estuvo en el teatro de la ópera? No se da cuenta de que varios niños corretean por las calles, y se lo quedan mirando. Uno de ellos lo increpa:

—Eh, ¿a dónde vas con tanta prisa?

Sonríe y, a continuación, imita a un mono. Todos los demás niños se ríen.

—Voy a ver a Tommy —dice Markus con calma, pero sin pararse a hablar con ellos. De una manera intuitiva sabe que no es buena idea hacerlo.

—¿A Tommy?

—Está enfermo.

Varios de ellos se envalentonan. Se agachan y empiezan a agarrar piedras del suelo. Markus aprieta el paso. No sabe cómo hacerlo sin quedar en ridículo. Deja de pensar en la ciencia para hacerlo sobre cómo evitar que te apedreen.

—Eh, ¿qué coño hacéis? —les grita una vecina.

No lo hace preocupada por Markus, sino más bien por los cristales de su casa, y por su gato, que lleva días fuera y sospecha que los chicos han tenido algo que ver.

Podría haber sido peor. Había bandas irlandesas de adolescentes que gustaban de apalizar a negros y a *dagos*, a cualquiera de ellos que se aventure por el barrio.

Markus, aliviado, encuentra al fin la casita y llama con ímpetu a la puerta. Le abre un niño pequeño. Al verlo intenta cerrar de golpe, asustado. En el folclore del barrio, el hombre del saco es negro. Markus es rápido. Mete el pie entre el quicio y la puerta.

—Querría ver a Tommy —dice aguantándose el dolor en el pie—. Soy médico. Otro doctor lo ha atendido esta mañana y me ha hablado de él. Por favor.

Una mujer aparece detrás, secándose las manos en un paño. Tiene el rostro demacrado, necesitaría unas cuantas horas de sueño.

—No tenemos dinero para pagar a dos médicos en un solo día.

—No, no... Solo es interés profesional.

—¿Profesional?

—He visto otro caso parecido.

Por respuesta obtiene el silencio.

—Por favor...

La mujer se lo queda mirando. Suspira. El rostro cansado se muestra de pronto amistoso.

—Está bien.

Le dejan pasar.

Alexander, Rose, Tommy.

Markus se sienta al lado de la cama del chico, que está temblando, un temblor que se inicia en la base de la nuca y baja en oleadas hasta los pies. Intenta encontrar un punto de unión entre los tres enfermos.

—¿Estuvo su hijo en la Ópera Francesa?

La mujer sonríe por primera vez, aunque la sonrisa es cansada.

—¿Tenemos pinta de ir a la ópera?

—Me refiero a si trabajaba allí.

—No, no...

La conversación se interrumpe por los murmullos de Tommy. Su piel se ha vuelto muy pálida. Las pecas son puntos oscuros.

—No sé qué puedo hacer —dice la madre angustiada—. Ha empezado a delirar. Sus hermanos le tienen miedo. ¿Por qué le interesa a usted tanto?

—Es el tercer caso que veo en poco tiempo.

—¿Qué ha sido de los otros dos?

—No lo he podido averiguar. ¿Con quién ha estado en contacto?

La mujer calla, mira a un lado.

Uno de sus hermanos interviene:

—Trabaja en la calle Basin, haciendo recados.

Markus tarda un poco en entender. No es originario de Nueva Orleans. Tan solo lleva un año en la ciudad y hay cosas que se le escapan.

—Storyville —aclara finalmente la mujer.

Markus asiente. Del distrito rojo solo conoce los pesebres para los negros, no las avenidas de las mansiones. Los otros dos niños lo miran abiertamente. Es la primera vez que ven un negro en la casa. Su madre le da una palmada reprobatoria a uno de ellos en el hombro.

—No miréis así la gente.

—No se preocupe.

—Verá..., pagan bien. Tommy es espabilado. La señora Vita nos dijo que lo ayudaría a entrar en un colegio si quisiera. Pero mi Tommy es demasiado movido para eso. Le gusta ir de aquí para allá, llevando esto, ayudando en lo otro. Y aquí lo ve, postrado en la cama, con la mente en otra parte.

Alguien llama a la puerta y uno de los críos corre hacia ella. Markus se sorprende al ver entrar a un cura católico tan joven, quien le responde con la misma sorpresa al descubrir a un médico negro. Detecta en el recién llegado la misma timidez, la misma sensación de ser intruso que lo atenaza a él, en un juego de diapasones emocional.

Markus sabe que no todos los blancos son como los médicos de antes o los niños que han querido lanzarle piedras. También existe la otra parte: los cirujanos blancos que habían visto el horror de la guerra y querían evitarlo a cualquier precio, y daban clases gratuitas en la universidad para negros, maestros de escuela, bibliotecarios, incluso pequeños comerciantes cristianos que hacían la vista gorda ante las leyes de Jim Crow.

La madre de Tommy los presenta de una manera torpe ya que, al fin y al cabo, Markus es un completo desconocido para ella.

El padre Neil lleva una caja de galletas y chocolates. Los niños no están desnutridos, aunque tampoco comen todo lo que deberían para apaciguar el hambre y se abalanzan a por la caja.

—Ofreced primero a las visitas —dice la madre.

Tanto Markus como el padre Neil declinan la oferta.

—Perdonen. Estos días he descuidado la casa un poco. Tenemos a la pobre cabra en la parte trasera apenas sin leche.

—¿Cómo está Tommy? —pregunta el padre Neil.

—Tendrían que aislarlo —dice Markus.

Ella mira en derredor, se encoge de hombros.

—Solo hay dos habitaciones. Supongo que puedo dormir con los niños y dejar a Tommy en la mía.

Markus es consciente de la pobreza de la casa. Le ofrece una tarjeta.

—Por favor... Si ocurre algo, envíe a alguien a buscarme.

La mujer mira la tarjeta y asiente. Hay algo en Markus que la ha conmovido.

El padre Neil y Mark se despiden de Tommy. Una vez en la calle, hablan con la incomodidad de dos personas tímidas que acaban de conocerse.

—¿Qué cree que le está pasando? —pregunta Neil.

—Creo que se trata de una enfermedad neurológica causada por un germen.

—¿La familia puede infectarse?

—No sabría decirle. Es lo que intento averiguar.

—Ya veo.

—Nosotros también podríamos enfermar. Pero no sé cómo ni por qué.

—Oh, vaya —contesta el padre Neil con calma.

A Markus le sorprende que el padre Neil no nombre a Jesús o haga otra referencia cristina. Él es baptista, le prometió a su madre acudir todos los domingos a la iglesia y no dejarse embaucar por los católicos. Sin embargo, de pronto siente que puede confiar en él y le dice:

—Hay una especie de tristeza en la mujer, ¿no cree? Y no lo digo solo por su hijo.

—Por lo que sé, su marido se enfrentó a la patronal para evitar la separación del sindicato del puerto entre blancos y negros. Antes formaban un sindicato unido. Creía que los trabajadores tenían que permanecer juntos sin importar el color de la piel. Luego él tuvo un accidente en el trabajo y murió. Ella cree que la patronal tuvo algo que ver en ello. Creo que no se lleva muy bien con los vecinos.

—¿Por qué no se fueron?

—Tiene tres hijos —contesta el padre como si con eso quedara todo dicho—. Es una mujer orgullosa e independiente que veneraba a su marido, y la comunidad se lo hace pagar, no le ofrecen ningún empleo. Y luego está la vecina de enfrente, Bridget.

El padre Neil la mira abiertamente, los visillos de encaje se acaban de cerrar.

A Markus le sorprende oírle hablar de esa manera. No recuerda en nada a la cadencia baptista sureña, nada de citas bíblicas cada dos por tres.

—Por eso el niño trabajaba en un... lupanar. Le acompañaré hasta la salida del barrio.

Al llegar a la calle Magazine, ambos se despiden, dándose la mano.

—Mi parroquia es la de Saint Alphonse. Allí delante.

Señala las dos torres que sobresalen en el paisaje. Hay una corriente de simpatía entre ellos, y también de incomodidad, de quienes por un momento han compartido cierta intimidad pero que difícilmente volverán a cruzarse.

12

El padre Neil vuelve camino de su casa frente a la iglesia de Saint Alphonse. El templo tiene algo de amenazador a medida que cae la tarde. Las dos torres se elevan negras contra el oro y rosa de las nubes que arrastra el viento. A un lado de la iglesia hay un colegio donde se reúnen los niños cantores del coro, y al otro, un bonito edificio al que llaman «el monasterio» y en cuyo piso superior viven los padres, cuidados por varias monjas. Neil vive también allí, en una coqueta habitación que da al jardín interior. A veces todos ellos hacen vida en común, pero pasan la mayor parte del día retirados en sus cuartos o atendiendo a los feligreses. Los padres O'Callaghan y Macguire son muy mayores y están achacosos. Neil solo lleva tres meses y ya dejan que se encargue de casi todo. A veces es una carga terrible, se diría que ha de saber cómo funciona cada cosa y tomar decisiones que a ciencia cierta no sabe si son correctas o no.

Al entrar en el vestíbulo oye las toses, y le asalta el olor a linimento. A pesar de estar en una ciudad de clima subtropical, hay profusión de moquetas y maderas oscuras que crujen al anochecer. No es más que una imitación de algún lugar de Europa, no tiene ninguna impronta colonial, solo es un viejo caserón trasladado hasta allí. Son cinco los padres redentoristas que atienden a tres iglesias: la francesa, la alemana y la irlandesa, cada una en su respectivo idioma. Neil intenta a veces guarecerse en la pequeña biblioteca, aunque no le sirve de consuelo leer siempre los mismos salmos. Se dice de nuevo que, de haber podido elegir, hubiera preferido ser lingüista.

Amaba las clases de latín y griego del seminario, lo único que consiguió amar en aquel lugar.

Ha subido directamente a su cuarto sin realizar ninguna visita de cortesía a los padres. Empiece a atardecer. La habitación se va replegando en torno a él. «Así que esto es todo», piensa Neil. Todo lo que hará día tras día. Da una bocanada de aire. Necesita respirar. Decide subir a la terraza del piso superior y se asoma a la baranda de piedra. Desde allí se intuye el río, las luces que galvanizan la actividad del puerto, el cielo arrasado por colores como de algodón dulce. Y una sensación conocida, que intenta evitar a toda costa, se va abriendo vigorosa en su pecho, y logra que le palpite el corazón por primera vez en todo el día. No quiere dejarse llevar por ello. Lucha contra esa necesidad a pesar de que es una lucha perdida. No puede remediarlo. Es lo único que en realidad anhela, aunque su razón lo niegue.

De vuelta en su habitación, introduce una gorra, un blusón de obrero y un pantalón de sarga en una bolsa de tela. Sale por una de las puertas laterales y da un considerable rodeo, evitando el barrio irlandés, para acercarse al puerto.

Camina cabizbajo. La lucha entre su bondad natural, el deseo de ayudar a los demás, mezclado con aquella necesidad tan cruel como el hambre y la sed... Desearía volver a ser un niño, a no conocer, no saber... Los juegos tranquilos y los libros al caer la tarde, el olor a bollos y mantequilla, a galletas de jengibre, pero ahora le llega el olor a café, a caucho, a detritus, a goma. Olores fuertes que, sin embargo, no le desagradan, mientras las luces se reflejan en el río como una promesa, como si el río también supiera de su anhelo callado y fuera un amigo fiel.

Se cambia de ropa en un rincón oscuro en el que nadie lo ve y hace un hatillo. Y aparece Neil, el chico irlandés, que acaba de llegar a la ciudad.

El puerto es gigantesco. Lleno de muelles con gigantescos edificios de madera con enormes letras informando de quiénes son sus dueños y las compañías, barcos que ahora esperan entre las sombras. Los estibadores han acabado su turno y la mayoría vuelve a sus casas no sin antes pasar por bares, cuyas luces interiores salpican las calles sin asfaltar y la melaza que se forma con las bostas de los caballos y los desechos de la gente. Aquel mundo lo descubrió apenas dos meses atrás. Quería conocer la autenticidad del río, las condiciones de los trabajadores.

Sigue caminando, dando alguna patada a alguna vieja lata o madera perdida. Almacenes, casetas, pequeñas oficinas de contratación, grandes barcos de vapor y las chimeneas de hierro van pasando como un diorama según se acerca hasta el lugar ansiado. En uno de los muelles se acumulan las balas de algodón, formando un laberinto. A veces hay hombres de color, descansando encima tras un turno de trabajo. Más allá hay un pabellón higiénico donde los marineros se cambian, se lavan para mostrarse presentables. Y aquel era el pabellón de los negros. Más descuidado, peor ubicado.

Neil traga saliva. Hay cierto trasiego en la puerta. Varios hombres se saludan, hablan, se dan fuertes palmotadas entre risas o fuman antes de volver a casa. Neil mira distraído la parte trasera, donde hay bidones de agua y las malas hierbas crecen colgando del techo alimentadas por el vapor.

Se adentra con cuidado. La vista se ha de acostumbrar hasta que distingue la tersa oscuridad de la piel. Un hombre se está acabando de lavar. Pese a estar de espaldas, Neil lo reconoce. Sabe sus turnos. Sabe que le gusta remolonear allí. El hombre nota su presencia, se gira, le sonríe y le dice:

—Hola, palomita.

La voz es ronca.

—Hace tiempo que no venías por aquí.

Emite premonitorios sonidos de placer cuando, con una sonrisa franca, retira sus manos hacia Neil, dejando ver su sexo, brutal y oscilante.

13

Markus, mientras tanto, vuelve a casa. La calle Magazine está llena de pequeños negocios familiares, abundan los carteles con nombres tanto irlandeses como italianos, apretados los unos contra los otros. En cambio, a un lado, en las calles que llegan hasta el río, los negocios escasean y solo hay casas destartaladas, separadas por extraños rodales en los que se acumulan maderas, latas y desperdicios sin que a nadie parezca importarle. El aire huele al río que fluye y al olor más cercano y penetrante de las alcantarillas repletas de desechos humanos y animales. La luz eléctrica no ha llegado todavía a aquella parte de la ciudad.

Antes de entrar al portal de su casa, se queda mirando el ir y venir de caballos de tiro, bicicletas, carromatos y tranvías, como si hubiera un frenético interés de todo el mundo en ir a alguna otra parte de la ciudad antes de que acabara el día. Markus está nervioso, su mente bulle, va de un lado al otro; contagiado por esa urgencia de la calle Magazine, busca una conexión entre Tommy, Alexander y Rose, hasta que la idea de acercarse a Storyville se abre paso en su mente. Podría subir al tranvía, ese que da tantas vueltas que lo llaman «serpiente», y lo llevaría hasta la estación central. Allí nace Storyville. Allí trabajaba Tommy.

Sin casi darse cuenta, camina varias manzanas hasta cruzarse con la calle Canal, una vía ancha, comercial, cubierta por una telaraña metálica de cables de tranvías que circulan en ambas direcciones, y que separa la parte más nueva de la ciudad de la vieja. A pesar de toda aquella actividad, la brisa del río sube como si reclamara aquel lugar, como si quisiera recordar que una vez allí todo eran marismas y pantanos. Llega a la estación de tren de la calle Basin, la Union Station, que marca el comienzo a Storyville. Los trenes se dirigen al norte y al sur, dando un rodeo a aquel distrito. ¿Qué ciudad era aquella, en la que la estación del tren se encontraba frente a un distrito rojo? Los únicos negros allí son los vendedores de los puestos ambulantes, los chicos de los periódicos vespertinos. Ha de preguntar a uno de ellos cuál es la Mansión Vinci. El *Libro Azul* le permitiría averiguarlo: un libro de bolsillo con todas las mansiones y chicas del distrito. Markus no sabe de su existencia.

El chico le responde frotando tres dedos entre ellos: quiere dinero. Markus le da una moneda y el muchacho le señala con la barbilla un edificio espléndido con puertas de color azul. Y luego, entre dientes, riendo, le dice que pierde el tiempo y, como si hubiera estado mascando tabaco y lo hubiera escupido, añade la palabra «negro», a pesar de que su propia piel sea casi tan oscura como la de Markus.

Un hombre de color, algo mayor, vestido de frac, abre una de las dobles puertas azules de la Mansión Vinci. Por encima de su hombro, Markus vislumbra un vestíbulo de techos altos, suelos de mármol, y a lo lejos la barra de un largo bar que se desliza sinuosa hasta el interior. Un par de hombres ríen y charlan con el barman. La luz suave de las lámparas se refleja en espejos y crea el efecto de encontrarse en un club de caballeros en vez de en un burdel.

—Lo siento, hermano —le dice el hombre del frac—, este lugar no es para ti.

—Soy el doctor Markus Johnson. He estado atendiendo a un chico llamado Tommy. Me han dicho que trabajaba aquí. Necesito información sobre él.

Emmanuel está de pie detrás del hombre. El rostro serio, los brazos cruzados. Su figura es imponente. A esa hora le gusta estar atento a la puerta principal, y que la gente piense que su cometido es el de vigilante en vez del de socio; no hay nada mejor para evitar las sospechas que alimentar el cliché sobre su persona. Muestra de pronto interés ante las palabras de Markus y hace una señal para que el portero se aparte a un lado.

—¿Qué es lo que buscas? —pregunta Emmanuel.

—Verá, hace unos días atendí a un hombre y luego a una mujer con los mismos síntomas que Tommy. Estoy seguro de que es una enfermedad contagiosa y, por lo que he visto, altamente incapacitante.

Emmanuel se le queda mirando, examina su rostro, busca información, tratando de adivinar pensamientos. Markus intenta mostrar aplomo. De una manera difusa es consciente de que no es necesario porque, aunque la figura de Emmanuel sea imponente, carece de bravuconería y su mirada revela inteligencia. El hombre le hace un gesto señalando para otro lado. Ha de entrar por otra puerta, la que da a la calle opuesta, por la que entran el servicio, los profesores, las criadas y las prostitutas.

—¿Cómo está Tommy? —pregunta Emmanuel, una vez que Markus se encuentra en la parte de atrás; hay verdadero interés e incluso una nota cálida en la voz.

Le ha hecho pasar a un despacho. Markus se fija en la mesa, llena de papeles y libros de contabilidad, varios catálogos de inmuebles, periódicos, como si allí se hicieran otro tipo de negocios.

—Está aturdido, como en otro mundo, aunque a veces tiene ráfagas de lucidez.

—¿Es grave?

—Es difícil saberlo.

Emmanuel asiente comprensivo.

—Ninguno de nosotros ha enfermado.

Markus retiene el «nosotros», resulta curioso hablando de un burdel.

—Busco una cadena epidemiológica: la conexión que hay entre él y los otros dos casos.

—¿Cuáles son los otros dos casos?

—Uno es una chica que se llama Rose y que trabaja en el teatro de la ópera, y el otro es Alexander Le Bois, un joven creole, blanco, francés, un aristócrata.

Emmanuel parece dudar un momento.

—Ven conmigo.

Se adentran en la mansión. Se escucha música procedente de algún lugar. Las notas de un piano meloso que incitan al amor. Markus no ha entrado nunca en contacto con el lujo, ni siquiera se le ha ocurrido pensar que haya sitios como aquel sobre la superficie de la tierra.

Vita Vinci ve entrar en la biblioteca a Emmanuel junto a un joven negro, ridículamente bien vestido, que lo observa todo con curiosidad.

—Es el doctor Johnson. Dice que viene de tratar a Tommy. He pensado que te interesaría tener la información de primera mano.

Vita Vinci se ha encontrado a lo largo de su vida con todo tipo de personas que han decidido salvarla y que aseguran saber qué es lo más conveniente para ella: jóvenes misioneros, reformistas bienintencionados y, últimamente, mujeres sufragistas. Ha aprendido con el tiempo a ser paciente. Se deshace de ellos de manera cuidadosa, nunca se sabe cuándo alguien puede alcanzar un cierto poder, y es mejor que tengan un buen recuerdo de ella, pues no hay nada más peligroso que el resentimiento y la venganza de las almas pequeñas. Por un momento piensa que Markus es de esa clase de personas, pero al verlo delante de ella, con el sombrero entre las manos, dándole vueltas, repasando los libros con la mirada en vez del rico mobiliario, comprende que se ha equivocado.

—Tiene usted una biblioteca magnífica.

Lo dice con sinceridad y admiración, y Vita, que no pudo ir a la escuela y tuvo que aprender a leer y escribir a escondidas mientras trabajaba de cocinera en una casa, sonríe a su pesar y le concede el beneficio de la duda.

—Muchas gracias, pero creo que no ha venido aquí a consultar mis libros.

Markus le explica el motivo de su visita, mientras ella escucha con rostro serio aunque amigable.

—Es una fiebre que puede ser peligrosa —afirma Markus con vehemencia.

—¿Sabe qué puede causarla? —se interesa Vita.

—Sin duda, un germen del que algunas personas son portadoras. Me gustaría rastrear el origen de la enfermedad. Así que, perdone si soy indiscreto..., pero ¿el señor Alexander Le Bois es cliente suyo?

—Como comprenderá, no puedo hablar de mis clientes, como tampoco usted puede hablar de su paciente. El secreto es inherente a nuestra profesión.

—Lo entiendo. Pero... alguien que asistió al gran baile de Carnaval pudo venir aquí. No hace falta que me diga quién. Solo si existe esa posibilidad.

Vita sonríe y, negando con la cabeza, dice:

—Lo siento.

—De acuerdo, no la molesto más.

Markus no es insistente. Está acostumbrado al rechazo. Cuando ya se retira, Vita Vinci parece pensárselo mejor:

—Un momento... El doctor Roberts... Debería hablar con él. Le escribiré una nota diciendo que va de mi parte. Un médico puede explicar cosas a otro médico que otros no podríamos.

Cuando Marcus se marcha, Emmanuel le dice a Vita:

—Philippe Villere era buen amigo de Alexander Le Bois.

—Sí, lo sé. Por eso le he enviado a casa del doctor Roberts. Espero que él pueda ayudarlo.

Que ella sepa, Alexander Le Bois nunca ha acudido a Storyville. En las carreras de caballos lo vio con su mujer, una española muy hermosa. Vita tiene la mejor cuadra de Nueva Orleans y con frecuencia sus caballos ganan trofeos. A instancias de Emmanuel, también patrocina al mejor boxeador de la ciudad, aunque rara vez pueda verle combatir, porque la ciudad tiene prohibido que las mujeres acudan al boxeo, no por la violencia, sino por no ver a hombres semidesnudos.

14

La familia Villere ha enviado un telegrama a la familia Le Bois: Philippe Villere ha muerto. Un terrible accidente. La noticia trae consigo una tregua entre Frances e Isabella. Se plantean no informar a Alexander, pero los Villere tienen numeroso servicio y, en la avenida Charles y Jackson, el ir y venir de los chicos de los recados, lavanderas, chóferes y aguadores es constante; será imposible ocultárselo. Así pues, después de dudar casi un día entero, ambas deciden de común acuerdo que, a pesar del estado de Alexander, es preferible que lea por sí mismo el telegrama mientras descansa en el salón de dibujo. Isabella y Frances están presentes cuando lo lee.

El abotargamiento deja paso a una sorprendente furia. Estruja el telegrama. Sin mediar palabra, baja las escaleras a toda velocidad y se dirige a los establos. Isabella va detrás de él. Es difícil hacerlo llevando un vestido largo, mañanero, de múltiples capas, pero se las apaña. Frances, en cambio, nunca ha corrido detrás de nadie y asiste impertérrita a la exaltación de Alexander. Si la muerte de Philippe la ha afectado, sabe disimularlo.

Al llegar al establo, Alexander monta uno de los caballos, Frénésie, que siempre tiene la montura preparada. Isabella, desesperada, ve cómo se aleja. Quiere ir detrás de él, pero para lograrlo necesita un carruaje. Pide ayuda a Talbot. Isabella se pierde un poco con las relaciones, no recuerda si es el hijastro del señor Booker, porque todos se llaman a sí mismo hermanos, aunque en realidad no lo sean.

—El señor... ha salido a la calle. Tienes que llevarme tras él.

—El señor Jones no me deja siquiera tocar el carruaje.

Isabella de buena gana montaría su caballo y saldría en su busca, pero hacerlo a solas supondría el mismo escándalo que si decidiera mostrar los pechos en público.

—El señor está enfermo... No podemos dejarlo ir así. Tengo que alcanzarlo. Sé a dónde se dirige, por favor.

Talbot parpadea. Le desconcierta la señora, su acento extranjero, su belleza y la mezcla de amabilidad y consideración con la que pide las cosas, sin atisbo de paternalismo alguno. Además, el muchacho adora el carruaje. Y tiene una excusa, se lo ordenó la señora. Ante el alivio de Isabella, Talbot asiente. Engancha el caballo con rapidez al victoria y montan los dos. La yegua tironea nerviosa. Talbot la calma y salen a la avenida Saint Charles. Aunque aquella parte de la avenida empieza a adentrarse en una zona semirrural, todavía se ven una gran cantidad de carruajes, tranvías, un trasiego de carromatos, mulas de reparto y peatones que cruzan de un lado a otro intentando no mancharse con el barrillo de bostas y detritus.

La mansión de los Villere está a apenas cinco minutos. Las verjas de entrada permanecen abiertas. Alexander descabalga al estilo cosaco. Ni siquiera ata las riendas. Da dos fuertes golpes con el baldón de la puerta de la casa, adornada con una corona negra. El carruaje de Isabella ha conseguido alcanzarlo, se adentra en los jardines de la mansión. Isabella baja del carruaje sin que a Talbot le dé tiempo de abrir la puertezuela, va detrás de Alexander y lo alcanza, pero no se atreve a tocarlo, teme hacerlo, pues no soportaría su rechazo. Cuando abren, Alexander entra en el vestíbulo dando voces. El chico joven de la puerta tiembla, conoce a Le Bois, lo ha visto infinidad de veces junto al señor, reír y bromear, emborracharse juntos.

—¿Dónde está? —pregunta a gritos Alexander.

El chico, aterrorizado, señala hacia un lado y murmura:

—En la capilla.

La magnífica casa de los Villere es fruto de diversas renovaciones. Es una mansión solariega que no formó parte de ninguna plantación, pues los Villere se dedicaban desde siempre a los negocios, ni al algodón ni al azúcar. El estilo victoriano de la reina Ana se mezcla con un eco medieval. Alguien decidió construir una capilla neogótica en un edificio anexo a la casa al que se llega atravesando un bonito puente a través de la primera planta.

Las botas de Alexander resuenan sobre las baldosas, seguido a poca distancia por Isabella. La capilla se encuentra a media luz. El ataúd descansa sobre un catafalco de terciopelo oscuro, está abierto y se puede admirar el perfil de un hombre joven y agraciado. No hay flores todavía. Todo ha ocurrido de forma repentina. No han hecho la autopsia. El doctor Schmidt ha certificado la muerte por accidente. Sus lesiones son compatibles con la caída. El doctor Roberts ha informado de la enfermedad previa: aturdimiento, sopor, seguido de euforia. La caída y la enfermedad son compatibles entre sí.

En uno de los bancos hay una mujer mayor, junto a otras dos jóvenes: la señora Villere y sus hijas, Sophie y Adele. La madre tiene un rosario entre las manos, parece que esté rezando. Isabella conoce ese tipo de rezo, es el que sirve para hablar con uno mismo. Cuatro candelabros iluminan la capilla. Las llamas tiemblan precavidas al borde del ataúd.

Alexander sube hasta el catafalco y se sienta a horcajadas sobre el ataúd abierto. Acerca su rostro al de Philippe. Ambos están igual de pálidos, como si estuvieran haciendo una broma, como si en cualquier momento despertaran los dos de una pesadilla.

La señora Villere no se mueve. Sus hijas se han levantado al ver la escena: Adele, acongojada y desconcertada; Sophie, en cambio, muestra una expresión compleja, observando con detenimiento a Alexander. La madre habla casi sin mover los labios.

—Él dijo todas esas cosas horribles y de repente ya no era mi hijo. No era el chico dulce y cariñoso... Era alguien terrible... Tú y él y los otros chicos... hacías esas cosas terribles...

—Mamá... —gimotea Adele.

Se le ha ido la cabeza, el dolor, sin duda, la gente reacciona de las maneras más extrañas ante la muerte: risas, dolor y acusación. Todo aquel que la escuchara pensaría lo mismo. La sosegada señora Villere, el epítome de la serenidad ante la adversidad, no diría nada semejante si no fuera ese el motivo.

Alexander calla, se repliega sobre sí mismo, como un animal saciado. Sin mirar el cadáver de Philippe, se baja del ataúd. Su figura es imponente ahora. Tanto Sophie como Adele hubiesen deseado casarse con Alexander, pero la española, como es conocida Isabella, se interpuso en su camino. Adele no le guarda rencor, podrían haber sido amigas si se hubieran conocido en otras circunstancias. Sophie la mira con curiosidad.

La señora Villere permanece sentada y habla con la vista al frente, como si sus palabras solo buscasen los oídos de Alexander.

—Estáis enfermos. Siempre lo habéis estado, solo que ahora... Ahora... todo sale a la luz... Oh, Dios mío...

Isabella no entiende bien lo que dice la señora Villere, su francés es demasiado antiguo y pesado para ella. Se acerca con tiento a Alexander, temerosa de su reacción. Le pasa con suavidad las manos por los hombros al llegar a su lado. Jirones de cabello se le han pegado por el sudor. En la mirada ahora hay una luz extraña, algo ha vuelto a agazaparse una vez que ha mostrado su poder.

—Volvamos a casa —dice Isabella.

Alexander se deja conducir de una manera dócil. Caminan hacia la puerta de la capilla. La señora Villere empieza a sangrar por la nariz.

15

Markus, siguiendo las indicaciones de Vita Vinci, acude a visitar al doctor Edgar James Roberts al día siguiente de hablar con ella. La casita se encuentra en Fontainebleau, un barrio residencial, lo suficientemente alejado de la ciudad vieja para que las calles sean más anchas, y al mismo tiempo cercano para poder acudir a cualquier lugar cuando se requieren sus servicios.

Le abre la puerta una mujer mayor.

—Disculpe. Soy el doctor Johnson. Querría hablar con el doctor Roberts.

—Pase. Está en su habitación.

Markus se quita el sombrero, sigue a la mujer hasta un vestíbulo lleno de muebles de maderas oscuras un tanto ostentosos.

—Está arriba —dice ella.

Markus sube las escaleras detrás de la mujer. Se fija en sus andares pesados, en que tiene que apoyar las manos en las rodillas para ayudarse. Y en algo más: hay un cierto desarreglo general en su ropa y en su cabello.

—Aquí es —dice ella abriendo una puerta del piso superior.

El doctor Roberts está acostado en la cama del dormitorio principal. Las cortinas están echadas y una luz tenue se pierde entre los rincones de la estancia. Markus se da cuenta enseguida de que hay una rigidez antinatural en él. Decide ponerse un pañuelo sobre la boca y evita acercarse.

—No es necesario que se cubra —dice la mujer—. Está muerto.

Markus mira en derredor. Una cómoda llena de fotografías familiares, un joyero, cajitas lacadas, detalles de una confortable vida matrimonial.

—Ha de llamar a la funeraria —dice Markus con una nota de aprensión en la voz—. Es una enfermedad contagiosa.

—Creo que no será necesario.

La mujer se abre la blusa. Los pechos caen libres y desnudos. Se acerca hasta la cama, se echa al lado del cuerpo del doctor. Sujeta una de las manos del doctor y se la pone en el pecho.

Markus se queda perplejo, no sabe qué decir.

—Siempre estaremos juntos. Dormiré por fin en esta cama. Yo nunca le abandonaré. La otra se fue, pero yo no.

Markus retrocede dos pasos y abandona la habitación. Baja las escaleras tambaleando. Sabe que la mujer está condenada y siente vergüenza por ella. Los deseos más ocultos, descarnados, expuestos de esa manera. Nadie tendría que ver los secretos de otro ser humano. Sale a la calle.

Tiene que acudir a las autoridades. Tiene que evitar el contagio. Puede que él mismo enferme, que transmita la enfermedad. De repente una sombra le corta el paso.

—Eh, tú.

Es un policía. Suda bajo el casco y el uniforme, que son una copia de los *bobbies* británicos. Nadie ha tenido en cuenta que las temperaturas en la ciudad son semitropicales. La placa de policía, con la media luna creciente boca abajo y la estrella rutilante, refulge.

—¿Por qué llevas la cara cubierta?

Markus no se ha dado cuenta de que ha salido a la calle con un pañuelo cubriendo nariz y boca. Se lo quita con rapidez. Las ordenanzas de la ciudad prohíben a los negros taparse el rostro. Sabe que no ha de mirar al hombre directamente, que no crea que le está retando.

—He ido a ver al doctor Roberts. Estoy muy resfriado. Me ha pedido que me pusiera el pañuelo para no contagiarlo, porque estornudo todo el rato y me gotea la nariz.

El policía da dos pasos atrás y lo escruta de arriba abajo. Desconfía, aquel negro no habla con acento de Nueva Orleans, pero la torpeza y la timidez juegan a su favor: no tiene pinta de malhechor.

—Pues no puedes ir así por la calle. Parece que vas a asaltar un banco.

Markus asiente. El otro lo sigue mirando.

—Voy para casa y me meteré en la cama —dice él como si fuera un crío.

El policía ha decidido que aquel negro es un poco tonto, como lo son todos, por otro lado, pero este ni se esfuerza en disimularlo.

—Está bien. Pero ni se te ocurra coger el ómnibus.

—No era mi intención, señor.

A Markus no le cuesta hablar con el respeto debido, es propenso a seguir las normas y las jerarquías. Igualmente, había decidido volver a pie. Al darse la vuelta nota la mirada del policía sobre sus hombros. Intuye que en cuanto se aleje un poco más llamará a la puerta del doctor Roberts. No se dará cuenta hasta días más tarde de que todos pensarán que él es quien está propagando la enfermedad.

Sigue caminando. Le gusta aquel barrio. Elegante sin ser presuntuoso. Calles limpias y cuidadas, casas de dos plantas, fachadas pintadas con discreción de bonitos colores. Toma una callejuela y el destello del crucifijo de plata de una transeúnte llama su atención.

Y un nombre claro y puro aparece en la mente de Markus.

Rose.

Es ella, sí: el cabello rubio con destellos cobre es inconfundible. Camina de una manera un tanto especial, temerosa y desafiante a un mismo tiempo, disimulando la cojera, acercándose a las paredes de los edificios, a las verjas de las casas, casi rozándolas, como si quisiera evitar el contacto humano. Markus empieza a seguirla. Es una calle residencial. Cortinas corridas, luces discretas que dejan intuir escenas domésticas al otro lado.

—¡Rose!

Ella se gira extrañada. Al ver que es Markus quien la ha llamado palidece.

—¿Quién es usted? Déjeme. No le conozco.

Se da la vuelta y aprieta el paso. Markus mira a un lado y al otro. Es peligroso que una mujer blanca grite por que un hombre negro le haya dirigido la palabra. Gracias a Dios, las calles y los jardincitos están vacíos en ese momento, pero un nuevo grito de Rose y varios visillos se agitarán y él irá a parar a la cárcel.

—Rose. Soy Markus. Estabas enferma. Tu amiga Tallulah me llamó para tratarte. A los dos días volví, pero os habíais marchado. Te administramos quinina, porque no sabía qué darte. Me contó que trabajabas en el guardarropa del teatro.

Rose se detiene, la voz de él suena preocupada, y en ella aún perdura un rescoldo de la buena chica que siempre había confiado en la bondad de los extraños. Markus da un rodeo, no quiere asustarla, y se planta frente a ella, aunque a cierta distancia. Se quedan mirando el uno al otro, hasta que él rompe el silencio:

—No pareces enferma. —Sonríe, se alegra cuando dice—: Oh, Rose, ¡te has recuperado!

Ella lo mira con una expresión de amargura que él no entiende. Avanza unos pasos hacia ella. Su parte científica toma las riendas. Saca con cuidado un cigarrillo de su pitillera.

—¿Quieres? —pregunta de la manera más dulce que se le ocurre.

Lo enciende y aprovecha la luz para acercarlo a los ojos de Rose.

Las pupilas se contraen, el reflejo está recuperado. Y a Markus casi se le escapa un «¡bravo!».

—¿Qué haces? —Rose le da un manotazo.

La cerilla cae al suelo. El olor del fósforo es lo único que hay entre los dos.

Markus baja la cabeza.

—Nada.

—Pues déjame en paz.

—¿Qué pasó? ¿Por qué os fuisteis?

—¿No lo sabes? ¿No te lo puedes imaginar? Me violaron cuando estaba enferma. Uno como tú. El chulo de la amiga de Tallulah. Se pensó que no me daba cuenta el muy hijo de puta. —Lo mira con una franqueza que raya el desafío, la cabeza alta, los labios esbozando una sonrisa amarga.

—Siento muchísimo lo que ha pasado, lo que...

Rose le escupe en la cara. Markus parpadea. El escupitajo le cae por la mejilla. Ella se da la vuelta. La rabia, la pena dejan paso a un sentimiento confuso, la expresión de él es la misma que la de ella cuando su padre la apalizaba por hacer algo que creía que estaba bien hecho, pero a lo que él siempre le encontraba un defecto.

16

Isabella acude a rezar a la iglesia de Saint Alphonse. Prefiere hacerlo allí, que en la catedral de Saint Louis a la que acude la familia Le Bois, junto con el resto de las familias francesas. Hace unas cuantas semanas que asiste a ese templo. Cree haber encontrado ahí a un padre espiritual. Al principio los feligreses la observaban con una curiosidad que se ha ido transformando en respeto al verla rezar con auténtica fe. Saben que es española. Si fuera creole o francesa, pensarían diferente. Muchos irlandeses han huido a España, y saben que es un país católico de verdad. Algunos de ellos se la quedan mirando, envuelta en su mantilla española tan ricamente bordada.

Reza en el último banco. La iglesia no es muy grande. Está ornamentada con multitud de superficies doradas que se pierden entre las sombras. El padre Neil, cuando la ve, se acerca, se arrodilla junto a ella y rezan juntos. No es algo demasiado ortodoxo, pero los dos se sienten cómodos en esa situación. No es una confesión canónica. Isabella habla inglés de una manera precaria. A pesar de la habilidad del padre Neil con los idiomas, su francés es el que se estudia en la escuela, basado en la gramática y poco en los sentimientos. La buena voluntad de los dos logra que alcancen a entenderse.

Neil sabe que en los últimos días ella está preocupada por su marido. No parece la clásica disputa de unos recién casados. Ella se muestra acongojada. No encuentra las palabras adecuadas en inglés.

Una mujer entra nerviosa en la iglesia. Tanto Isabella como el padre Neil se levantan al unísono al verla, como si los hubieran pillado haciendo algo deshonesto. La mujer se acerca hasta ellos a trompicones, con las manos agitadas, llorando.

—Padre...

Neil no recuerda cómo se llama. Aunque lo intenta, todavía le cuesta recordar los nombres de todos los feligreses. Geraldine, se acuerda de pronto.

Geraldine se aproxima, tambaleante, y al llegar hasta el padre le sujeta las manos y se arrodilla frente a él.

—Muertos. Están todos muertos.

—¿Quienes?

—Tommy... Los niños... Dolores...

—¡Dios mío! —exclama Neil.

Ambos se santiguan. A pesar de que Isabel no sabe a quién se refiere Geraldine, ha entendido el lenguaje universal de la desesperación.

—¿Están en la casa? —pregunta él.

—Sí.

—Voy a verlos.

El padre Neil sale de la iglesia. Isabella se agacha junto a la mujer. No acaba de entender lo que ha pasado, y solo la abraza. La mujer le dice:

—Vaya usted también, por favor. La he visto rezar... Eso los ayudará.

La casa está rodeada de gente que se asoma a las ventanas o se lleva las manos al rostro. Nadie entra, el horror los paraliza, el miedo también, saben que el niño ha estado enfermo. Al ver acercarse al padre Neil, le abren un pasillo hasta la puerta.

Isabella va detrás en el carruaje. El señor Jones circula con cuidado, cubierto con una chistera a la vieja usanza y tan embozado como puede. Consigue no llamar en exceso la atención. Las calles están embarradas, los detritus de las alcantarillas al aire libre emiten vapor, y a veces los mataderos saturan el aire de un olor corrompido.

El padre Neil sabe que la puerta está abierta, pero tiene que esforzarse en abrirla, como le sucede a menudo, porque el calor y la humedad abomban la madera durante todo el año, y se ha de realizar un movimiento especial, tirar y empujar a la vez, como ha aprendido que debe hacerse con todas las puertas de la ciudad.

Están todos muertos en el interior. La mujer tiene sangre reseca en la nariz y la sombra de una mirada en la que se mezclan el cansancio y una lucidez final. Los niños están cianóticos, con marcas de dedos en los cuellos, todos menos Tommy, que parece al fin descansar en paz. Neil comprende que la muerte de los otros niños no la ha causado la enfermedad: los pequeños llevan sus mejores ropas, todo está muy limpio y en orden, todo está en su sitio. Neil no tiene duda de que la muerte de los dos chiquillos menores llegó por mano de la madre. Cae de rodillas y reza como si realmente lo moviera la fe, en vez de unas circunstancias impuestas por su vida y nacimiento. Afuera todo el mundo aguarda expectante, acongojado.

A una distancia prudente de la casa, Isabella desciende del carruaje. Las mujeres hablan muy deprisa, es difícil entenderlas. Isabella comprende el inglés mejor de lo que lo habla, pero aquel le resulta casi ininteligible. Alguien grita, y ese grito es como un diapasón que logra encender a los demás. Los hombres están volviendo del trabajo. Se van enterando de la noticia. Entonces se escucha la ira.

Una mujer con un llamativo pañuelo en la cabeza lleva la voz cantante:

—Fue un negro... Iba vestido como un blanco, pero a mí no engaña, era el mismo demonio. Los niños son testigos. Dijo ser médico. ¡Médico! ¿Un negro? Por el amor de Dios. Hace vudú, eso es lo que hace.

Y eso supone de pronto una liberación. Hay un motivo racional, algo que puede explicar todo lo que está sucediendo.

Aquella aberración tiene un culpable.

Y ese culpable es el negro. Ahora todo resulta fácil de entender.

Isabella se gira, empieza a comprender. Da media vuelta, no quiere escuchar nada de aquello, pero unas manos la retienen. Una mujer le sonríe. La mujer del pañuelo. La misma que ha gritado en primer lugar. La mira y parece conocer todo de ella de una manera desagradable. Su más temido secreto.

Bridget dice:

—Iba vestido como un blanco, con el mismo traje de tweed de los protestantes que nos quitaron las tierras.

Isabella capta con horror de quién se trata. Quiere deshacerse de la mujer, se cubre mejor con la mantilla.

—Y usted, por mucho que rece, no es una ninguna santa...

Isabella marca su inglés con un fuerte acento.

—No la entiendo.

Se zafa de ella y sube al carruaje.

—Volvamos a casa —dice al señor Jones.

Al menos el carruaje es cerrado, no es el cabriolé del buen tiempo, y puede echar las cortinas. Cuando por fin salen del barrio irlandés y las calles vuelven a estar adoquinadas, respira un tanto aliviada. Sin embargo, hay algo que la reconcome. No puede dejar de pensar en ello. Se acerca hasta la ventanilla bajo el pescante y le da unos discretos toques.

—Señor Jones... —Se siente incómoda hablando desde el interior del carruaje, ha de estar medio sentada, medio reclinada hacia delante—. ¿Ha escuchado lo que decían?

El chófer tiene la cabeza ladeada hacia ella, la curvatura de la espalda se tensa.

—Usted lo trajo a casa.

—Señora... —Él también sabe de quién se trata.

—Tenemos que ir a por él. Usted sabe dónde vive. Fue a buscarle el otro día.

—Es peligroso.

—Es peligroso porque su vida corre peligro.

—No querrá traerle a casa, ¿no? Madame Frances y el señor no estarán de acuerdo.

—Ellos no tienen por qué saberlo.

—¿Y cómo van a dejar de hacerlo? Madame Frances lo sabe todo de la casa.

En aquel momento como de confesión, como si el señor Jones fuera el sacerdote, como si la ventanilla fuese la de un confesionario, Isabella le dice:

—Morirá... Lo lincharán, no atenderán a razones. Sé que ustedes traen a veces a familiares y madame Frances les deja dormir en la casita del jardín. Familiares que vienen a buscar trabajo...

El cuerpo robusto del señor Jones se encoge. Isabella entiende la reticencia.

—Puede que los irlandeses no lleguen a descubrir quién es —dice él con renuencia, aunque sabe de antemano que es una excusa.

—¿Cuántos médicos negros hay en la ciudad? Médicos negros que no sean creoles, sino yanquis.

Isabella ignora si está utilizando el término correcto. A veces se le escapan los matices ser de uno u otro lado, los grados del color de la piel. A pesar del año escaso que ha vivido en la ciudad, le cuesta entender el acento de las personas de color.

—Él no es yanqui, señora, no hay yanquis negros.

Markus acaba de llegar a su casa. La tienda del señor Giovanni permanece abierta. El escaparate iluminado le da la bienvenida, y le alivia que le resulte familiar. La seguridad de su familia es lo que más echa de menos, el poder llegar a una casa y hablar con alguien que te quiere. Ha tenido que decidir entre eso y la ciencia. La visita al doctor Roberts y el encuentro con Rose lo han dejado conmocionado. Un encuentro rivaliza con el otro en su mente. No tiene sentido. Se contradicen. Intenta comprender el alcance de la enfermedad. Quiere aprovechar la noche para estudiar y buscar su origen.

Piensa en las enfermedades que provocan cambios de conducta y tan solo se le ocurre la rabia o la sífilis avanzada. El germen tiene que afectar al sistema nervioso. Intenta recordar las nuevas teorías sobre el funcionamiento del cerebro. Aquel hombre que recibió un disparo en la cabeza: salvó la vida, pero le cambió el carácter. El cerebro dividido en diferentes partes, diferentes funciones; una parte controla el habla, otra los recuerdos. Puede que el germen llegue hasta la parte más profunda, la que controla el hambre y el deseo, la necesidad, la parte primitiva reptiliana, que no ha evolucionado porque se encarga de las necesidades básicas como comida y sexo. La hipocresía es la base de la civilización. Pero ¿cómo explicar lo de Rose?

Llaman a la puerta de su piso. Hay urgencia en ello. No es la primera vez que le sucede. Alguien tiene un problema vital, una hemorragia, un dolor insoportable. En realidad, no quiere pasar la tarde solo y un paciente será bienvenido. Mira por la rejilla y ve a un hombre embozado.

—Me envía la señora Isabella. ¡Venga conmigo! ¡Rápido!

El hombre se las apaña para hablar de forma imperiosa sin levantar la voz. Markus abre la puerta y escucha.

—¿Le ha pasado algo al señor Alexander?

—Cállese, cúbrase la cara con algo. ¡Vamos!

—Voy a por el maletín.

—¡Rápido!

Markus reconoce la urgencia y se deja arrastrar.

Una vez en la calle descubre el mismo carruaje que lo llevó a la Casa de las Magnolias. Cuando entra se queda boquiabierto al ver a Isabella. La mantilla le enmarca la cara. Ella corre las cortinillas y la luz velada del exterior le confiere al interior un aire confesional.

—Tiene que marcharse —dice Isabella sin muchos rodeos.

—¿Marcharme? ¿Por qué? Pensé que quería que viera a su marido.

—Usted fue a ver a Tommy, un niño irlandés enfermo.

—Sí.

—Ha muerto.

Hablar en inglés resulta a veces beneficioso. Es directo y crudo. En castellano hubiera buscado las palabras más adecuadas.

—Dios mío.

—Él y toda la familia.

Markus se lleva las manos a los ojos, los aprieta. Las lágrimas brotan igualmente.

—Lo siento... —dice Isabella. Ve que la pena de él es auténtica. Es joven, hace poco que ejerce la medicina, y no está acostumbrado al dolor y la pérdida.

—¿Cómo está su marido? —pregunta él, recomponiéndose.

—Mi marido es ahora un desconocido...

Markus se la queda mirando. Isabella casi puede ver sus pensamientos yendo de un lado al otro, buscando, encontrando.

—Tal vez sea lo contrario... —dice Markus—. El germen... puede lograr que salga a la luz nuestro verdadero ser.

Isabella baja la mirada temerosa de las connotaciones de aquella revelación.

—Un amigo suyo ha muerto —susurra.

—Philippe Villere, me he informado. El amigo de su marido contagió a Tommy. Y seguramente a otras personas.

—Ellos piensan que fue usted. Le culpan de la muerte de Tommy y los niños.

—Ha sido muy rápido en su caso. Sin embargo, su marido aún sigue vivo. Y usted no ha enfermado.

—En mi casa, solo mi marido tiene el mal.

—¿Nadie más? ¿Alguien que trabaje en la casa?

—No.

—Si pudiera saber lo que está pasando... Cómo se contagió...

—Él solo confía en el doctor Honoré.

—Me gustaría al menos intentarlo, señora, averiguar por qué unos y no otros.

—Está bien... Hay una casita pequeña, una cabaña. Pero mi marido no debe verlo por el momento. Su abuela tampoco. —Y bajando la voz añade—: Sobre todo, ella.

La conversación cesa porque ya han llegado a la Casa de las Magnolias. Isabella desciende con cuidado de no mostrar el interior del carruaje. El señor Jones lo conduce hasta el interior de la caballeriza.

En cuanto Markus baja del carruaje, el chófer lo sujeta de las solapas, lo pilla desprevenido.

—Harás lo que yo te diga, ¿estamos? Conozco a la gente de tu calaña. Esta es una buena casa y no voy a echar a perder este trabajo por un mierda como tú. ¿Me has entendido?

Markus asiente; no le contradice, ni se ofende. El aliento de él huele a alguna hierba medicinal. El señor Jones lo suelta de pronto, contrariado: reconoce en la actitud del doctor la suya propia. Claire se sorprende al verlo entrar.

—¡Markus!

—Hoy no cenaremos con los demás —dice su padre.

Claire ha escuchado con atención los motivos por los que está en la casa. Se muestra amable con Markus, le aconseja qué ha de hacer para pasar desapercibido. Tendría que cambiar de ropa.

Markus está sentado a la mesa de la pequeña habitación que hace de salón y cocina. No ha hecho caso a Claire y sigue con su traje. Curiosamente, es el señor Jones quien prepara la cena. Gumbo: un estofado con salchichas y gambas con multitud de especias, que se ha estado cocinando durante el día y que sirve para toda la semana. Claire sigue con la mirada a su padre en todo momento sin decir nada. Lo hace por Markus. Sabe que a su padre le disgusta que él esté allí. Pero se conoce a sí misma, no sabe cuánto tiempo permanecerá callada.

Cenan los tres juntos. Están separados de la mansión por apenas unos metros, y se cierne sobre ellos omnipresente. Aquella es una casita acogedora, pegada al cobertizo para las herramientas. Huele a especias y a madera, a grasa de carruajes, no es una mezcla desagradable.

—No saldrás de aquí, ¿de acuerdo? Y, cuando todo se haya calmado, te marcharás. No hace falta que lo hables con la señora. Si madame Frances te descubre, nos quedaremos sin trabajo, así que chitón.

Claire suspira.

—¿A qué vienen esos suspiros? —pregunta su padre con desconfianza.

—Tienes que estar pendiente de ellos a cualquier hora. Llevarlos y traerlos de sus fiestas y sus caprichos. Esto no es vida.

Markus admira la determinación de Claire. Él nunca hubiera contradicho a su padre de aquella manera. El pecho de ella sube y baja, agitado por una pasión interior.

—¿Qué sabrás tú lo que es vida? Me pagan por ello, nos ahorramos el alquiler y la comida es buena.

—Pagan una miseria.

—Pero esa miseria la ahorramos. Y el señor nunca jamás nos ha maltratado. El padre del señor, cuando tu madre se puso de parto, llamó a los mejores médicos. Si no hubiera sido por ellos, las dos habríais muerto.

—Era lo que hacían con los esclavos. No querían que su propiedad se estropeara. Como un carruaje. Como un buey. Hablas con la mentalidad de un esclavo.

—Nací esclavo, hijo de esclavos. No puedo quitarme eso de encima, igual que no puedo dejar de ser negro.

—Esta casa es una prisión, y ¿sabes lo peor de todo? Es que no queremos escapar.

—Ahí tienes la puerta. Si te quieres ir, vete. Yo no te voy a detener. Y tampoco te lanzarán perros ni te seguirán jinetes a caballo, ni de vuelta te atarán y te azotarán.

—La mejor manera de evitar que queramos escapar de una prisión es hacernos creer que no estamos dentro.

Los dos se callan. Markus tiene la sensación de que esa conversación la han tenido multitud de veces y que ambos han llegado a la conclusión de que es preferible desistir o acabarán haciéndose mucho daño el uno al otro. A pesar de ello, reconoce el amor que se tienen padre e hija. Es el tipo de discusión que él mismo solía mantener con sus padres.

—¿El señor Le Bois sigue enfermo? —pregunta Markus, por variar el tono de la conversación y también porque está interesado.

—Eso parece. Está muy cambiado. Ahora me recuerda un poco a su padre. Murió hace unos años. Se emborrachó y se ahogó en el lago. Estaba enfermo y se dio a la bebida. La señora lo abandonó por un cantamañanas de San Francisco, «dientes bonitos» lo llamaban en la casa. Así que quedó a cargo de madame Frances, la abuela. Se dice que los Le Bois están malditos. Y el señor Alexander se podía haber casado con quien quisiera, pero tuvo que escoger a una española.

—La señora nació en Cuba.

—Peor me lo pones. En eso el señor es igual que su madre. Se quedan encantados con lo de fuera, como si lo de aquí no fuese lo bastante bueno para ellos.

—Al menos, ella parece preocuparse por nosotros.

—La española no sabe cuál es su sitio.

Claire levanta la mirada, ve las ventanas iluminadas del dormitorio principal de la mansión y se pregunta qué estará pasando ahí arriba.

17

Esa misma tarde, la comisaría del barrio irlandés, en la calle Rousseau con Jackson, se ha visto desbordada. La terrible noticia de la muerte de Tommy y su familia ha sacudido al barrio. En la zona hay varios policías que hacen la ronda, que lidian con las bandas mafiosas, a las que ya conocen y con las que saben a qué atenerse, pero piden refuerzos a la comisaría del Distrito de los Jardines porque en aquellos disturbios hay un nuevo cariz y la comunidad irlandesa está alterada. De Sanctis acude junto a sus hombres y en la ambulancia-carruaje también va Schmidt, quien de pronto está muy interesado en los pacientes previos de Markus. Cuando llegan, un cura joven habla a la multitud. Se ve increpado cada dos por tres por una mujer mayor y de aspecto algo ordinario, salvo por un llamativo pañuelo en la cabeza. La atención de la multitud oscila de uno a otro.

—¿Qué es lo que sucede? —pregunta De Sanctis a uno de los policías.

—Dicen que vino un médico negro a verlos. Aquella mujer asegura que es un conjuro y que el padre O'Flaherty lo sabe.

Los policías han conseguido retener al gentío. Intentan calmar los ánimos. No sería la primera vez que un grupo como aquel se acercara a los barrios negros y se tomase la justicia por su mano. La tensión es elevada, en cualquier instante se prenderán las antorchas de la turba.

Alguien arroja una piedra que alcanza al padre Neil en la cabeza. Se hace de pronto el silencio. El padre Neil da un paso atrás. Está sangrando. La sangre nace del cuero cabelludo y cae en goterones por la frente, es difícil no pensar en un retrato de un Cristo sangrante. Se queda quieto, mirando a la muchedumbre, como si lo hiciera a los ojos de cada uno de ellos, vislumbrando su interior. No dice nada. Abre las manos y empieza a rezar, y el brillo de una santidad antigua parece iluminar el lugar. La multitud se calla, avergonzada.

De Sanctis reconoce el aplomo del sacerdote, le resulta admirable.

—Tenemos que entrar en la casa —dice Schmidt inmune ante aquello.

De Sanctis y Schmidt, con la ayuda de varios oficiales que llevan toda la tarde allí, se acercan al padre Neil, quien sigue rezando frente a la puerta de la casa. De Sanctis no desea interrumpir su rezo. Al llegar a su lado se gira y observa la muchedumbre; los rostros de cada uno de ellos, iluminados por la luz cobriza del atardecer. A los dieciséis años, el inspector trabajó como estibador en el puerto, mano a mano con hombres como aquellos. Las balas de mercancías estaban apretadas y había que desatarlas antes de bajarlas al puerto y empujar con ganchos de hierro, que a veces se quedaban atrapados en las redes, y él debía subir trepando y desengancharlos, un trabajo que los irlandeses no querían hacer y que solo aceptaban los negros y quienes estuvieran muy necesitados. Las balas de caucho envueltas en polvo de talco para que no se engancharan las unas a las otras eran peligrosas. Había que estar atentos a ruidos extraños en medio de una conversación, que predecían cuándo los fardos se desataban sin control arrastrando todo lo que hubiera en su camino. Allí todo el mundo se conocía por los motes. A él lo llamaban Billy. Un nombre americano, justo él que no tenía ni una gota de sangre anglosajona.

Escuchan la puerta abrirse a su espalda. Sacan los cadáveres envueltos en sábanas blancas. Todo es silencio ahora. Algo parecido a la vergüenza tiembla en el aire.

Todo el mundo sabe quién era el marido de Dolores y por qué había muerto. ¿A qué vienen ahora tantos aspavientos? Alguien deposita un pequeño ramo de flores silvestres sobre una de las mortajas. El padre Neil los bendice.

Los introducen en las ambulancias.

La vieja Bridget grita.

Pero esta vez su grito no tiene eco, y le silban para que calle.

La figura del padre Neil se yergue pura. Bridget no lo soporta porque sabe que todo es falso.

De Sanctis reconoce entre los rostros callados a O'Connor, el médico que atiende a los estibadores y a las familias del barrio. Lo ve allí, en medio de la muchedumbre. Lo recuerda como un buen hombre y no acaba de entender por qué no ha atendido a la familia.

18

Isabella se despierta. Nota el vacío caliente que ha dejado Alexander en la cama. Ha sucedido varias noches desde que enfermó. Después de la cena, él se queda dormido como si cayese en el sueño de una borrachera y luego desaparece de madrugada. Esta noche, sin embargo, Isabella tiene un atroz presentimiento. Las cortinas finas dejan paso a puntos de luz proveniente del jardín, de la calle y más allá, del río, de las hierbas nervudas y juncales de su orilla, luz que se desliza por el techo como reflejos de agua estancada. Se acuerda de que en su casa de Oviedo siempre estaban las cortinas echadas a cualquier hora y eran tan espesas como muros. En cambio, aquí, las cortinas dejan que el aire, húmedo y pesado, suba desde el río y reclame su presencia en cada estancia de la casa.

Pasa la mano por el vacío que ha dejado Alexander. Recuerda la noche de bodas. La primera vez que lo vio desnudo, ella hizo todo lo contrario a lo que le habían dicho: no apagó la luz, no se quedó quieta. La primera vez que vio el cuerpo desnudo de un hombre. El momento en el que acarició la espalda, la mezcla de tersura y dureza de los hombros, la sonrisa de él. Y la sensación de querer tenerlo dentro, para siempre, echada, yaciendo, las piernas abrazándole las caderas, la primera vez que rompió en ella, el dolor pasajero, las caderas abiertas, como si hubiera nacido para recibirlo, el peso de un hombre encima suyo, un peso extrañamente liberador.

Recuerda también la primera vez que vio a Alexander. Aquella fiesta celebrada en uno de los salones más afamados de la ciudad. Isabella llegó junto a una de sus dos tías que la habían acompañado a París. Se ahogaba en Oviedo, una ciudad de calles estrechas, tortuosas, húmedas y sin sol. Era la hija mayor, guapa y cariñosa, que se había criado en Cuba y arrastraba la añoranza de un paraíso perdido. Y su madre, doña María, comprendía lo que le estaba pasando —pues ella misma sentía aquella melancolía—, y quiso regalarle un viaje a París para que viera que allí, a dos días de viaje, había otro paraíso que podría consolarla. Su tía Carmen conocía a alguien de cuando la reina Isabel estaba en el exilio, y ese alguien le había conseguido una invitación para uno de los mejores salones, el de madame Gautreau, la notoria *socialité*, quien a su vez había recibido la visita de su sobrino. Madame Gautreau había marchado con ocho años de Nueva Orleans, después de la guerra, y había aceptado de buen grado la visita de aquel joven familiar que deseaba conocer el viejo continente. Y tía Carmen, quien nunca había salido de Oviedo, y en realidad tampoco de las calles viejas del centro, llenas de caserones con ínfulas de palacios, siempre quería estar pronto en los sitios. Era de buena educación llegar de manera puntual, incluso antes, no había nunca que hacer esperar a nadie. Hubo un momento de incomodidad cuando los criados, extrañados, abrieron la puerta y encontraron a una mujer mayor, vestida de negro como si hubiera salido de misa, junto a una joven hermosa, vestida a la moda de hacía diez años con un vestido lleno de lazos y tela demasiado brillante. Los hicieron pasar al salón de baile, que a aquella hora estaba vacío. Los músicos acababan de sentarse. El suelo de madera reflejaba el brillo de las lámparas. Isabella intuyó, tras una puerta a medio abrir, que una criada se burlaba de aquellas españolas provincianas, y comprendió de inmediato que habían cometido un imperdonable error en el protocolo, no solo el llegar a la hora, sino pronto. Entonces apareció Alexander en el salón: iba a medio vestir, había entrado para informar a su tía de que todo iba bien, asegurarse de que el champán estaría a punto para ser descorchado al estilo *sabrage*, aunque utilizaría una copa en vez de un sable, no llevaba puesta la chaqueta de frac y en él se notaba diversión. Cuando le sonrió, el momento de zozobra pasó y todo pareció desleírse a su alrededor.

Alexander les hizo una reverencia, tía Carmen enrojeció, y él se disculpó y se marchó de nuevo diciendo que volvería enseguida. La tía Carmen e Isabella se preguntaron durante un instante si aquella presencia había sido real, si aquel arcángel, bellísimo, que les había sonreído y divertido había existido de verdad. Él regresó a los pocos minutos ya vestido, y aún tuvo que pasar más de una hora para que apareciera alguien, era de terrible mal gusto llegar los primeros. Pero durante ese tiempo Alexander fue solo suyo, hablando, riendo... Consciente de aquel fallo social, al ver a su sobrina por primera vez alegre, tía Carmen los dejó a solas. Ya se quejaba del dolor de pies antes de empezar la fiesta. A Isabella ya no le importaron los lazos cursis de su vestido, sus joyas caras aunque no hermosas, sus zapatos cubiertos de satén que habían estado de moda hacía diez años. Y, cuando tuvo que compartir a Alexander con los demás invitados, no pudo dejar de mirarlo: cómo besaba las manos de las mujeres, la sonrisa deslumbrante, su pequeño bigote deliciosamente recortado. La luz de las lámparas se deslizaba por su cabello rubio, un poco más largo de lo habitual en los caballeros. Isabella supo que, cuando muriera vieja en algún lugar, recordaría siempre esa imagen, y que aquella visión era un futuro recuerdo al que se agarraría hasta el final de sus días.

Y entonces él echó la cabeza atrás y rio de una manera premonitoria.

—Isabella... —susurró él—. De aquí a dos días iremos a la ópera.

Ella acudió a la cita. Se había enamorado.

Ella era cubana; él, de Nueva Orleans. El sur y el Caribe. Y ambos estaban allí, en la vieja metrópoli.

Solo se habían visto tres veces.

Se prometieron en secreto.

Madame Gautreau aprobó aquello de inmediato. Madame Gautreau, que había escandalizado a todo París apenas unos años antes por un cuadro, *Madame X*, quien posaba de perfil con un vestido escandaloso de tirantes caídos.

Se casaron a las pocas semanas en la iglesia de Saint-Paul-Saint-Louis.

Y ahora.

Ahora hay algo en Alexander que se repliega y vuelve a aparecer, cuando piensa que no lo está mirando.

Escucha las botas de Alexander subiendo las escaleras, el viejo crujir de las maderas del pasillo. Se abre la puerta del dormitorio y él entra sudado, sofocado, riéndose como si fuera un crío que ha cometido una travesura terrible que será sin duda perdonada, su figura a contraluz. Isabella enciende la lamparita. Por primera vez desde que lo conoce lo ve con aspecto descuidado, el cabello sucio, una sonrisa grasienta de quienes no logran dormir en paz. Por primera vez decide enfrentarse a él, la pregunta formulada de forma directa:

—La señora Villere… dijo que habías hecho algo terrible.

No ha parado de darle vueltas a la cabeza desde esa mañana.

Isabella lleva un salto de cama, vaporoso, blanco, que apenas retiene el balanceo de los pechos, el cabello suelto cayéndole por la espalda.

—Ay, nena, ¿para qué quieres saberlo? —Alexander se ríe.

—La señora Villere dijo…

—La señora Villere esto, la señora Villere lo otro… ¡Por el amor de Dios, no me puedes dejar en paz!

Alexander pasa con rapidez de la euforia al hastío y se dirige a la puerta para marcharse de nuevo. Hay un par de habitaciones en la casa donde puede dormir muy bien sin tener que escuchar la murga de por qué esto, por qué aquello. Isabella no se da por vencida, se levanta y lo sigue.

—Tú y Philippe...

Salen de la habitación. Llegan al rellano que da a la escalera. Alexander contesta a gritos.

—¿Es que no sabes más que hablar y hablar? ¡Me duele la cabeza! ¡Déjame dormir, por el amor de Dios te lo pido!

Los gritos han despertado a todo el mundo. La casa está escuchando. Alexander enciende con orgullo la lámpara central que cuelga del vestíbulo. La luz eléctrica fogonea y toda la escena se vuelve teatral.

—No puedo ayudarte si no sé a qué me estoy enfrentando...

—¿Quién te ha pedido que me ayudes? ¿Yo? —Se señala a sí mismo, con un gesto histriónico que pretende ser divertido.

Isabella y Alexander gravitan el uno hacia el otro dando vueltas mientras gritan, separándose, acercándose, como si se repelieran y atrajeran al mismo tiempo, a la vez que bajan las escaleras. El vestíbulo es el centro de la casa y hay puertas por todas partes, y tras ellas, oídos acostumbrados a fingir que no escuchan, ojos silenciosos en la penumbra, porque todo el servicio está al tanto de lo que está sucediendo.

—Tú mismo me has pedido que te salve.

Alexander echa la cabeza atrás y ríe.

—Oh, nena... Eso es como un borracho que pide que no le sirvan más vino.

La risa dura apenas un instante. Deja de hacerlo como si se cayera un telón, y se la queda mirando.

—¿De verdad quieres saberlo?

—Sí...

—Philippe y yo... Adorábamos hacerles aquello... Íbamos a los pantanos, estaban tan ridículos boca abajo. El pelo chamuscado, y cuando se cagan de miedo..., ¿has visto a alguien cagarse colgado boca abajo? Íbamos a caballo y luego los colgábamos boca abajo, sí. Era nuestra noche especial, nuestra nochecita... Los elegíamos con cuidado, no te creas, los adulábamos, nos hacíamos amigos suyos, les ofrecíamos tabaco, y ellos sonreían, con esas sonrisas estúpidas, bobaliconas, todos esos dientes suyos. El primer azote, la cara de sorpresa, corrían, se escondían, y aquello lo hacía todo más divertido... Los atábamos de las manos y los colgábamos, los azotábamos hasta que nos cansábamos, y lo hacíamos a cara descubierta, no como la mierda de la Liga de los Hombres Blancos o el Ku Klux Klan. A fin de cuentas, ¿quién se iba a preocupar por un pobre negro desgraciado? Philippe los prefería adolescentes, yo un poquito mayores, duraban más, ¿sabes?

Alexander se lleva las manos a la entrepierna.

—No sabes lo dura que se me ponía, sí, y volvía a casa y te follaba, y disfrutabas como una perra, vamos, no me digas que no. Y tú tienes parte de culpa, ¿cómo hacer que disfrutara la gran Isabella? Tu exuberancia me consumía, me pedías más y yo no sabía dártelo, porque tú eras tan blanca como yo, y a mí me gusta hacérselo a negras, me gusta su coño grande y sus miradas bovinas cuando se lo hago, y me encantaba ver a Philippe cuando... Bueno, él tiene unos gustos peculiares...

Las escaleras de doble vuelta. El vestíbulo exageradamente grande en comparación al resto de la casa. Porque esa casa tan solo es una imitación de aquella otra, incendiada.

La verdad golpea a Isabella. Y el golpe provoca un dolor físico en algún lugar del pecho, que se hunde como si el corazón se replegara y dejara un hueco espantoso.

Alexander se echa a reír de nuevo.

Isabella parpadea, intenta comprender, aunque en realidad solo quiere negar.

—¿Qué quieres decir?

—Es tan delicioso saber que dispones del poder absoluto sobre otras vidas. Nadie echaría de menos a aquellos negros. Y podíamos hacerlo siempre que quisiéramos. Colgaban como fruta madura.

Algo en Isabella se remueve:

—Te equivocas en una cosa. Yo también soy negra. Una cuarterona, nada más y nada menos. Mi abuela era estéril, y su marido buscó un apaño con una esclava cuando todavía no eran ricos, y mi madre, doña María, salió algo morenita, sí, pero todo el mundo calló, y así que, ya ves, vosotros y vuestra ley de una sola gota de sangre. En esta ciudad soy negra. ¡Negra! ¿Lo has entendido?

La risa de Alexander se desvanece. Se queda mirando a Isabella. La sujeta de pronto por la garganta. Aprieta los dedos con fuerza. Muestra de repente un febril vigor.

—Me lo tenía que haber imaginado. Ninguna blanca mueve las caderas como tú en la cama. Si hubiera sabido que tan solo eras una sucia negra, me lo habría tomado de otra manera. No hubiera tenido que salir a apalear a los tuyos para follarte luego.

Isabella lo abofetea. Alexander sonríe. Su sonrisa es vieja, muerta, hay arrugas nuevas en su rostro que antes no existían. Aprieta tanto a Isabella por el cuello que la obliga a arrodillarse y ve en el rostro que tanto ama la terrible pulsión interior hasta entonces reprimida. Está a punto de sucumbir. No puede evitar pensar en el hombre del que se había enamorado, que ladeaba la cabeza de forma risueña, que sabía hacerla reír, que sabía conversar, que le sujetaba las manos y le pedía que echaran a correr juntos.

Alguien da una patada a la puerta de la entrada. Se abre de golpe y entra el señor Booker con la pequeña Sarah en brazos. El camisón de dormir de ella vuelto a poner, pero desmadejado, en un intento torpe de adecentarla. La pequeña Sarah tiene la cara hinchada. Y entre las piernas cae una sangre roja y fresca que por unos momentos parece lo más vívido de la casa.

—Vaya... —dice Alexander arrojando a Isabella a un lado porque ahora hay un entretenimiento nuevo. Es obvio que él ha sido el culpable.

El señor Booker se ha quedado quieto. Y grita y estremece a todo aquel que escuche, de una manera tan terrible que Isabella ruega por que regrese el silencio.

Una puerta se abre en algún lugar.

Un instante.

El disparo retumba en toda la casa.

Alexander jadea, se lleva la mano a un brazo. No parece sentir el dolor.

Vuelven a disparar y aciertan en el pecho. Alexander da dos pasos atrás y cae al suelo.

Es Mamie Desmoines quien ha disparado. Siempre hay un rifle preparado en la habitación pequeña de al lado del vestíbulo, por lo que pueda pasar —aquella es una casa de ricos—, allí donde se guardan los bastones, los sombreros, recuerdo de los viejos tiempos, del miedo a ser asaltados en la noche.

Isabella se arrastra a gatas hasta Alexander. La sangre se abre en el pecho de la camisa como una flor oscura. Está muerto.

Mamie Desmoines se acerca con lentitud hasta el señor Booker, que se ha quedado en la misma posición, con la pequeña Sarah en brazos, inmune al ruido del disparo. Mamie acaricia el rostro de la pequeña, que mueve los labios como si hablara en sueños.

Isabella llora. Es un llanto extraño, no se sabe si es por él, por ella o por todos los inocentes del mundo.

Y en lo alto de la escalinata hay una presencia afilada que pende sobre ellos. Madame Frances, impertérrita, los mira desde arriba.

Markus abre los ojos de pronto. Ha escuchado disparos en la casa. En la quietud de la noche sube un murmullo lejano proveniente del río, una presencia, más allá, que ha despertado fuerzas latentes, siempre agazapadas en lo que años antes eran las marismas.

19

Llevan a la pequeña Sarah a su habitación. Mamie ha dejado que Madeleine y otra criada más joven le hagan las curas necesarias. El señor Jones y Talbot han trasladado el cadáver de Alexander al dormitorio principal. Isabella le ha quitado la camisa, le ha lavado el torso y le ha limpiado con suavidad la herida del pecho. El cuerpo se ha enfriado rápidamente, y al hacerlo ha vuelto de pronto el perfil noble. La sonrisa extraña ha desaparecido. Alexander descansa por fin de lo que fuera que se hubiese adueñado de él. Isabella le peina con cuidado los mechones rebeldes, ahora el cabello rubio le cae en ondas suaves hacia los lados. Le ha puesto una bonita camisola blanca y le ha cruzado las manos sobre el pecho.

Ella se ha vestido completamente de negro. Un tafetán oscuro. Uno de los vestidos que su aya le obligó a llevarse, «porque un vestido de luto lo vas a necesitar, hija, por mucho que me pese decírtelo». Se ha recogido el cabello. Ahora es viuda. Como muchas de las mujeres Zárate antes que ella.

Finalmente se sienta a un lado. Desearía rezar. Ojalá pudiera hacerlo. Tiene el rosario en la mano. Lo aprieta, se le clavan los brazos del crucifijo en las palmas. No le sale el aliento.

Supongo que no podrás perdonarme, dice Alexander.

Isabella tarda un momento en contestar.

—No.

Luego, como si se lo hubiese pensado mejor, añade:

—Por ahora no.

Te quise, te he querido, no hagas caso cuando alguien diga que no. Recuerda cómo me conociste: el hombre simpático y divertido, el que te hacía reír, que sabe cogerte de la mano, sabe conversar y hacerte el amor. También está el otro, es verdad, pero ese nunca quise que lo conocieras, me esforcé por guardarlo, para que nunca llegaras a saber de él.

—También eres tú, Alejandro.

Lo dice en castellano, marcando la jota, haciendo vibrar la erre, porque su nombre en castellano carece de la suavidad del francés.

Tienes razón, amor, pero, por favor, quédate conmigo, no con el otro, por favor, prométemelo.

Isabella cierra los ojos. La voz de él es agradable y persuasiva, sabe acariciar un punto dentro de ella que a pesar de todo sigue estando allí.

—No puedo hacer como si no existiera.

Alexander intenta encontrar las palabras adecuadas, casi puede imaginar cómo traga saliva y añade:

Solo quiero que sepas que yo también me veía arrastrado, que intentaba deshacerme de él... Y, cuando te vi a ti en aquel salón, pensé que podría hacerlo y me casé contigo, quería ser el mejor de los hombres por ti... Quería deshacerme de toda aquella ponzoña, pero, a veces, aquello volvía a surgir, quería resistirme, pero la oleada me atrapaba y no me soltaba...

Isabella no sabe qué decirle. Se siente conmovida por la desesperación que ya intuyó en sus últimos días. El horror es un presente con el que no contaba.

Y, por favor: Mamie Desmoines... Prométeme que cuidarás de ella. Prométemelo. Es tozuda. Querrá salirse con la suya. No permitas que le pase nada malo. Ella cuidaba de mí. Ella me prevenía contra el otro, pero mi abuela es fuerte y me enredaba, lo alimentaba a él. Mi abuela sabía lo que había dentro de mí. Mi madre se marchó por culpa de ella. No dejes que haga lo mismo contigo. No dejes que ella gane de nuevo la partida. ¡Prométemelo!

Isabella asiente.

Está clareando. Me tengo que marchar. Adiós, mi amor.
Isabella deja de apretar el rosario. Los brazos del crucifijo han dejado unas marcas como estigmas. Se levanta, se acerca hasta Alexander y le da un beso en los labios, fríos, hermosos.

La luz del amanecer entra en silencio en el dormitorio como una presencia que no desea molestar.

Nadie ha dormido en la casa. La cocina se ha convertido en el centro neurálgico. Allí está Mamie, rodeada de las chicas y de la señora Harriet, la cocinera. A pesar de que las mañanas aún son frías, la puerta que da al jardín está abierta y por allí se empieza a deslizar el ruido de los insectos, el murmullo sordo que viene del río.

—Cuando era niño, siempre venía a mí —dice Mamie—. Cuando se caía, cuando se hacía daño, cuando le daban miedo las libélulas del jardín, o cuando vio un polluelo de gorrión caído del nido. Su madre no tenía instinto maternal alguno. Tampoco sabía llevar una casa. Y madame Frances no hacía más que empeorar las cosas. Todos se han marchado por culpa de ella. Y ella lo corrompió con sus viejas historias de la plantación Le Bois, la gran casa río arriba, que ya no existe y es ahora un erial.

Nadie a excepción de Mamie habla. Todo el mundo permanece callado, por la conmoción de la muerte, por lo que hacían Alexander y los chicos, por lo sucedido con la pequeña Sarah.

Markus está a un lado, como un espectador de una obra de teatro. Ya no es necesario que se esconda. Se han hecho preguntas, naturalmente, ha sido presentado, una nueva sorpresa, pero de escasa relevancia ahora, y que Isabella haya decidido esconderlo en la casa para evitar su linchamiento no ha hecho más que aumentar la admiración que comienzan a sentir por ella.

—¿Qué vamos a hacer? —pregunta Claire de una manera práctica y a la vez como excusa para alejar las palabras de Mamie.

El señor Booker y el señor Jones están de pie apoyados en la pared. En aquel mundo de cacerolas de cobre ordenadas según su tamaño, los hombres tienen poco que decir.

—Madame Frances se ha encerrado en su habitación y no quiere que la atienda —dice Madeleine.

—Por una vez no tenemos que estar pendientes de ella y sus absurdos caprichos —contesta Claire.

—Me entregaré a la policía —dice Mamie Desmoines.

Algunos se han ido a interesar por la pequeña Sarah, otros van y vienen. Ha empezado a clarear.

Talbot entra de pronto en la cocina, desde ayer por la noche no puede estar quieto en un solo sitio, lleva una gorra en la mano.

—Me ha dicho el cochero de los Buisson que el joven señor ha muerto también. Y su familia también está enferma.

Markus espabila de pronto.

—¿Quién es Buisson?

Claire entiende su pregunta al instante y replica animada:

—Markus dice que hay una enfermedad. Podemos decir que el señor no se encontraba bien y que ha muerto como sus amigos.

—¿Con una herida de bala en el pecho? —pregunta Mamie.

—Podemos decir que el dolor... le ha cegado, que creyó que también se iba a morir él... Que se ha suicidado.

—¿Y qué crees que dirá madame Frances?

—Ella no querrá que se sepa lo que dijo Alexander. Lo que hacía a nuestros hermanos en los pantanos.

—No creo que a ella le importe en absoluto lo que hacían allá abajo.

—Tenemos que hablar con la señora Isabella. Ahora es ella quien gobierna la casa.

Todos han admirado la serenidad con que ha reaccionado. Ha pedido que atiendan a Sarah en todo lo necesario.

—Está encerrada en el dormitorio con el señor —dice Madeleine.

—Hablaré con ella —contesta Claire.

Claire y Madeleine salen de la cocina, y Markus las sigue.

—Claire...

Markus la sujeta de la mano para que se gire. Madeleine se aparta a un lado. Sabe que ellos dos se conocen.

—Quiero visitar a la niña —dice él.

—A la niña la atendemos nosotras. Sabemos lo que tenemos que hacer.

Markus habla en voz baja y dice:

—Quiero ayudar.

Claire aparta la mano con amabilidad y dice:

—No puedes hacer nada. Nosotras estamos acostumbradas. Cuando llegamos a cierta edad, nuestras madres nos enseñan qué se ha de hacer cuando suceden estas cosas.

Markus se estremece y contesta:

—He intentado ayudar a un chico, Tommy, estaba enfermo y ahora Sarah. Uno estaba enfermo por la fiebre y ella por lo que la fiebre causa en los demás.

—Por mucho que seas médico, no podrás cambiar a la gente.

Markus baja la cabeza. Claire lo abrazaría, quisiera hacerle entender que las buenas intenciones no sirven.

—Hay que luchar. Luego hablaremos si quieres. Pero ahora tenemos que ir a ver a la señora.

—Ella me salvó ayer, en cambio no pudo salvar...

Markus levanta la cabeza. Intenta tragarse las lágrimas.

Claire dice con una firmeza que parece intentar contrarrestar la flaqueza de él:

—No salgas de la cocina. Madame Frances está todavía en casa.

Claire y Madeleine llaman a la puerta del dormitorio principal. Isabella las deja entrar de inmediato, pero una vez dentro reacciona con lentitud. Se da cuenta de que Madeleine lleva un rato hablando cuando empieza a escucharla.

—... y ahora es usted la señora de la casa. Mamie quiere entregarse. Después de escuchar todo aquello y ver a Sarah... Usted sabe lo que le harían. Una negra matando a un blanco, una criada matando a su señor... Y madame Frances... Podría hablar con ella... Convencerla de que no dijera nada.

La voz es agradable, razonable, aunque el blanco y el señor al que se refiere sea su marido.

—Tenemos que hacer algo, señora... Pronto... Sé que es su marido quien ha fallecido... Pero usted trajo a Markus, tenía miedo de que lo lincharan. Y ahora lincharán a Mamie.

Claire se muerde los labios para no decir «además, usted es de los nuestros».

—Será juzgada por doce hombres blancos. ¿Sabe cuánto durará el juicio? Apenas un par de minutos. Ni siquiera dejarán que se mencione lo de la pequeña Sarah. Los amigos del señor están muertos. Él estaba enfermo. Más allá de lo que esté pasando, el señor habría... Siento hablarle así, pero habría muerto igual.

Isabella la mira por primera vez. Los labios se separan como si estuviera a punto de pedir que por favor se callara, aunque parece pensárselo mejor.

—Tenemos que decir que se ha suicidado —dice por fin Claire—. Preparar un arma que hubiera podido usar. No la que utilizó Mamie.

—¿Madame Frances está en su cuarto? —pregunta Isabella al fin.

—Sí, señora...

Ella misma se sorprende al escucharse decir:

—Es mejor que no salga en todo el día.

—¿Qué quiere decir, señora?

—No la dejéis salir. Seguramente estará enferma ella también... Lo hacemos por su bien, ¿comprendes?

—Claro.

—Avisad a la policía. Que nadie mencione que ella también lo vio todo.

Las chicas se tranquilizan, por fin alguien ha tomado una decisión, pero, cuando Madeleine sube a arreglar la habitación de madame Frances, ella se ha marchado.

20

Frances camina por calles poco transitadas, paralelas a la avenida Charles, a la que se niega a llamar por su nombre americano y sigue llamando Nayades, en español. Sabía que una de las criadas más jóvenes era débil y no dudó en aprovechar la oportunidad cuando entró a llevarle la bandeja con el almuerzo y ordenar que se apartara y la dejara marchar.

Se ha puesto un traje gris perla y un sombrero de los años ochenta que es algo pequeño en comparación con la moda imperante. No viste de luto, no quiere llamar la atención. Ha guardado algunas joyas en el bolso junto a un reloj de oro de su difunto marido. Las mejores joyas están en la caja fuerte y no le ha dado tiempo a acceder a ellas. No tenía dinero en su habitación. Siempre se ha reído de Isabella por ese motivo. En eso ha de reconocerle que tenía razón.

La muerte de Alexander la ha dejado conmocionada. Verlo morir a manos de su antigua ama de cría ha borrado la atrocidad de sus actos. Claro que, en el fondo, ¿qué había hecho? Su marido y antes su padre aleccionaban a los esclavos de una manera parecida, no había mejor manera para guardar la disciplina en la plantación que colgar de vez en cuando a uno de ellos boca abajo. Ningún caballero del Sur debería avergonzarse de ello.

Se detiene frente a la casa de los Villere. Al contrario que los Le Bois, estos nunca tuvieron una plantación, y los esclavos fueron únicamente domésticos, los que servían en la casa, y no tenían problema en darles su manumisión y cuidado una vez que se hacían mayores.

Aquel vecindario era la antigua ciudad de Lafayette, el verdadero barrio de la aristocracia, antes de que vinieran los yanquis, y sus mansiones rodearan a los Villere, los Le Bois y los Buisson, quedando atrapados en medio de un paisaje americano con mansiones extravagantes que parecían decorados de una obra de teatro de mal gusto.

Ha de pensar. Está convencida de que la española contará lo de la chiquilla, y también de que no explicará que las niñas negras maduran pronto, que se le insinuó, la virginidad les molesta, llegan a una edad en que les escuece tener el himen intacto. Y la española no entiende de esas cosas. Ha visto cómo ha defendido a Mamie y cómo la ha encerrado a ella. Todo el mundo se enterará. La española lo contará todo. Frances reconoce la pulsión de la familia por lo exterior, los genes de la madre de Alexander, una Balfour, por el exotismo, por aquella española y su sentimentalismo infantil, capaz de hablar de lo que siente y de sus emociones con el primer desconocido que cruzara la puerta. A pesar de que hubiera doce hombres decentes que se negaran a escucharla. La prensa estaría encantada con los detalles. *The Mascot*, el diario satírico, siempre los ha tenido en su punto de mira. Aquella nueva subversión del orden. Un nuevo paso en la degradación del Sur.

Necesita tener un plan.

Ha estado observando la casa de los Villere en la distancia. La verja está extrañamente abierta. Sin pensárselo, ha entrado en el jardín y llegado hasta la entrada principal. Un gran crespón adorna la puerta. Es la primera vez que ha de tocar un timbre para poder entrar en un sitio y ha tardado un tiempo en comprender que tenía que hacerlo tirando de la cadenita que cuelga a un lado. Para su sorpresa se da cuenta de que la puerta está también abierta.

Al entrar en la casa nota que algo no encaja. Hay un pálpito extraño, un silencio no natural. Lleva un revólver en su bolsito. Es de pequeño calibre y solo es mortal en distancias muy cortas. En el vestíbulo hay multitud de telegramas y cartas de condolencia sin abrir. Las flores y las coronas de pésame se han acumulado a un lado. El olor de las flores empieza a volverse pesado y en pocas horas puede llegar a la podredumbre.

—Señora...

El viejo mayordomo aparece desde el interior de la casa.

—Están arriba. Todos están enfermos, los señores, las niñas... Todos los míos se han marchado, tienen miedo, soy el único que queda. La acompañaría arriba, pero mis piernas... Estoy seguro de que ya no podría bajar. Ni siquiera quieren venir las lavanderas, ni el chico de la leche. Todos tienen miedo.

Madame Frances sube hasta el dormitorio principal. La señora Villere agoniza echada en la cama. Su marido está muerto a su lado. Se ha quedado con la boca abierta, en una postura poco natural, como si momentos antes de morir hubiera deseado hacer alguna última cosa, un abrazo final a su mujer tal vez. Frances se sienta al lado de la cama. No teme contagiarse. La señora Villere, cuya vida se ha basado en conjugar el decoro con la honestidad, se ha de ver en aquella situación: la cama mal hecha, ropas en el suelo, la casa descuidada. Pese a ser de diferentes generaciones, hay entre ellas una corriente de entendimiento estético, la cara de la una es casi el reflejo de la otra, el mismo recogido del cabello, el mismo tipo de vestido, sobrio, de buen corte, aunque el de la señora Villere sea ahora completamente negro.

La moribunda entreabre los ojos.

—Frances...

—Hola, querida.

La mano se aferra con sorprendente fuerza al brazo de Frances.

—Tú... Tú le metiste esas ideas en la cabeza...

—Nunca fuiste una verdadera hija del Sur. Te vendiste al mejor postor.

La señora Villere jamás quiso formar parte de las Hijas de la Confederación. Encontraba que había que pasar página y mirar al futuro y, para horror de muchos, estaba de acuerdo con algunos principios de la Reconstrucción, como el de dar a los negros una educación; incluso se oponía a todas las triquiñuelas legales para escamotearles el derecho al voto.

—Querida, eras tú la que no era como nosotros... —dice la señora Villere recuperando su tono de voz habitual—. Todo el mundo lo sabía, aunque tú te creyeras que no. En el fondo nos daba igual, te habías casado con un Le Bois, ¿qué importaba lo que fueras?

Si es así, todo lo que hizo entonces no tiene sentido.

—Todo el mundo lo sabía —repite para sí.

Toda una vida de disimulo sale en su auxilio. Su rostro esconde lo que su corazón conoce. Ha de sobrevivir. Como siempre lo ha hecho.

—¿Dónde están Sophie y Adele? —pregunta con un tono monocorde.

—Ayer fue el entierro de Philippe. Casi no nos podíamos mover..., pero lo hicimos. No se lo dijimos a nadie... Enterrar un hijo así... Pero él ya no era mi hijo...

Y como si estuviera rezando añade:

—Yo misma lo empujé.

—¿Empujar?

—Cuando me explicó lo que hacía en los pantanos. Yo misma...

La mirada que le dirige a madame Frances es febril.

—Lo empujé y cayó al vacío. He matado a un hijo... Dios me perdone... Y luego pensé que no habría más horror, y entonces supe... Sophie... Oh, Dios mío... Pero ¿qué clase de hijos he criado? Los he educado en el honor y la belleza moral, y ellos, ellos, no me di cuenta y todo sucedió en esta casa, bajo mi techo, delante de mis ojos... He criado a unos monstruos. ¿Cómo puede ser? ¿Cómo?

La mirada se vuelve vidriosa y añade:

—Tal vez esta enfermedad sea como el dinero nuevo: no cambia el carácter, simplemente revela la verdadera naturaleza de cada uno.

—¿Sophie y Adele están enfermas? —pregunta Frances con frialdad.

—Siempre lo han estado. Todos estamos enfermos, tú también, aunque no sangres. Todos.

Escuchan ruidos en el piso de abajo. Hay alguien en la casa y no tiene buenas intenciones. Se escuchan golpes. Suelas intempestivas sobre el mármol. Abrir y cerrar de puertas. Alguien está buscando algo.

Frances se levanta y se dirige al tocador, que es muy parecido al suyo, incluso tiene los mismos ungüentos, el agua de azahar y el *eau sédative* son los mismos que ella emplea. Abre un cajón. Hay cierta cantidad de dinero y varias joyas. Vaya, así que en eso se parece a la española.

La señora Villere se la queda mirando como si adivinara sus intenciones. Madame Frances siente por primera vez en mucho tiempo algo parecido a la vergüenza. No obstante, tiene que sobrevivir. Como hizo años antes, durante la guerra, o como hizo durante mucho tiempo antes de ella, cuando solo era una cría y aunque nadie conozca ese pasado.

—Es mejor que no veas esto, querida.

Se da la vuelta, se acerca a la cama, sujeta uno de los almohadones y lo aprieta contra el rostro de la señora Villere. Apenas unos segundos más tarde lo levanta. La mujer ha dejado de respirar. Apenas ha necesitado un esfuerzo. Vuelve a dirigirse a la cómoda. Coge el dinero y las joyas.

—Adiós —dice Frances.

Sale al pasillo. Los ruidos de que hay alguien trajinando, rebuscando en el piso de abajo, son cada vez más insistentes. Al retroceder ve que la puerta de la habitación de Sophie está abierta y la atisba echada en la cama, no sabe si viva o muerta. No importa. No hay tiempo que perder. Ha de escapar de allí. No puede bajar por la escalera central, así que va hacia los pasillos de servicio, sabe que por ahí se dirigen hacia las cocinas y que deben de conducir a la parte trasera. Se queda perpleja al descubrir lo estrechos que son y lo empinadas que resultan las escaleras. ¿Es por aquí por donde suben deprisa y corriendo con las teteras ardiendo, pues el montaplatos era demasiado lento y el café se enfriaba? Al llegar a la cocina encuentra al mayordomo con un golpe en la cabeza, sangrando con profusión. La herida tiene mal aspecto.

Pasa por encima del malherido. Sean quienes sean los que han entrado en la casa, los escucha subir por las escaleras. Recuerda los días de la guerra, el huir y el escapar, el golpear y el esconderse, y hay un frenesí que pensaba olvidado que le tensa las venas.

De nuevo está en la calle. Mira a uno y a otro lado. Puede empeñar algunas joyas. Puede ir a una pensión de señoras respetables y esconderse durante un tiempo. Las ha visto anunciarse en el periódico. Tiene que golpear cuando más duela. La española se ha hecho dueña de la casa como querían hacerlo los yanquis. Pero fue ella misma quien la quemó para evitarlo. Siempre se dice eso a sí misma, pese a que no sea del todo cierto, porque, aunque sí que arrojó la antorcha sobre las maderas blancas de la casa, no fue solo para que no cayera en manos de los yanquis. Tenía un plan para deshacerse de lo que no le convenía.

Y ahora tiene otro.

Segunda parte

21

De Sanctis llega a la mansión Le Bois junto al oficial Moore y el doctor Schmidt, tras recibir una llamada en comisaría esa misma mañana. Les han dado a entender que ha habido un posible caso de suicidio, algo con lo que De Sanctis siempre se siente incómodo.

Han ido en el carruaje cerrado de la policía. De Sanctis odia presentarse así, prefiere hacerlo a caballo, en su alazán oscuro, terco pero fiable, y poder otear lo que sucede antes de llegar al lugar; en el carruaje se siente encerrado, y lo ha de compartir con Schmidt. Ambos comentan el periódico de la mañana. El *Picayune* informa de la muerte de Philippe Villere. Pero es el *New Orleans Democrat*, más furibundo y conservador, quien dedica su portada al fallecimiento de Tommy y su familia. Informan de la muerte de los tres niños y la madre. Han tomado declaraciones a los vecinos. Empieza a correr el rumor de que hay una enfermedad nueva en la ciudad.

Schmidt ha realizado la autopsia a Tommy, a sus hermanos y a su madre la noche anterior. Apenas ha dormido, pero se muestra hablador y comenta con De Sanctis lo que ha averiguado. Lo considera una persona inteligente y sabe que, aunque no entienda según qué tecnicismos, puede hacerse una idea de lo que está sucediendo.

—El niño murió por la enfermedad. La madre también estaba enferma. Los dos presentaban hemorragias nasales. He visto un extraordinario crecimiento del órgano vomeronasal, que envía señales químicas al sistema nervioso central. En los animales influye decididamente en la conducta social y reproductiva, conecta directamente con el cerebro. Es por eso por lo que un olor nos puede llevar de inmediato a un recuerdo. Primero murió Tommy. Los otros dos niños murieron sin duda estrangulados. La madre, poco tiempo después. Se contagió de Tommy, es probable que previera su muerte y decidió matar a los niños. Estaban limpios, aunque algo desnutridos.

De Sanctis ha permanecido en todo momento en silencio, con la mirada fija, como si no quisiera verse arrastrado por aquel drama familiar. Finalmente dice:

—Supongo que debió de verse superada. Tres hijos enfermos. Pobreza, miseria, varias bocas que alimentar y toda esa gente que la rodeaba. Algunos la ayudaban, pero tengo la sensación de que los otros la criticaban. Temía dejar a sus hijos solos. Todo es terrible.

—Sí, así es —coincide el doctor—. Aunque me resulta difícil entenderlo. Yo preferiría que mis hijos vivieran, aunque tuviesen que ir a un orfanato.

Morgan de Sanctis tampoco ha pegado ojo esa noche. La comisaría del Distrito de los Jardines suele ser tranquila, pero ahora aparece todo un rastro de muertes violentas. Primero el accidente del Villere. Ahora el suicidio de Le Bois. La segunda muerte entre aquellas familias que él conocía bien.

Observa la mansión conforme se van acercando. Construida antes que las otras casas del vecindario, tiene una disposición extraña, algo girada respecto a ellas, y la arboleda resulta desconcertante, los magnolios crecían como si hubieran lanzado semillas al azar y se hubieran desarrollado a su libre albedrío.

Los hacen esperar en el vestíbulo. El oficial Moore se queda afuera. De Sanctis le ha dicho que se haga el tonto y que, como quien no quiere la cosa, se acerque a los establos y las cocinas. Tiene aspecto de bonachón y eso juega a su favor.

El vestíbulo es deslumbrante. Una lámpara enorme cuelga en el centro. La escalinata gira hacia los dos lados. Al mirar hacia lo alto, ve a una mujer que desciende los escalones por uno de los tramos. El vestido es oscuro, sedoso, y se desliza tras ella. El cabello, abundante, lo lleva recogido en una redecilla al estilo de antes de la guerra. Es el rostro más hermoso que nunca haya visto. Duele observar tanta belleza. Y él, Morgan, se sorprende al sentir que de alguna manera ha nacido para protegerla, para cuidar de ella y librarla de cualquier mal, vive la seguridad de que por fin ha encontrado su *raison d'être* y de repente ese pensamiento lo aterra y eleva al mismo tiempo. Haber por fin descubierto y reconocido ese sentimiento resulta liberador y vertiginoso. Se siente alterado de una forma ridícula por primera vez en su vida.

Al llegar a su lado les ofrece la mano y se presenta a sí misma.

—Soy la señora Le Bois —dice ella intentando mostrarse serena.

De Sanctis no acierta a hablar en un primer momento y hace una pequeña inclinación de cabeza mientras busca las palabras adecuadas.

—Inspector De Sanctis. Y él es el doctor Schmidt. Nuestro más sentido pésame.

Desearía que las frases no fueran trilladas, expresar un verdadero sentimiento por su pena, pero no se le ocurre qué decir.

Ella saluda con educación a Schmidt, quien le dirige una señal de respeto con la cabeza.

—Mi marido está en el dormitorio. Murió anoche. Siento no haberles avisado antes, todo fue tan… repentino.

Él se da cuenta de que es extranjera. Su inglés está lleno de vocales demasiado rotundas. Y añade, quizá con excesiva rapidez:

—Estaba enfermo.

El inspector está curtido en escuchar a multitud de familiares en esas mismas circunstancias y sabe que la pena de la mujer es auténtica. Trata de contener el llanto, intenta dar una imagen serena, pero le resulta imposible y empieza a llorar de forma callada, la mirada baja pero no avergonzada. Suben los tres por la escalera y, de una manera tácita, De Sanctis y Schmidt respetan su silencio.

Una chica guarda la entrada del dormitorio. Viste de luto y también se muestra apenada.

La cama del dormitorio conyugal se ha convertido en un catafalco. A De Sanctis, el cadáver le recuerda el de algún príncipe extranjero o el de un caballero de la corte artúrica. Hay un aroma especial, a cera, y entiende que quieran disimular cierto olor que se percibe de fondo, a hojas que se descomponen en la orilla de un río. Recuerda que él sabía quién era Alexander. Lo había conocido de niño y lo había visto en otras ocasiones, cuando paseaba por la ciudad, en algún oficio religioso, siempre de lejos, naturalmente. Reconoce que incluso muerto su aspecto es fabuloso.

—Si me disculpa, señora —interviene Schmidt—. He de realizar ciertas comprobaciones.

El doctor se queda mirando a Isabella, que no comprende qué desea.

—Debe abandonar la habitación, por favor —añade entonces—. Tengo que realizar una primera inspección visual del difunto.

Ella mira el maletín lleno de fríos instrumentos. Afirma con la cabeza, pero sigue sin moverse. De Sanctis la toma del brazo con delicadeza, e Isabella finalmente se deja llevar. Una vez en el pasillo, el inspector espera un poco para interrogarla. Le da tiempo a observarla: su aspecto le recuerda al de algunas mujeres que ha conocido en su vida y algo en su acento le resulta familiar.

—¿Es usted española?

—Sí...

—Mi abuela es española —dice él en castellano—. En realidad, no hay lugar en el que no tenga un abuelo.

Ella asiente, como quien llega a casa por fin después de estar rodeada de extraños.

Mientras tanto, en el dormitorio, Schmidt observa con cuidado el cuerpo de Alexander. Lo han lavado, y no es posible determinar con certeza la naturaleza de la herida en el pecho, pues ya no hay restos de pólvora. Se fija de inmediato en la herida del brazo. Reconoce el trazo de una herida de bala: inconfundible. Es algo más que superficial y no se la pudo realizar él mismo. Resulta incompatible con un suicidio.

Hay algo más que llama su atención. Cierta dilatación de las fosas nasales le recuerda a la observada la noche anterior durante las autopsias de Tommy y su familia. Acerca su moderna linterna, una novedad de la que pocos forenses disponen. Enfoca con un espéculo las fosas nasales. Hay restos de sangre y una inflamación peculiar. También eso coincide. Su mujer había comentado que estaba enfermo. ¿Podrían todas las muertes estar relacionadas? Necesitaría hacer una autopsia en profundidad.

Al salir de la habitación encuentra una escena que no esperaba. Se supone que De Sanctis debería haber aprovechado para obtener información de los familiares como siempre suele hacer, de una forma firme y a la vez cuidadosa, no dejando pasar nada por alto, pero lo sorprende allí plantado, mirándola a ella con cierto rubor en las mejillas y algo parecido al fervor.

—Discúlpeme, señora —la aborda Schmidt sin muchos miramientos—. ¿Dónde se suicidó su marido?

—En el vestíbulo... Un revólver...

—En caso de suicidio, siempre es necesario realizar una autopsia. Se realizará lo antes posible. ¿Puede explicarnos qué sucedió? Tómese su tiempo.

—Él había enfermado... Y sus amigos han muerto. Philippe, Jacques... No sé lo que está pasando en esta ciudad. Es todo terrible. Y, cuando llegó la noche, bajó al vestíbulo... Y escuchamos el disparo...

—Comprendo.

—Tienen el arma, la escopeta, a su disposición...

—Creo que ha dicho usted que era un revólver.

—Lo siento, sí, no sé... Todavía no hablo bien inglés.

Sus ojos son verdes, oscuros, grises, De Sanctis se pierde buscando un nombre para su color. La mezcla de belleza y vulnerabilidad de ella le resulta demasiado atractiva. Y en castellano dice:

—Tenemos que comprobar que todo es correcto. ¿Lo comprende? Todo bien.

Isabella asiente y le da las gracias en el mismo idioma. De Sanctis se lleva a Schmidt a un lado.

—Murió ayer. Estaba enfermo. Ella parece conmocionada. ¿Es realmente necesario hacer una autopsia?

Schmidt no esperaba que se tomara tantas molestias con la viuda. Es sabido que De Sanctis odia a los ricos. ¿Qué lo lleva a querer proteger a la mujer? Schmidt no vio nada extraño en el caso de los Villere. Un accidente. Había caído desde la barandilla de la escalera. Sus heridas eran compatibles con la caída. El médico lo había visto aquella misma mañana y había confirmado que estaba enfermo. Un mareo, un vahído. Pero aquí hay algo diferente.

—Tiene una herida en el brazo. Es producto de un disparo.

—Puede ser que...

Ambos hombres se miran. De Sanctis sabe a qué se refiere: los suicidas no fallan un tiro de esa manera, no es una herida compatible con el suicidio. El inspector intenta mostrarse profesional. Sabe que está bajo el escrutinio del forense.

—Puede que haya algún otro tipo de explicación.

Schmidt sonríe, no es ajeno a la agitación que la viuda le ha provocado a De Sanctis.

148

—Tendrá usted que investigar...

De nuevo vuelven junto a Isabella.

—¿Quién más había en la casa además de usted? ¿Algún familiar?

—Madame Le Bois. Es la abuela de mi marido. Está muy afectada.

—¿Nadie más?

—Su madre no vive aquí. Su padre murió. Y sus amigos han muerto...

—¿Y el servicio?

Ella baja la mirada.

—El habitual de la casa.

—Tendremos que interrogarlos —dice De Sanctis.

Ven entonces al oficial Moore subiendo las escaleras, buscándolos con la mirada. Se acerca hasta Schmidt y De Sanctis, mientras gira la gorra entre las manos. No son buenas noticias.

—La casa de los Villere ha sido asaltada, jefe. Está a pocas manzanas de aquí. El superintendente ha mandado recado. Ha pedido que vaya a echar una ojeada.

De Sanctis no dice nada, aunque se imagina las intenciones del superintendente y el motivo por el que lo envía a él allí desde un primer momento.

—Está bien. ¿Sabe si hay algún herido?

—Solo sabe lo que le ha dicho el viejo Chicot, el de los recados del mercado francés. Se había acercado a la casa para llevarles el pescado.

—Debo ir —comenta De Sanctis a Schmidt—. Tendremos que dejar el interrogatorio por ahora.

—No hay problema, mi trabajo aquí ha terminado.

En el fondo es un golpe de suerte. Quiere alejar a Schmidt de allí. Es obcecado y no sabe soltar una presa cuando considera que está en lo cierto.

Se despiden de Isabella. De Sanctis le explica que se llevarán el cadáver ese mismo día y que una ambulancia vendrá a por él. Tendrá que realizar una segunda visita.

Cuando están a punto de marcharse, en el jardín, un hombre de color se los queda mirando. Lleva un traje de tweed y una leontina. No tiene aspecto de formar parte del servicio. Aunque no los observa de una manera abierta, es evidente que quiere hablar con ellos. De Sanctis le hace una pequeña señal de asentimiento y el hombre se les acerca, aliviado, como un cachorro grande al que han dado por fin permiso para comer.

—Soy el doctor Johnson. Me alojo provisionalmente en la casa.

Schmidt y De Sanctis cruzan una mirada. Cada uno sabe lo que está pensando el otro. Es el médico que atendió a Tommy, el que buscaba la muchedumbre.

—Creo entender que usted trató a una familia irlandesa hace dos días —dice De Sanctis.

—¿Cómo lo saben? —se sorprende Markus.

—Digamos que su presencia no pasó desapercibida.

—Allí todo el mundo sabe todo de todo el mundo. Parece el vecindario de mi infancia.

—¿De dónde es usted? —pregunta Schmidt.

—De Atlanta. —A Markus no le gusta hablar de sí mismo y con rapidez añade—: Me han dicho que ha fallecido toda la familia.

—Sí... Y, dígame, cuando usted los atendió, ¿vio algo extraño?

Markus da entonces rienda suelta y explica todo lo que sabe sobre la enfermedad, Alexander, Rose, Tommy, los Villere... No nombra al doctor Edgar James Roberts. Tiene la certeza de que estará junto al ama de llaves y siente cierto reparo de que lo encuentren en ese estado. Cuando acaba parece aliviado.

—Siento toda esta palabrería.

—No, no —dice el inspector—. Ahora empezamos a comprender muchas cosas, ¿no es cierto?

Schmidt asiente, aunque no dice nada, como si estuviera sumido en sus propios pensamientos. Más que un forense, parece ahora un matemático con la mente perdida en pesarosas ecuaciones.

—¿Y por qué está usted aquí? —pregunta De Sanctis.

Markus parpadea. No sabe mentir, así que se le nota todo en la cara.

—La señora Le Bois me llamó para que comprobara el estado de su marido. —Y mirando a Schmidt añade—: Es una enfermedad contagiosa. Tiene que impedir que se extienda. A usted le harán caso, a mí no. Los Villere también han sufrido la enfermedad, y los Buisson. Todos se conocen. Se contagiaron en el teatro. Pueden haber contagiado a decenas, tal vez a cientos de personas.

Schmidt sigue pensativo. Un germen desconocido. Letal. Toda aquella información. Y proveniente de un médico negro. ¿Cómo puede haberlo descubierto él solo? Se dirige en voz baja a De Sanctis:

—Creo que debería ir con usted a ver a los Villere. Y, si lo cree adecuado, tal vez nuestro amigo Johnson podría acompañarnos. Parece disponer de gran información. No dudo que usted se dispondrá a interrogarle. Parece un vendedor de crecepelo, pero puede que ayer viera algo o que escuchara algo que sea de nuestro interés.

De Sanctis asiente. Dejan al oficial Moore de retén en la casa. Markus los acompaña, aunque ha de viajar en el pescante junto a uno de los sargentos. Dentro del carruaje, el inspector pregunta a Schmidt:

—¿Cree que es correcto lo que dice?

—No hay ninguna contradicción científica en ello. Que sea verdad es otra cosa. Si los Villere están enfermos, podemos averiguar qué hay de cierto en esto.

Schmidt recuerda las fosas nasales de Alexander. El hecho de que hayan muerto dos jóvenes de buena familia en extrañas circunstancias. Y que lo mismo suceda con una familia irlandesa pobre. Una enfermedad contagiosa. ¿Cuánta verdad puede haber en todo ello?

Claire observa la escena desde lejos, desde la ventana de uno de los pasillos del piso superior. ¿Por qué se marcha Markus con la policía? ¿Va a delatarlos? No lo cree, aunque no entiende qué hace con ellos.

22

Apenas tardan unos minutos en alcanzar la mansión Villere. Al llegar a la casa ven en la puerta al viejo Chicot, un negro viejo y arrugado, que lleva un saco de arpillera con el que hace recados. Está hablando a trompicones con uno de los policías a la entrada. Agita un grisgrís, un amuleto de la suerte, lo besa y lo vuelve a besar.

—Están todos muertos... Todos... Todos...

Incluso a De Sanctis le resulta difícil entender su lengua criolla, un *baragouin* de los pescadores del sur. Chicot es una figura popular en el mercado francés, criado en los *bayous* del golfo. Limpia en los puestos del mercado, hace recados, vende amuletos contra la mala suerte que él mismo ha tallado. De Sanctis sabe que esa misma tarde todo el mundo estará al tanto de lo que ha pasado.

—Está muy asustado —traduce el inspector—. Dice que ni loco vuelve a poner un pie en esa casa.

Algo oscurece el rostro de Schmidt. El viejo Chicot se lo queda mirando y vuelve a besar el grisgrís.

Finalmente entran los tres en la casa. En el vestíbulo hay un olor espeso y dulzón de las flores de pésame que se han acumulado en la entrada, que recuerda a los días pesados e inmóviles del verano. La casa está revuelta. Los cajones de las cómodas están abiertos, una intimidad desparramada alrededor.

—Será mejor que subamos —indica De Sanctis—, los dormitorios están arriba, en el ala este.

—Parece que conoce usted bien la casa —comenta Schmidt.

—Sí. Mi madre trabajaba aquí.

—¿Y usted también vivió aquí? —pregunta el doctor mientras suben las escaleras, disfrazando de charla casual lo que es en realidad un interés sincero.

—Sí, abajo, cerca de las cocinas.

Schmidt conoce por encima la historia familiar de De Sanctis. Su madre era hija de española e indio. Su padre, hijo de italiano y negra. Así que en teoría era cuarterón, siempre que se considerara a los italianos y a los españoles como blancos, algo con lo que Schmidt no estaba muy de acuerdo. Ahora entiende aquello que se le escapaba el otro día. Aquella suavidad en el trato con los Villere. La forma en la que ella le hablaba era la de los amos cuando se encontraban con un viejo criado que ha prosperado y al que le van bien los negocios. Aunque a Schmidt le resulta interesante todo ello, es notoria la guerra soterrada entre el superintendente y De Sanctis, y se imagina que lo ha enviado exprofeso, no puede parar de pensar en lo que Markus les ha contado y sus terribles consecuencias.

—Vine a vivir a esta casa cuando tenía tres años. —Parece que De Sanctis habla más para sí mismo que para los demás—. A los quince me marché a trabajar al puerto. Se portaron bien conmigo.

«Y a veces cuidaba de los niños —le hubiera gustado decirle a Schmidt—. Fíjese en el cuadro que está colgado en el recodo de la escalera, es precioso. Hay cuatro niños. Uno de ellos es Morgan. El más alto, el que está más apartado, de brazos cruzados, vestido con bonitas ropas. Hacía de niñero de Philippe, Sophie y Adele». En el lienzo, su piel es más oscura de lo que en realidad era, tal vez para destacar que él era un criado. La mirada de los Villere, los ojos grandes y cálidos, mirando directamente al espectador. Un momento de inocencia. Como un hermano mayor, aparte. Era carismático. Los tres niños confiaban en él. Desde que se marchó, nunca más se volvieron a ver.

—¿Y su madre? —pregunta de pronto Schmidt.

Un día, la madre de De Sanctis se suicidó en la cocina a última hora de la tarde, cuando todo estaba recogido. Él decidió marcharse de la casa, era ya un adolescente, quería vivir el duelo a su manera, aunque siempre tuvo un buen recuerdo del lugar.

—Murió en la epidemia del 78 —miente sin más.

El pasillo superior es una galería que rodea la escalinata. Una de las habitaciones tiene la puerta abierta. De Sanctis no recuerda exactamente a quién pertenece. Desde el pasillo se entrevén prendas en el suelo, ropa revuelta, los barrotes de una cama. Es la habitación de Sophie. La encuentran tendida en el lecho, las sábanas a un lado. La falda replegada alrededor de la cintura, las enaguas bajadas. De Sanctis le cubre con pudor el cuerpo. Cuando él se marchó de allí, ella apenas era una niña. La han asaltado sexualmente, aunque el inspector repara en que no hay sangre en las sábanas. De pronto, Sophie abre los ojos. La boca se mueve como si intentara absorber todo el aire posible. La respiración es agitada.

—¡Está viva! —exclama De Sanctis.

—¿Lleva usted cerillas? —pregunta Markus a Schmidt—. Los enfermos tienen un signo característico: las pupilas tardan unos segundos en retraerse ante la luz.

—Tengo una linterna —dice Schmidt—. Lo podemos comprobar.

Schmidt la enciende y observa el reflejo del ojo. Está recuperado.

—Qué extraño —murmura Markus.

Sophie ve a Markus y empieza a gritar. Él da un brinco atrás, asustado también.

Ni De Sanctis ni Schmidt ven nada raro en que una mujer blanca grite al ver de pronto a un hombre negro en su dormitorio. No obstante, hay algo salvaje en ello. Una especie de terror.

—Me quedaré con ella —dice Schmidt—. Si descubre algo interesante, dígamelo.

El inspector recorre las habitaciones junto a Markus, quien se mantiene pegado a él, cavilando, distraído. Llegan a la habitación de los vestidos. Por algún motivo que desconoce no lo llamaban vestidor, sino que todo el mundo se refería a ella de esa manera. El gran armario de caoba está abierto de par en par y los vestidos arrojados al suelo. Recuerda de pronto que Philippe lo encerró allí en una ocasión y que no pudo salir. La caoba era gruesa. La mirada de horror de la señora Villere al descubrirlo tres horas después. Su rostro en apariencia enfadado, pero que no podía evitar reírse cuando De Sanctis le explicó lo que habían hecho los niños. Morgan estuvo varios días cabizbajo, enfadado consigo mismo, hasta que la señora Villere le acarició la cabeza como al descuido y le dijo con voz cariñosa: «No seas tonto, los cuidas muy bien».

El hecho de que años más tarde entre en la casa y estén todos muertos le resulta desconcertante. Había trotado por aquellos pasillos, ayudado a los hermanos a vestirse, asistido a las clases de los niños, aunque solo él las disfrutara y al final el preceptor explicara la *Ilíada* para De Sanctis, que parecía el único capaz de conmoverse ante el devenir de Casandra o Príamo, frente a la cara de aburrimiento de los hermanos.

Una de las habitaciones tiene la puerta forzada. Es el dormitorio de Philippe. La debían de haber cerrado con llave por respeto a su memoria. Ahora los cajones están abiertos, bonitos trajes tirados por encima de la cama, pequeños cofres con el contenido desparramado. De Sanctis decide no entrar por respeto, también él.

Finalmente llegan al dormitorio principal. El matrimonio Villere yace encima de la cama.

—Están muertos —sentencia De Sanctis tras comprobar su pulso.

—¿Quién ha podido ser? —dice Markus al ver el desorden de la habitación y los cajones abiertos—. Estaban enfermos... y alguien se aprovechó de ello.

—¿Cree que han muerto por la enfermedad? ¿La misma que los irlandeses?

Markus asiente con pesar.

—Salgamos de aquí, no puedo ver esto —dice el inspector con un tono demasiado sincero y del que se arrepiente enseguida.

Una habitación más allá, se dan cuenta de que Adele ha corrido la misma suerte que sus padres y también está muerta.

—Al menos no la han asaltado...

Markus se muestra agitado, torpe, acongojado, a punto de echarse a llorar.

De Sanctis sabe que no ha tenido nada que ver con todo aquello.

Ni con la muerte de los chiquillos irlandeses y su madre.

Lo que sí sabe es que hay una enfermedad nueva en Nueva Orleans.

—Todo esto es terrible —susurra Markus.

—Bajemos a la cocina —dice De Sanctis con voz apagada.

A pesar de su fortaleza, aquello es demasiado emotivo y evocador para él. Una familia con la que ha crecido, que lo cuidó y a quien él cuidaba, muertos todos de aquella manera. Todos menos Sophie.

Y allí está el mayordomo, sentado en el suelo, con la espalda contra la pared, la cabeza sangrando, manchando su cabello blanco de un rosa delicado. Había sido amable con De Sanctis. Le había regañado cuando convenía, le había dado más de un coscorrón y muchos consejos, la mayoría sobre el lugar que Dios nos había otorgado en el mundo y la resignación que eso conllevaba. De Sanctis se agacha a su lado.

—Señor Williams, señor Williams...

El hombre entreabre los ojos.

—Oh, eres tú... Has vuelto...

—Nos hemos visto hace poco, ¿se acuerda?

—Oh... A veces me olvido de las cosas.

—¿Ha visto quién ha sido? ¿Quién ha entrado en la casa?

Markus procede a atenderle. Saca un pañuelo limpio y se lo presiona en la cabeza.

—Aguante...

—Los señores enfermaron... y también la señorita Adele, y la señorita Sophie. Todo el mundo empezó a gritar. Y fue ella quien les dijo...

Williams se queda mirando a De Sanctis, baja de pronto la mirada y niega con la cabeza. No quiere hablar. Sabe que no solo resultaría doloroso para él.

—Señor Williams... ¿Quién ha asaltado la casa?

—Iban tapados con pañuelos... Lo único que sé es que eran de color...

—Creo que debería usted pedir refuerzos y una ambulancia —dice Schmidt de pronto detrás de ellos.

—¿Cómo está Sophie? —pregunta De Sanctis poniéndose en pie.

—Sobrevivirá.

—Deberíamos aislar a quien haya estado en contacto con la familia —dice Markus—. Los Villere, los Le Bois y los Buisson estuvieron en el baile de Carnaval. Quienes asaltaron la casa sabían que estaban enfermos...

Markus está sentado en el suelo, apoyado contra la pared, abatido. Su mente va y viene, ordena y captura ideas. Schmidt se da cuenta de ello, del brillo de la inteligencia ajena. Se dirige a él mientras esperan la ambulancia:

—Doctor Johnson, parece usted enterado de muchas cosas. Pero si la enfermedad es tal como afirma... ¿Cómo explica entonces que la señorita Sophie no haya sufrido el mismo destino?

Hay una idea nebulosa en Markus, algo que va y viene y que quiere aprehender y no lo consigue, necesitaría pensar, dormir, y tan solo dice:

—No... No lo sé...

Pero entonces un pensamiento cristaliza y añade:

—Alexander, Rose, Tommy, los Villere, los Buisson. Todos tienen algo en común. —Markus tiene la mirada fija en un punto y finalmente dice—: Todos son blancos.

—¿Qué quiere decir? —pregunta De Sanctis.

—Ninguno era negro, ni mestizo. Incluso... puede que los octorones no enfermen. Solo han muerto blancos, franceses, irlandeses... y yanquis. La señora Isabella besó a su marido delante de mí... Tendría que haber enfermado. Ayer descubrí que es una octorona. Y, sin embargo, apenas un contacto con la chica del guardarropa... Una chica alemana...

Pero ella se recuperó, como Sophie, ¿por qué?, piensa Markus intentando comprender.

Schmidt deja caer una fría mirada sobre Markus.

—No puede ser.

—Nadie del servicio se ha contagiado. Pero Rose sí, Tommy sí.

Schmidt empieza a hacerse una horrible idea de lo que está sucediendo. Hay algo que empieza a crecer en su interior, algo espeso y oscuro, una premonición que siempre ha estado agazapada, sus más profundos temores se han hecho realidad.

Se separa de Markus y se dirige a De Sanctis:

—Creo que es mejor que tome declaración al señor Johnson en comisaría.

El inspector asiente. No puede hacer otra cosa.

Conducen a Sophie Villere al Hospital de la Caridad, que a pesar de su nombre no es un hospital para pobres, sino el hospital general de la ciudad y al que acuden casi todos sus habitantes.

23

El carruaje mortuorio no tarda en llegar. El oficial
Moore ha informado a Isabella de que no volverán ni De
Sanctis ni el médico forense, que han sido retenidos en la
mansión Villere. Bajan el cadáver por la gran escalinata.
Isabella camina detrás de él. Madeleine y Claire se man-
tienen a respetuosa distancia. Lo han cubierto con una
sábana de hilo blanco. Isabella se ha negado a que lo amor-
tajaran con un saco de arpillera. Es llevado por unos
desconocidos. Son jóvenes, tienen aspecto de irlandeses.
Isabella de alguna manera intuye que las funerarias también están segregadas. No lo sabe a ciencia cierta, como
muchas cosas en la ciudad. Tampoco desea preguntarlo.

El cadáver sale de la Casa de las Magnolias. El carruaje es viejo y oscuro, y hace tanto las funciones de
ambulancia como de vehículo mortuorio. Los caballos
son percherones acostumbrados a lidiar con el chirrido
de los raíles del tranvía. Isabella se queda bajo el porche
viendo cómo introducen el cuerpo de Alexander en el
carruaje. La avenida Charles se muestra impertérrita
ante el dolor de los demás, el mismo ir y venir de siempre tras las rejas, las mismas sombras procedentes del
musgo español que cuelga de los magnolios y al que ella
en Cuba llamaba «barbas de bruja».

Cuando pierde el carruaje de vista, se vuelve hacia la
casa.

Mamie Desmoines la espera en el vestíbulo junto al
resto del servicio. Todo el mundo se muestra apesadum-
brado y cabizbajo. Ambas mujeres se miran. Mamie finalmente realiza una señal de asentimiento y dice:

—Señora.

Isabella tarda un momento en responder. Hace una semana era feliz, plena.

Y ahora Alexander está muerto.

Isabella le responde con otro asentimiento, más corto, más pequeño.

Sube por la escalinata. El tafetán de su vestido es pesado. Le cuesta subir los escalones.

Hay una guerra cerca de allí. Nada de ello le importa. Que se maten entre ellos, piensa. Cuba y España.

El pasillo que conduce a su habitación se alarga más allá, se pierde en una oscuridad doméstica, agradable, donde se encuentra una escalera vieja que sube desde las cocinas hasta allí. Al principio, Isabella aprovechaba para bajar más rápido a la cocina, pero pronto descubrió que no era del agrado de nadie: para los Le Boi era rebajarse, y a los sirvientes les desconcertaba encontrarla de pronto por ahí. Sabe que desde allí se alcanzan las habitaciones de servicio. Ha ordenado que la pequeña Sarah ocupe la mejor habitación de la casa. Mamie Desmoines se ha negado. Quiere que su hija esté en su habitación, siempre fresca, y que da a los ondulados parterres de la parte de atrás y a donde no llega la humedad del río al anochecer. Isabella se acerca hasta la habitación de la pequeña Sarah. Tiene que probar varias puertas hasta que da con ella.

La habitación es cuidada y limpia, y está al lado de la de Mamie, lugar al que nunca se le ocurría entrar sin permiso por muy señora que sea.

Allí está la niña. La blancura de las sábanas arropa la suavidad de su piel. Y hace apenas unas horas aquella suavidad estaba ahogándose bajo el cuerpo de Alexander. La respiración es agitada a veces, como si una oleada de ensoñaciones se desbordara en su pecho y luego se replegara a algún lugar lejos de allí.

Isabella se sienta a un lado. Se la queda mirando. El perfil de la niña, la curvatura de la mandíbula redondeada, aún inocente, en la que hay algo que empieza a entreverse, algo que le recuerda a Alexander, a los Le Bois, cierta noble obstinación.

Isabella está cansada de pensar. La mirada se vuelve a la habitación, a las paredes, a un bonito cuadro que es una acuarela. Hay una mesita, una lámpara de aceite y un cuaderno forrado con papel de estraza. Se pregunta si la niña ha ido alguna vez al colegio. La ve en la casa a todas horas, baldeando suelos, limpiando con delicadeza figuritas de cristal, quitando el polvo, aunque a veces también la ha visto en el jardín, sentada en los bancos del porche trasero como si estuviera pensando en sus cosas, imaginándose en algún otro lugar. Isabella abre el cuaderno. En realidad, es un libro para aprender a leer. En la primera página descubre el nombre de Alexander Le Bois escrito con letras algo infantiles. Isabella recorre los dedos por ellas, tratando de imaginar cómo debía de ser él a esa edad. Es un libro de leyendas europeas, príncipes europeos, rubios, sir Lancelot. Hay un pequeño dibujo de uno de ellos. Un príncipe rubio. Isabella sabe que ha sido dibujado por la niña. A ella también le gustaba dibujar a su edad. Se pregunta si había marchado de Cuba entonces. No. Tenía un par de años más que Sarah cuando llegó a la vieja casona que sus padres habían comprado, y de la que estaban orgullosos, ya que había un escudo feudal de piedra encima de la puerta principal. Paredes apretadas, muros torcidos. La extraña sensación de que allí debía ser feliz porque así lo debía sentir. En el colegio se reían de ella debido a que utilizaban expresiones que ya se habían dejado de usar, hablaba como una persona mayor. La conocían como «niña antigua». Sus hermanas eran pequeñas, todo fue diferente con ellas. Solo su madre parecía entender aquella necesidad. En el colegio la llamaban «la cubana», «la cubanita» y a veces, cuando la querían hacer rabiar, «la negrita», pero eso no lo conseguían, no le importaba el color de la piel.

El musgo español tan necesitado de sol y luz hubiera muerto en Oviedo.

Deja el cuaderno de nuevo en la mesita. Se levanta de la cama. Da un beso tierno a la niña en la frente. Vuelve a su dormitorio. Se echa en la cama matrimonial. Aquel siempre había sido el dormitorio de Alexander. A menudo dormían abrazados, aunque Alexander solía tener calor y se desprendía de ella al poco tiempo. Él prefería el lado de la puerta. Ella, la ventana. Ella prefiere ver la luz del día, él escapar en cualquier momento. Isabella se echa en el lado que le corresponde. Cruza los brazos sobre el pecho. Poco a poco las manos descienden hasta el vientre. Hay algo nuevo en ella. Algo que la salva de no caer en la desesperación.

24

De Sanctis y Schmidt conducen a Markus hasta la comisaría cercana al barrio irlandés, un edificio curioso, con columnas y discos solares que recuerdan a los de un templo egipcio, en vez del más tradicional estilo griego. El patólogo se muestra muy interesado en la información ofrecida por Markus, mientras que el inspector no puede apartar de su mente las muertes de los Villere y Alexander, mezclado todo ello con la visión de Isabella.

No quiere dejar a Markus en manos de Schmidt. Tiene motivos para su reserva. Ha detectado una animadversión oscura en él hacia el joven doctor. Una vez en comisaría —más bien un lugar para resolver pequeños altercados con borrachos y disputas de la comunidad local—, llevan a Markus a una salita donde repite todo lo que sabe. Schmidt parece sorprendido por sus deducciones, y no entiende cómo ha podido llegar a discernir todo aquello él solo. Está sentado frente a él, intentando encontrar algún fallo, alguna elucubración esotérica a la que son dados los médicos negros. Mira con detenimiento aquel rostro que recuerda a un vendedor de crecepelo. De Sanctis está de pie, observándolo, dejándole hacer; tendría que ser él mismo quien liderara el interrogatorio, pero prefiere que se desfogue, es mucho mejor eso que permitir que se consuma en su deseo de interrogarlo.

Schmidt se levanta, enciende un cigarrillo, se lleva a De Sanctis a un lado.

—¿No le resulta curioso? Visitó a Tommy, al doctor Roberts, a Alexander Le Bois... Es el elemento común.

—Faltan los Villere.

—Sí, pero Sophie Villere... ¿Cómo explica su terror al verle?

—Se ha asustado al verme. Se ha asustado como Rose, la chica del guardarropa.

Markus ve la imagen del chulo. «Me violaron cuando estaba enferma. Uno como tú». El mismo rostro de terror que Sophie Villere. Y entonces encuentra el dato que falta y, como un diagrama, se abre en su mente.

Markus calla de pronto. Le inunda el dolor al reconocerlo. Y no puede evitar decir en voz alta:

—Tal vez haya otra cosa... Rose, la chica del guardarropa que también estaba enferma, se ha recuperado al igual que la señorita Sophie... Y las dos... Las dos han sido asaltadas sexualmente. Rose fue asaltada sexualmente por un hombre de color, al igual que la señorita Sophie. Tal vez el semen es protector, puede inducir una inmunidad... Tal vez haya pasado lo mismo con la señorita Sophie.

—¿Proteger?

—No lo sé. El doctor Pasteur habla de inmunidad. De alguna manera... No puede ser el germen atenuado, porque ya están enfermos, pero tal vez... transmitan alguna defensa, algún cortafuegos, cierta inmunidad. Pero solo es una idea... Habría que...

Markus se calla ante la implicación de todo ello.

—¿Experimentar?

Markus baja la cabeza. No soporta la imagen sonriente de Schmidt.

Durante un receso, uno de los policías entra en la salita, se queda mirando a Markus, lo señala y dice:

—¡Tú! ¡Tú eres el que me encontré con un pañuelo en la boca en Fontainebleau! Dijo que salía de ver al doctor Roberts. No me fie de él y fui a comprobar si todo estaba bien. Y me encontré con el doctor muerto y el ama de llaves enferma, tanto que se le había ido la cabeza y tuve que llamar a por refuerzos.

—Vaya, vaya —dice Schmidt—. Esto no nos lo había contado.

Markus baja la vista. No quiere poner en un compromiso a Vita Vinci. No sabe que, para De Sanctis y Schmidt, Roberts es el médico de los Villere y no tiene relación alguna con Tommy.

—¿A dónde la llevaron? —pregunta Schmidt al policía.

—Estaba fuera de sí, había perdido el juicio... La llevaron a San Vicente de Paúl.

—Así que también estás implicado en la muerte del doctor Roberts... Creo que será mejor que lo trasladen a la prisión del condado.

Hace una pausa para que De Sanctis llegue a la misma conclusión. Cuando el inspector acaba asintiendo, Schmidt sentencia triunfante:

—¿Es necesario? Puede ir a la cárcel de los juzgados.

—No. Hay que aislarlo en el hospital de la prisión.

—¿Cree que él es el culpable de las muertes? ¿De transmitir la enfermedad?

—Tal vez incluso de provocarla.

—¿Qué motivo tendría?

—El odio a los blancos, naturalmente.

—Mírelo... ¿Tiene pinta de formar parte de algún tipo de organización radical? ¿Por qué no lo lleva si acaso al Hospital de la Caridad?

—No quiero poner en peligro al resto de los enfermos y al personal.

—Ha dicho que los negros no enferman.

—Eso es lo que él ha dicho. Igualmente, aunque no enfermaran, podrían ser portadores de la enfermedad. ¿No cree usted que es demasiada casualidad que haya estado en contacto con todas las personas que han enfermado?

De Sanctis conoce la prisión del condado. El ala de los negros. No tiene nada que envidiar a las condiciones de hacinamiento en que los esclavos llegaban en barco desde África. Además, corrían rumores extraños de lo que acontecía en el hospital de la prisión.

—Sé que se muestra usted reticente. Lo comprendo. Es un tipo peculiar, tiene pinta de mosquita muerta, pero hemos de averiguar la verdad. Se trata de un asunto de salud pública.

La voz es suave, melosa incluso, algo que no impide que De Sanctis vea de pronto un fanatismo que nunca le habría imaginado. No le queda más remedio que hacer lo que le pide. El patólogo es el secretario del Comité de la Salud, puede mandar aislar a cualquier persona si hace falta y aun encarcelarlo en el más extremo de los casos.

De Sanctis se encarga de informar a Markus. No sabe por qué, pero el hombre le cae bien. Intenta utilizar un tono profesional. Espera a que Markus espabile.

—Lo siento. Van a trasladarle a la prisión del condado hasta que todo se aclare.

—Quiero hablar con un abogado.

—Está usted detenido por atentado a la Salud Pública. No creo que un abogado pueda serle de gran ayuda. Aunque conozco a alguno que puede echarle una mano, al menos que tenga conocimiento de su situación.

Markus asiente. No entiende cómo se ha metido en este lío. Él solo quiere ayudar. Piensa en sus padres; pese a la vergüenza le conseguirían el mejor abogado de la ciudad, blanco, naturalmente, aunque tuvieran que hipotecarse, en una mezcla de amor paternal y miedo al qué dirán, porque han detenido al hijo de la señora Gladys, el que ha estudiado en vez de trabajar en la carpintería familiar, y así la señora Gladys se tragará su orgullo, tanto mirar por encima del hombro a los demás porque su hijo es médico, defraudada ahora, avergonzada, por haberle dado alas a ese hijo suyo, el que tenía la cabeza llena de pájaros. Así pues, que se atenga a las consecuencias.

Pasa un par de horas en el calabozo de la comisaría, junto con un par de borrachos. Huele a vómito, a orines, a calcetines sucios de otros hombres.

Van a llevárselo a la prisión del condado, cerca de la plaza Congo, en el barrio de Tremé, la parte a la que llaman «el patio trasero de la ciudad», como si fuera el lugar donde tiras la basura, donde viven antiguos esclavos afroamericanos y gente libre de color, y las calles son una mezcla de casas familiares y tiendas, almacenes y aserraderos. Y allí en medio se alza el edificio gris, de piedra, de una austeridad victoriana.

Un furgón espera en la puerta. A pesar de todo, a Markus no se lo considera peligroso. Tiene un aspecto incluso ridículo con su bombín. Solo hay un policía vigilándolo aparte del conductor.

La casa de Tommy está cerca. Han muerto los niños. Y el temor y el miedo se van desvaneciendo; él es médico, tiene que salvar vidas, y no le están tratando de forma justa. La audacia de los tímidos puede ser sorprendente.

Su vigilante es joven, seguramente se acaba de casar, la alianza de bodas reluce en su dedo, y ni siquiera tiene un bigote como tal. Markus empieza a hablar con una verborrea nacida de la desesperación.

—... así que te puedo contagiar, puedo estar haciéndolo ahora mismo. Y sería terrible, porque no solo enfermarías tú, sino toda tu familia, hoy mismo...

El policía lo escucha con atención. Si fuera otra clase de negro, le habría hecho callar de un bastonazo. Ha escuchado ráfagas de conversación entre el inspector y Schmidt sobre la enfermedad, sabe por otros compañeros que los Villere han aparecido muertos, ha escuchado en casa historias terribles sobre las muertes del 78. Un arma es peligrosa, pero sabes cómo actuar y conoces sus efectos, aunque ¿qué hacer ante un arma que dispara balas invisibles que pueden acabar contigo?

El policía da un paso atrás. Y entonces Markus se aprovecha, juega a su favor su aspecto algo cómico, con su traje de tweed, y echa a correr calle Jackson arriba. Tiene una ventaja: el barrio está vacío, nadie se le va a echar encima ni a pararle. Un hombre de color fugitivo enseguida levanta los ánimos justicieros de la gente. Ahora todo el mundo ha empezado a tener miedo. El otrora escandaloso barrio irlandés, con sus niños jugando en la calle, los carromatos y sus mulas tercas, el hedor agrio de las tabernas, la mezcla de alcohol y sudor, y algo parecido a la carbonilla que siempre traían los estibadores pegados a la piel... Todo ello ha desaparecido. Hay algo ominoso y trágico al acecho, y la gente ha preferido quedarse en sus casas, incluso los hombres regresan al hogar después del trabajo en vez de acercarse a las tabernas.

Escucha un silbato a su espalda, pero el sonido es poco firme, como si hubiera una nota de alivio al haberlo perdido de vista. Los pasos que lo persiguen tampoco tienen mucha convicción. Markus encuentra la situación trágica y cómica. Se acuerda sin querer de las caricaturas de Jim Crow. Los hombres blancos con la cara pintada riéndose y burlándose del acento de los negros. Las risas de los blancos. Corre, corre, Jim Crow.

25

Horas más tarde, Vita y Morgan yacen perezosamente sobre la cama. Los dos fuman del mismo cigarrillo ruso de Vita. Él ha aparecido de forma intempestiva en la mansión. Vita no quiere hacer el papel de Penélope amorosa que espera a su Odiseo, pero con él no puede remediarlo. No obstante, hoy no es el mejor día. Tiene una reunión importante que ha preparado con sumo cuidado durante varias semanas. Debería estar seleccionando los vinos que se van servir, instruyendo a las chicas que ha escogido para trabajar esa noche y, sin embargo, allí está, jugando con el humo del tabaco, admirando como si fuera la primera vez los juegos de luz en el espejo de tres cuerpos de la cómoda. Además, hoy lo ha encontrado extraño, cambiado; Morgan le ha hecho el amor con furia, como si quisiera fundirse con ella, que el sexo negara la voracidad de algo que le hubiera perturbado. Poco a poco ella empieza a entender, cuando Morgan se relaja y habla, aunque sea mirando al techo.

—Schmidt, el forense, ha dicho que dos de los niños murieron asesinados por la madre. Hay una vecina loca que le echa las culpas a un negro. Dice que hace vudú y que se disfrazó de médico. Lo acabamos de llevar a comisaría. Schmidt lo ha mandado a prisión. Le ha echado el guante encima y es difícil que lo suelte.

Morgan está hablando de Tommy, está hablando de Markus, y ella los conoce a ambos, pero calla. No dice que el muchacho ha trabajado allí, que Markus se acercó pidiendo información. Empieza a ver, tan solo de una manera desenfocada, todo en lo que la ciudad puede caer.

—¿Por qué crees eso?

—Porque es médico. Y Schmidt... piensa que tiene algo que ver. Aunque creo que lo que le molesta es que un negro pueda resolver un diagnóstico que a él se le escapa. No confía mucho en la capacidad de los negros.

Vita da una calada profunda al cigarrillo.

—Quieres decir que es un segregacionista de mierda.

Morgan, a pesar de su ánimo, sonríe. No le gusta escuchar a una mujer decir palabras gruesas, pero Vita se las ingenia para que suenen divertidas, como pequeñas travesuras.

Ella se vuelve hacia a él, descansa la cabeza en su pecho.

—No es solo eso lo que te preocupa...

—Los Villere han muerto. Todos menos una de las chicas: Sophie.

Morgan tiene unas cicatrices rosáceas en los brazos y algunas quemaduras producidas por algún trabajo duro al aire libre. A Vita le gusta acariciarlas, siente predilección por los hombres de físico bregado por el trabajo duro.

—Debe de ser difícil encontrar a toda una familia en ese estado.

—Me crie con esa familia. Mi madre trabajaba allí de cocinera. Yo ayudaba en la casa.

Una información de su pasado que Vita atesora. Apenas sabe nada de él. Ha mandado buscar información sobre su vida, pero incluso Emmanuel ha fracasado en el intento y ha bromeado con ella: ¿cómo es posible tomar como amante al único policía honrado y lleno de misterio de la ciudad?

—¿Cuánto tiempo estuviste allí con ellos?

—Hasta que fui un adolescente —dice de forma elusiva—. Quería ver mundo.

Se levanta de pronto. Vita siente como un dolor cuando se rompe ese contacto de piel con piel.

—Tengo que marcharme.

—Claro...

Vita nunca pone problemas, no hay reproches, nunca dice «quédate». Morgan parece dudar un momento, se vuelve y le explica:

—No es lo que piensas... Fueron buenos conmigo.

—No he pensado nada —dice ella con suavidad.

Se muestra reservado de nuevo. Vita decide no preguntarle más, no quiere atosigarlo. También ella se levanta y se acerca al tocador. El espejo es de tres cuerpos. Se pasa la mano por el cuello. Le gustaría acicalarse, pero no quiere hacerlo delante de Morgan. No quiere que la vea sin maquillar y completamente desnuda.

—Parece que hoy eras tú quien tenía la cabeza en otra parte —dice él mientras se viste.

—Tengo invitados.

—¿No los tienes siempre?

Morgan le ha explicado cosas de su vida que son dolorosas y se ha abierto un poco, y Vita considera que ha de hacer lo mismo en pago. Se estaba traicionado a sí misma cuando se dijo que nunca más ofrecería algo a un hombre por migajas de amor.

—Este es distinto, todo un expresidente de un país de Centroamérica.

De Sanctis silba sorprendido.

—¿Una fiesta en su honor?

Vita sonríe:

—Sí, una fiesta.

—¿Muchas chicas?

—No, solo unas pocas, elegidas.

De Sanctis nunca había aceptado dinero ni regalos, y cuando le regaló una pitillera de plata la miró con una sonrisa torcida. Por primera vez desde hacía mucho tiempo, Vita se muestra avergonzada. En multitud de ocasiones se preguntaba qué veía él en ella. A cambio, ella sí sabía lo que veía en él, aunque se negara a reconocerlo ante sí misma. De Sanctis se parecía mucho a su padre, tanto de carácter como físicamente. Incluso el vello en el pecho le crecía de la misma manera. Y hasta se estremecía de la misma manera al llegar al placer.

26

Tras dejar a Markus en la comisaría, Schmidt se ha dirigido al Palacio de Justicia, un edificio de estilo gótico, con altos torreones, de reciente construcción, que es a la vez comisaría central, corte de justicia y el lugar donde han instalado un instituto anatómico forense y donde ha pasado la tarde realizando las autopsias de los Villere. Ha detectado que, efectivamente, el órgano vomeronasal está afectado, y que esa circunstancia puede explicar los sangrados de nariz. Una vez allí, es fácil que el germen que provoca la enfermedad asalte el sistema nervioso central. Para descubrirlo ha tenido que realizar incisiones difíciles de disimular en los rostros. La familia que les queda tendrá que velar los cadáveres con el ataúd cerrado.

El cuerpo de Alexander no lo ha tocado todavía por ser una pieza aparte. Sigue pensando que ha sido asesinado, pero ha decidido dejarlo para el día siguiente. Ahora ha de atender asuntos más acuciantes. Siente una energía nerviosa. Tras las autopsias, Schmidt ha pedido una reunión urgente con el comisario.

—Quería comunicarle los posibles casos de una nueva enfermedad. Acabo de hacer las autopsias de la familia Villere, y ayer terminé las de una familia irlandesa que también se ha visto afectada.

—Me ha informado el alcalde Norman. Estaba a punto de hablar con usted. Han muerto miembros de las familias Villere, Buisson, Le Bois... Son familias prominentes. Le han llamado personas importantes muy asustadas. ¿Qué está pasando?

—No lo sabemos por ahora. Tengo que realizar algunas pruebas.

Schmidt se siente como un nuevo doctor Snow, el epidemiólogo británico que descubrió el origen del cólera en Londres.

—Hay algo que debo decirle, aunque no puede compartirlo con nadie por el momento. Todos los muertos son blancos. Pero la estadística a veces es curiosa, y quizá tan solo sea un sesgo. Debo realizar diversas comprobaciones antes de convocar al Comité de la Salud.

Todavía se discute si la fiebre amarilla la origina un insecto, un germen o las miasmas de los pantanos del norte de la ciudad. No le gusta compartir esa información con el superintendente, al que considera un tipo sin muchas luces, pero se ve en la obligación de hacerlo. Solo quiere estar seguro de ello, ser él, Schmidt, quien realice la premisa científica basada en las evidencias. Sabe que, por muy inspector de sanidad que sea, por muy respetable que sea como patólogo, va a necesitar otros poderes, incluso forzar la ley en algún caso.

Si solo afecta a los blancos es porque se trata de un germen africano que ha entrado en contacto con la población blanca. Y los mulatos tampoco se ven afectados, y mucho se teme que eso llegue hasta los octorones.

Los dos piensan sin decirlo en la enorme población de origen africano que vive en Nueva Orleans.

—Nos pueden sustituir —dice al fin al comisario—. Tardaremos años hasta obtener una inmunidad natural. Para entonces no quedará ni un blanco en esta ciudad. Una enfermedad contagiosa africana, sin duda.

Llevado por la intensidad del momento, continúa compartiendo las teorías de Markus como suyas:

—Por lo que hemos podido observar en dos mujeres que han sobrevivido a la enfermedad, es posible que el esperma de los negros sea protector. ¿Entiende, señor, lo que supondría? ¿Sus consecuencias? Veríamos a nuestras mujeres a sus pies. Tendrán recelos, pero al final todo el mundo mira por sí mismo y por su supervivencia. Ya no necesitarán violarlas, ellas mismas se les ofrecerán. Los descendientes de nuestras mujeres serán inmunes y posiblemente ellas también gracias al contacto favorecido por el apareamiento.

—¿Está usted seguro de eso?

Se da cuenta de que ha cometido un error. Es una información demasiado importante para compartirla con alguien de poca inteligencia. Ambos son miembros de la Liga de los Hombres Blancos. Quedan algunos viejos confederados de la antigua escuela, pero un nuevo estilo, más incisivo y radical, basado en el estudio de las razas —la frenología—, en darle una pátina científica a sus argumentaciones, ha empezado a tomar las riendas de la organización.

—Necesito hacer algunos experimentos. Sin trabas. Necesito poderes legales. Por eso recurro a usted. Necesito varios hombres leales que no hagan preguntas. Tenemos que ser fuertes.

—No solo no hemos logrado deshacernos de ellos, sino que ahora nos pueden eliminar. ¿Qué vamos a hacer?

—Si todo es cierto, tendremos que evitar que la enfermedad se propague.

—¿Quién más sabe de todo esto?

—De Sanctis.

—Él es un creole de color.

—De Sanctis es directamente negro por mucho que se esfuerce en hacernos creer que es una mezcla. La raza negra es vigorosa como las malas hierbas y ahoga a las demás plantas cuando coloniza un prado.

—Tenemos que comunicarlo a todos los miembros de la hermandad.

—¡No, no, le he dicho que no!

Schmidt se da cuenta de que se ha emocionado. Sabe que tiene que calmarse, aunque deteste la nula capacidad intelectual del superintendente, la incapacidad de ver más allá.

—¿En qué nos puede ayudar eso? Muchos de ellos lo primero que harán será huir. Así es la naturaleza humana. Y eso pondrá en peligro al resto. Así que necesito poderes plenipotenciarios. No podemos dejar que la enfermedad se expanda. Los otros miembros del Comité de la Salud no han de saber nada por ahora. Hemos de localizar a todos los que asistieron al baile de la ópera, aunque temo que ya sea tarde. Deberían permanecer en cuarentena, pero su número es tal que el único remedio es poner en cuarentena a toda la ciudad. Podemos declarar que es una nueva fiebre, una fiebre hemorrágica. No tenemos que alertar al alcalde Norman.

—¿Por qué no ahora?

—Porque solo se trata de un brote. Y no sabemos qué enfermedad es. Hemos de ser cuidadosos. No queremos que los negros sepan la verdad. ¿Sabe lo que pasará si descubren que son inmunes? ¿Cuando vean que ellos no enferman y nosotros sí?

—Estaremos perdidos. ¿Qué podemos hacer?

—No quiero interrupciones. Y en el hospital de Tremé quiero tener mano libre.

—De eso ya dispone.

—Solo pido que no se hagan preguntas, ¿comprende?

—De acuerdo, haga todo lo que sea necesario... Solo una pregunta más. Mi familia...

Schmidt se da cuenta de que el comisario tiene miedo. Una fuga de información sería terrible. Si empiezan a marcharse de la ciudad de forma incontrolada... Ha de tranquilizarlo de alguna manera.

—Lo mejor que pueden hacer es quedarse en casa. Pronto habrá cuarentena. ¿El servicio doméstico de su casa son negros?

—Tengo una cocinera irlandesa.

—Despídala de inmediato y que su familia se rodee de negros.

—¿No es eso lo que queremos evitar, que sean los negros quienes controlen la ciudad?

—Que trabajen para nosotros, como hasta ahora. Ellos no tienen que saberlo, ¿de acuerdo?

Ambos hombres se dan un apretón de manos.

—Intente tranquilizar al alcalde —le pide el comisario.

—Haré lo que pueda.

Más tarde, una vez en su despacho, Schmidt monta en cólera cuando recibe una llamada de teléfono y le informan de que el doctor Johnson ha escapado.

—A partir de ahora, no se han de referir a él como médico. A partir de ahora es simplemente Johnson. Un fugitivo de la justicia. Y hemos de cazarlo rápido.

—¿Vivo o muerto?

Solo lo piensa un instante:

—Lo necesito vivo.

27

Markus se ha escondido en los callejones estrechos que hay entre los edificios en el vecindario. El estar esposado le hace tener una posición envarada, casi cómica. Teme tropezar en cualquier momento, caer de bruces y tener que contornearse para levantarse. Se ha ocultado en un pequeño recoveco, en los jardines desatendidos y cubiertos de maleza que se extienden detrás de las casas. Los policías han pasado frente a él montados a caballo, dando vueltas, removiendo basuras almacenadas. No puede acercarse a su casa, pues está seguro de que es el primer sitio donde lo buscarán, su dirección es fácil de encontrar, está en diversos anuncios que difunden su actividad como facultativo. No sabe a dónde acudir.

Se cerciora de que no hay nadie a la vista antes de salir de su escondrijo y avanza rozando las paredes. Ha de mirar el nombre de la calle en la que se encuentra, la calle Constance, y de pronto ve la iglesia de Saint Alphonse al fondo, junto al convento de los padres redencionistas. Al otro lado, el asilo para huérfanos de Saint Joseph, y a apenas una manzana la iglesia de Saint Mary, a la que acude la población germánica, aunque también la lleven los padres redentoristas.

Recuerda entonces al padre Neil, el joven cura irlandés. Le dijo que Saint Alphonse era su parroquia. ¿Estará dando misa? No sabe qué hora es. ¿Primera hora de la tarde? En la comisaría lo despojaron del reloj de cadena y de sus posesiones, y el invierno meridional le desconcierta. Aunque el aire es fresco y claro todavía, la luz rosada del día se ha ido oscureciendo.

Se va acercando, rodeando las casas, con la sensación de que lo observan, lo escuchan, lo espían, incluso nota cómo se tensan los músculos de la oreja. De repente recuerda que es un rasgo primitivo y se pregunta de qué le sirve saber todo eso ahora.

La puerta principal del templo está abierta. Procedente del interior, un brillo cálido como el de una cocina al atardecer se derrama por la escalera como unos brazos abiertos. Markus alcanza la iglesia caminando tan rápido como le permiten las cadenas, sube las escaleras y mira en derredor. La iglesia está vacía. Al fondo, sobre el altar, la Virgen María parece darle la bienvenida. Ahora el otro lado la calle se ve más oscuro. Las imágenes, los paneles dorados, la voluptuosidad de altas columnas que se pierden en las bóvedas lo sobresaltan. Se siente observado por santos con túnicas de colores que no conoce. No hay nada de eso en las blancas y puras paredes de las iglesias baptistas.

Se adentra con cuidado en la iglesia y se sienta en primera fila. Una oleada de pensamientos se agolpa en su mente. ¿A qué le ha conducido su deseo de curar y entender la enfermedad, la ciencia, la biología? A estar sentado muerto de miedo en una iglesia católica temiendo que lo descubran de un momento a otro. Lo más extraño es que esté todo tan vacío, como si la humanidad hubiera desaparecido para siempre, y hubieran dejado aquel testimonio para que otras inteligencias lo interpreten.

Intenta calmarse, respirar tranquilo. Hay una puerta abierta a un lado del altar. Supone que debe conducir a la sacristía. Se levanta con cuidado de no tropezar.

Y allí está el padre Neil. Lo ve enfrascado en un par de libros. Neil alza la cabeza al notar su presencia. Se quedan mirando el uno al otro. La mirada de Neil es de sorpresa, pero no advierte molestia alguna.

—¿Por qué le han esposado? —pregunta sin rodeos.

—Me acusan de propagar una enfermedad. De haber matado a Tommy, al doctor Roberts..., y pronto me acusaran de violación..., de...

Markus se desmorona. Empieza a sollozar. Demasiada tensión en tan pocas horas. Neil deja los libros a un lado, se pone en pie y se acerca hasta Markus. Neil se desenvuelve bien ante el sufrimiento ajeno, lo comprende, y desea ayudar de inmediato y aliviar el dolor.

—Siéntese.

La voz es agradable, pausada. Le da a beber un vaso de agua que Markus agradece infinitamente, pues no era consciente de lo sediento que estaba.

—Habrá que romper la cadena...

Markus intenta recomponerse. Puede llevarse las manos a la cara, pero la cadena traba sus movimientos.

—Quédese aquí —dice Neil—. Voy a buscar algo con lo que liberarle, creo que en algún lugar hay una caja con herramientas. No se mueva. Espéreme, por favor.

En la sacristía, un reloj de cuco deja gotear las horas con su sonido. Markus se queda pensando si ha sido traicionado, si en ese preciso instante Neil está avisando a la policía. Otra parte de su ser, más analítica, que siempre está al acecho incluso en los momentos más difíciles, empieza a hacerse otro tipo de preguntas. El padre Neil estuvo en contacto estrecho con la familia. ¿Por qué él no ha enfermado? Es irlandés, su piel es blanquísima, no es posible que tenga un ancestro negro. ¿Puede tener inmunidad natural?

Al cabo de un tiempo que a Markus se le hace eterno, el padre Neil vuelve con una cizalla. Se miran con torpeza, porque cada uno sabe lo que ha pensado el otro.

—He vuelto —dice Neil.

Markus asiente con la cabeza. Los dos son conscientes de las dudas de cada uno.

—He tenido que inventarme una excusa para pedirle al señor Kirk unas cuantas herramientas y para que no me acompañara. Es quien se encarga del mantenimiento de la iglesia. Le advierto que no soy bueno con esto.

—Está usted siendo cómplice de un negro fugitivo.

—Vi lo que querían hacer con usted —dice Neil con una mezcla de dulzura y seriedad.

Tras varios intentos, la cizalla corta la cadena. Las manecillas quedan alrededor de las muñecas, pero al menos tiene libertad de movimientos.

Los dos sonríen con complicidad. Se dan cuenta entonces de que no están solos.

—Allí están... —La voz es arrugada, revenida—. ¡Ya lo sabía yo!

Tanto Neil como Markus son un tanto despistados. Han dejado la puerta de la sacristía abierta y, desde allí, la vieja Bridget los señala con el dedo índice.

—Ahí lo tenéis, con el negro, ya lo sabía yo.

Viene acompañada. Detrás de ella se encuentra Geraldine, y detrás de ellas muchos otros, con cirios encendidos como si estuvieran a punto de acudir a una procesión.

—Esta es la casa del Señor, no permitiré... —trata de decir Neil.

—Y tú la has mancillado. Ya os lo dije. Y con un negro. ¿Qué te piensas? A mí no me podías engañar. ¡Invertido! Sé lo que hacías con los estibadores del puerto, con los negros, con lo más sucio de la existencia. Pensabas que si te quitabas la sotana te librabas de nosotros. ¡No!

Neil se queda sin habla.

Reconoce a muchos feligreses detrás de Bridget y Geraldine. Mujeres y hombres y también niños y ancianos. Oye oscuros susurros que no auguran nada bueno.

Bridget también lleva un cirio encendido en la mano. Markus advierte horrorizado que sus pupilas no se contraen ante la luz. Y lo mismo sucede con Geraldine. Y con todos los demás. Tienen la mirada obnubilada, extraviada, mueven los labios en un murmullo.

—Sois el demonio. Esta casa está podrida. ¡Pervertido! ¡Protestante!

Bridget les arroja el cirio, que prende en las casullas colgadas en un perchero cercano. Geraldine también lanza el suyo. Y los demás las siguen. Vuelan también botellas de alcohol antes de que cierren la puerta.

La sacristía está llena de libros, de ropas. Markus se afana en intentar apagar lo que puede. Pronto se da cuenta de que no tiene sentido luchar contra el fuego. Es demasiado rápido, hay muchas superficies de madera vieja que prenden con facilidad.

—¡Tenemos que salir de aquí! —grita—. ¿Dónde hay otra puerta?

Neil no responde. Se ha quedado de piedra.

Markus encuentra con la mirada otra puerta. Al acercarse descubre que está atrancada por fuera. Se pregunta cuánto tiempo llevaban espiándolos para que haya alguien también fuera, en el otro lado. Entre los chasquidos del fuego, piensa por un momento en lo que dirá su familia cuando le comuniquen su muerte. Huido de la policía, escondido en una iglesia católica, casi peor lo último que lo primero. Siente miedo, aunque también un espasmo de comicidad. Podría reír si le diera tiempo.

Neil no reacciona. Permanece de pie en medio de la sacristía, con la cabeza baja, como si deseara que las llamas lo consumieran como a un hereje en penitencia.

—¡Mierda, mierda! —exclama Markus.

El fuego le quema las manos y se acerca peligrosamente a su cara. Sujeta por los hombros a Neil y se los sacude.

—Por favor... Te lo ruego. No quiero morir aquí.

Neil gira la cabeza a un lado, al suelo, como si le negara la atención. Markus le sigue la mirada: una alfombra que empieza a consumir el fuego. La aparta de una patada y destapa una trampilla. Tira de ella y consigue abrirla. Ve una escalera que desciende. Una escapatoria.

—¡Padre!

Neil sigue impertérrito. No quiere acompañarlo. Markus lo arrastra a empellones y le grita:

—¡Baja tú primero!

—¡Sálvate tú!

—¡No seas idiota!

Sin muchos miramientos, lo empuja por la escalera. Neil se agarra a una precaria barandilla para no caer y baja trastabillando los escalones. Markus lo sigue y cierra la trampilla justo a tiempo antes de que los restos de un armario caigan encima devorados por el fuego.

Están a oscuras. Solo un leve resplandor rojizo se cuela entre las rendijas de la trampilla, de los restos del armario que arde por encima de sus cabezas.

—¿Qué lugar es este?

El aire que los acoge ha estado en silencio durante mucho tiempo. Markus enciende una cerilla. Para su sorpresa, como si estuviera preparado, hay un candil de aceite a un lado. Consigue encenderlo y se iluminan alacenas y un par de camastros.

—¿Qué lugar es este? —repite.

—El padre Macguire me contó que antes de la guerra ayudaban a algunos esclavos... Los ocultaban.

El ferrocarril subterráneo. Las postas seguras que ayudaban a huir a los esclavos.

—No tiene sentido —dice Markus—. Huían hacia el norte.

—El puerto está cerca. ¿Por qué cruzar todo el Sur hacia el Norte si puedes ir en barco hasta México? Los ayudaban emigrantes alemanes, irlandeses. Resulta curioso lo que han cambiado los tiempos.

—Están enfermos, eso es todo. La enfermedad, la fiebre, hace aflorar...

—... la verdad de cada uno de nosotros.

Markus teme que sea un lugar sin salida y que se queden aquí atrapados.

—¿Hay alguna otra puerta?

—No lo sé.

¿Podrían esperar allí a que el fuego se extinguiera sobre sus cabezas? Probablemente. Pero entonces serían presa fácil para sus captores.

Markus mira inquieto a su alrededor. Distingue un grifo de agua. Lo abre, aunque le cuesta un poco girarlo. Está oxidado. Un agua turbia sale por primera vez en años y arrastra parte de su miedo. Ahora que ha sobrevivido al fuego siente un nuevo ímpetu.

—Tiene que haber alguna otra puerta. Por lo que me han contado, estos lugares siempre disponían de salidas. Si no, sería una ratonera.

La estancia es alargada. Enfoca el candil hacia el extremo opuesto y repara en que la habitación se pierde más adelante en lo que parece un pasillo.

—¡Vamos!

Los dos avanzan entre las sombras y luces del candil de aceite. Ninguno es muy diestro y tropiezan a menudo. Markus respira aliviado cuando por fin distingue una puerta cerrada al fondo. Curiosamente, tiene un cerrojo por dentro y al descorrerlo la puerta se abre sin más con un seco empujón, y se escucha el ruido de algo que cae al otro lado.

Aparecen en un pequeño almacén. Hay una pizarra vieja, sillas almacenadas. Al abrir la portezuela han tirado una estantería al suelo. Escuchan la sirena neumática de los bomberos que se acercan a ellos.

—¿Dónde estamos? —pregunta de nuevo Markus.

—Debe de ser la parte de atrás del colegio.

—Mira. —Markus señala una ventana sucia con una persiana medio rota.

A través del cristal ven el humo y el resplandor de las llamaradas. La sacristía se ha incendiado, pero están intentando que no alcance la nave de la iglesia.

—No puedo volver —dice Neil—. Ellos ahora lo saben...

Y entonces de una manera difusa Markus entiende por qué el padre Neil no quiere volver. Ha oído a esa mujer:

«¡Invertido! Con los estibadores del puerto, con los negros, con lo más sucio de la existencia».

Markus se ha pasado horas escondido. El incendio. Ha salvado la vida por poco. Markus no puede pensar con claridad. Pero hay algo a lo que su mente empieza a dar vueltas.

«Pervertido».

Algo que sería una conmoción si lo hubiera descubierto de otra manera.

Neil no quiere volver a la iglesia, Markus no puede escapar de la ciudad. Todas las estaciones de tren y el puerto estarán ya sobre aviso. No puede poner en peligro a Isabella. Bastante ha hecho ya por él. En su casa está la ropa, sus libros. No tiene nada. Y encima con los grilletes en las muñecas.

¿A dónde pueden acudir?

28

Neil mira a su alrededor sin entender nada. ¿Qué es aquello? ¿Un carnaval? ¿Una feria? Una avenida poblada de mansiones que son imitaciones de algún otro lugar. Un lugar teatral y amable en el que todo puede suceder. Jirones de música susurran en el aire promesas de felicidad. Hay hombres y más hombres en las calles, decenas de ellos, como si fuera la ilustración de un catálogo de oficios: marineros, granjeros repeinados vistiendo sus mejores galas, hombres blancos con aspecto de contable, de oficinista. Neil siente que también va disfrazado, vestido como va con ropas que ha robado Markus de algún tendedero. Los hombres de color o son muy jóvenes, como los limpiabotas sonrientes que ofrecen sus servicios, o muy mayores, y venden comida callejera en carritos con aspecto cansado. No hay ninguna mujer en las calles. Todas están asomadas a las ventanas. Las contraventanas de color rojo abiertas de par en par como insolentes labios sexuales. Unas cuantas mujeres se rechupetean el pulgar, señalando la especialidad de la casa. Neil, a pesar de su estado, piensa que hay algo agradable en todo aquello. A él, que siempre se ha sentido solo, le resulta agradable el ir y venir de gente que ríe, se divierte, que busca y encuentra, como si en cualquier momento pudiera soltarse de los brazos que lo retienen e ir con ellos y ser acogido por la comunidad.

Markus le obliga a caminar como si fueran un par de borrachos. Markus, cuyo instinto de supervivencia se ha agudizado, se ríe, lanza carcajadas al aire y palmotea a su amigo. Neil recibe todas aquellas efusiones desconcertado.

Por un instante piensa que está en una obra de teatro, como una Alicia en el País de las Maravillas que hubiera pasado al otro lado de la madriguera de conejo.

Cuando llegan a su destino, se escabullen de la multitud y Markus llama a la puerta trasera de la Mansión Vinci. No pasa mucho tiempo antes de que una mirilla se descorra.

—Soy el doctor Johnson. Conozco a *ma'am* Vinci. Y un tipo grande, que estaba al cargo, no sé cómo se llama. Necesito hablar con ellos, por favor. Es importante.

La mirilla se cierra. Parece que hay ciertas consultas. La puerta se abre, pero no es un rostro que a Markus le resulte familiar. Son dos hombres negros, fornidos, y es evidente que armados. Les ordenan que entren. Uno de ellos es joven y sedoso, y se presenta a sí mismo como Isaiah. Los conducen a una especie de office. Les abren las chaquetas y los cachean. Al hacerlo se dan cuenta de los grilletes en las muñecas de Markus. Neil no hace preguntas, obedece con docilidad. Lleva un hatillo con sus ropas de cura. Markus no ha querido que se deshaga de ellas. Nunca se sabe cuándo pueden hacer falta.

—¿Y esto? —pregunta Isaiah moviendo las manecillas.

—He tenido problemas...

Algo que podría parecer difícil de explicar no resulta ninguna sorpresa.

—Esperad aquí.

Se escucha música. Un olor de comida que se ha cocinado durante horas al horno llega hasta ellos entremezclado con risas cordiales y despreocupadas.

Emmanuel llega al poco, viste un elegante traje negro, que se las arregla para contener los fuertes hombros. Markus narra de forma rápida lo acontecido. Neil continúa en estado de shock y no dice nada.

—¿Está enfermo? —recela Emmanuel.

—No, no...

Neil levanta la mirada y al ver que Emmanuel lo está mirando parpadea desconcertado, y la retira de inmediato, avergonzado. Markus le explica a Emmanuel todo lo sucedido con detalle. Ya ha comenzado a morir gente. Una enfermedad que afecta solo a los blancos.

—¿Y por qué él no?

Markus reconoce que Emmanuel es inteligente y rápido.

—No sé... ¿Has oído hablar de los irlandeses negros, los descendientes de la Armada Invencible que naufragaron?

—Eran españoles...

—Bueno, alguno puede que fuera más..., no sé..., oscurito...

—¿Me estás tomando el pelo? —pregunta Emmanuel muy serio.

—No lo sé, no lo sé, lo siento. Me he escapado de la policía, nos han querido quemar vivos en una iglesia... Por favor...

Emmanuel se lo piensa un momento hasta que por fin dice:

—Está bien.

El salón de las luciérnagas está lleno de gente. Se llama así porque hay pequeñas luces distribuidas de una manera exquisita en vez de grandes lámparas. Vita Vinci lleva un vestido verde oscuro, de seda entallada, por el que la luz se desliza con un suave temblor. La gargantilla de diamantes resplandece. Parece salida de una fiesta de los Vanderbilt en Nueva York, no de un burdel de Nueva Orleans. Vita Vinci ha contratado a un chef para aquella noche. Tienen un invitado especial, el expresidente de Honduras.

En medio de la recepción, Emmanuel le comenta algo al oído a Vita y ella se aleja con discreción hacia otra sala. Una vez allí, él le cuenta lo ocurrido y le explica lo de los Villere, lo cual ella ya conoce, y el destino del doctor Roberts. Vita lamenta su muerte, y empieza a considerar el alcance de la situación. La información es muy interesante y a la vez increíble. Aun así, está en medio de una fiesta, sus invitados están planeando un golpe de Estado para que la United Fruit Company recupere sus plantaciones en Honduras, no puede desatenderlos. Hay un mercenario y el presidente de la compañía, quizá el hombre más poderoso que haya pisado alguna vez el burdel. Allí permanecen lejos de los ojos y oídos del Gobierno Federal, que de ninguna de las maneras quiere que un gobierno centroamericano caiga cuando sus intereses están en juego, al contrario que en Cuba.

—Seguramente habrá una cuarentena. Nuestros negocios se verán afectados. Es mejor actuar rápido, antes de que cierren el puerto, como en el 78. No podremos mover mercancías. Tenemos que acumular todo lo que podamos.

—Emmanuel... ¿No crees que estás exagerando?

—Todos los Villere han muerto menos una de las hijas, Tommy y toda su familia, el doctor Roberts...

—Está bien, está bien. ¿Dónde los has dejado?

—En el office de abajo. Isaiah los está vigilando.

Hay un pequeño receso en la fiesta. Nadia, Emma y Chaymae sirven bebidas, visten de forma suntuosa, con vestidos que son de una mezcla de organza finísima y encaje y revelan que no llevan nada debajo. Los peinados son altos, totalmente descubiertos, en venganza por los años en que las mujeres creoles tenían que cubrirse el cabello para no dar envidia a las blancas y evitar la tentación a los hombres blancos. Abundan las perlas, las sonrisas cálidas, y son capaces de mantener una buena conversación. Kid Ross ameniza la fiesta al piano y un niño de color, Pops, que toca la trompeta y que ha destacado en una de las bandas de músicos de la ciudad, no puede dejar de seguir el ritmo con el pie. El expresidente de Honduras sonríe. Aquel tipo de música está prohibida en los salones elegantes de la ciudad. Solo allí se puede escuchar.

Vita se vuelve a escapar un momento y confía la fiesta al buen hacer de madame Carrière. Todo va a pedir de boca. Si sale bien, su comisión ascendería a la astronómica cifra de cien mil dólares.

Entra en el office. Markus está sentado y se levanta al verla, y conmina a Neil a hacer lo mismo. Isaiah realiza una respetuosa señal de asentimiento.

—Podéis seguir sentados, no soy la reina. Isaiah, ¿puedes dejarnos a solas?

Vita repasa a Markus de arriba abajo y lo mismo hace con Neil. Sabe todo lo que ha pasado antes de que lo explique. Morgan se lo ha contado apenas unas horas antes. El inspector sentía pena de aquel hombre y eso juega bastante en su favor.

—Así que te has escapado de la policía y vienes a esta casa a traer problemas, ¿no?

Markus asiente con humildad.

—¿Cómo se llama tu amigo?

—Neil... Me ha ayudado a escapar. Es un religioso y ha visto cómo quemaban su iglesia. Él también tiene problemas con la comunidad...

—¿Han quemado una iglesia?

—Saint Alphonse. Solo la sacristía.

—¿Por qué?

—Son irlandeses, ya sabe, se emborracharon, cosas de gente blanca.

—Tu amigo más blanco no puede ser. ¿Es irlandés?

—Sí.

—¿Y por qué ha tenido problemas?

—No acababa de encajar allí...

Vita Vinci ha frecuentado a muchas personas, y reconoce la mirada a media luz y la tristeza del rostro de Neil. Observa sus manos, poco acostumbradas a las labores físicas, y con manchas de tinta por haber estado escribiendo. La chaqueta le queda grande. No se muestra cauteloso, solo se deja llevar, como quien no tiene nada que perder.

—Es muy guapo —dice ella.

Se ha enamorado de hombres difíciles, hombres que siguen cierto patrón de dureza, pero al mismo tiempo no es insensible a otros de aspecto dulce y agradable. A veces, estos últimos son toda una sorpresa. Se puede tener la cara de un ángel y el rabo de un demonio.

—Podéis pasar la noche aquí. Pero os tendréis que marchar mañana.

Markus respira aliviado.

—Gracias, gracias.

Le sujeta la mano y va a besársela. Vita la retira y dice medio riendo:

—Oye, que no soy el papa.

—Ni yo papista.

—Entonces es que querías robarme el anillo.

—De ninguna de las maneras, señora.

Vita vuelve a la fiesta junto a Emmanuel. Sonríe y adula a sus invitados mientras piensa qué hacer con Markus y Neil. Tiene untados a varios policías, sabe los peculiares gustos sexuales de por lo menos tres jueces. No es la primera vez que esconde a alguien que ha tenido problemas con la ley. Vita paga abundantes sobornos a unos cuantos oficiales. Todo el mundo tiene que hacerlo en Storyville si quiere sobrevivir. Incluso varias madames lo hacen de manera corporativa. Cuando conoció a De Sanctis, pensó que Morgan sería del mismo estilo. Para su sorpresa, se equivocó de parte a parte. Emmanuel y sus hombres se pelearon a tiros con la Mano Nera y hasta que no intervino De Sanctis no hubo paz. La Mano Nera era la mafia de Palermo y se creía con el derecho de inmiscuirse en los asuntos de Vinci solo por ser italiana. Pero Emmanuel no le perdonó a De Sanctis tal injerencia: para él, todo lo que tenía que ver con la Mano

Nera era personal. Así que Vita tiene que hacer equilibrios entre los dos hombres más importantes en su vida en ese momento.

—Hay que ir con cuidado —dice su socio—. Es peligroso tenerlos aquí.

—Lo sé. Pero más peligroso es que ahora mismo en uno de los salones de esta casa se está planeando un golpe de Estado.

—Si lo que afirma Markus es cierto, se cerrará el puerto —insiste—. No podrá salir el cargamento de armas. Tenemos que arreglarlo todo antes de que los periódicos empiecen a informar de ello. Si hay una epidemia, se cierran los negocios.

—Y se abren otros.

29

El Departamento de Policía de Nueva Orleans no sabe que De Sanctis trabaja para el Servicio Secreto del Gobierno Federal. Lo reclutaron hace apenas unos meses. Está observando la Mansión Vinci. Tiene que ser discreto, ya que ni el mercenario ni el gran capo de la Union Fruit Company han de saber que los controlan. Es el motivo principal por el que empezó una relación con Vita. Al principio le resultó penoso. Seducir a mujeres para conseguir información le había parecido algo cercano a prostituirse. Ya intuía que formar parte del Servicio Secreto no implicaría una serie de actos valerosos. Tampoco contaba con que casi todo se resumía en recabar información y esperar. Le había sorprendido que Washington estuviera interesado en Vita. Fue atando cabos al ir descubriendo el tipo de fiestas que se organizaban en la mansión. No se acaba de fiar de aquel expresidente de un país extranjero que había servido a los intereses americanos. Y luego estaba Emmanuel.

Había resultado toda una sorpresa que alguien que parecía ser un hombre de confianza de un burdel fuera en realidad un mafioso con un gran poder. Apenas treinta y pocos años los separaban de la Guerra Civil. La contienda seguía estando muy presente. La esclavitud había dejado una sociedad brutalmente segregada. El estado de Luisiana solo permitía el voto si los abuelos del votante podían ser elegidos en 1867. De esa manera había borrado el derecho a voto de toda la población negra y de casi toda la población inmigrante; tampoco De Sanctis podía votar. El Gobierno Federal se temía una gran revuelta. No acababan de entender que aún no se hubiera producido, pero temían que surgiese una figura de color capaz de liderarla. Y ahí entraba Emmanuel, que se estaba metiendo en algunos líos al financiar organizaciones políticas radicales. De Sanctis tenía la intuición de que esto último Vita no lo sabía.

De Sanctis no vigila la puerta principal de la avenida Basin, no quiere correr el riesgo de ser identificado. Ha alquilado una pequeña habitación en Franklin, la calle de atrás, donde también hay prostíbulos y salones, más baratos, sin tantas pretensiones, en los que los hombres pueden ir a emborracharse sin más o jugar a las cartas, y a la que acuden visitantes de fuera de la ciudad, nerviosos y excitados a la vez con su primera experiencia en Storyville. Le hubiera gustado contratar a un joven limpiabotas que le controlara la entrada, como ha hecho en otras ocasiones en algún otro lugar. No ha podido porque ha de ser precavido.

Emmanuel ha tejido toda una red de informadores —lavanderas, limpiabotas, chicos de los recados, organilleros, vendedores de periódicos—, no hay nada en Nueva Orleans que no sepa. Los trabajos más penosos los hacen los negros, ya que para muchos prohombres no son más que una serie de rostros oscuros, invisibles, y hablan delante de ellos como si no existieran, sin ser conscientes de que todos aquellos rostros tienen oídos y, sobre todo, memoria. Emmanuel ayuda a mujeres, a enfermos, a lisiados que se han quedado sin trabajo. Así ha ido creando una red de favores, y la moneda de cambio es el bien más preciado de la ciudad: la información.

De Sanctis se hace pasar por viajante, pero todo el mundo sabe allí que es policía. Y él sabe que lo saben. Y, en ese juego de espejos, ellos creen que está allí para controlar la partida, y él quiere que lo crean. No están al tanto de la reunión en la Mansión Vinci.

Mientras vigila la entrada posterior, De Sanctis se sorprende al ver al padre Neil y a Markus Johnson fingiendo ser borrachos y llamando a la puerta. Así que el doctor se ha escapado, ¿y por qué se dirige precisamente allí? Y lo más extraño de todo: ¿qué hace con el padre O'Flaherty? Siente una corriente de simpatía hacia Markus. Una parte de él se alegra de que no esté preso, pero otra parte se pregunta cómo se las ha apañado para escabullirse y si esconde algo.

De Sanctis ha comprobado que los dos edificios a lado y lado de la mansión pertenecen también a Vita. En realidad, buen parte de la manzana es de su propiedad. No todos los edificios en Storyville se dedican a la prostitución. En aquel barrio vive también gente mundana: hay viajantes, jóvenes abogados, familias sin hijos, incluso mansiones cuyo precio es más barato, a cambio de un vecindario ruidoso y de mala fama. También hay negocios, verdulerías, ultramarinos que se mezclan con trileros, carteristas y borrachos; es una pequeña ciudad dentro de otra pequeña ciudad.

Y de repente, en medio de todo aquel mundo, aparece aquella pareja que se diría sacada de un vodevil: el sufrido cura irlandés y el divertido negro.

30

Isabella almuerza todos los días en el comedor. Ocupa el lugar habitual de Frances en la mesa. Le resulta curioso pensar que hace apenas unos días sentarse allí era inimaginable. Madeleine está de pie, a un lado. Isabella tiene tendencia a quedarse mirando algún punto fijo, hasta que el susurro del uniforme de Madeleine le hace volver a la realidad. A veces la muchacha carraspea, o se mueve, o le llena el vaso de agua que está casi lleno.

Apenas han pasado tres días desde la muerte de Alexander, pero ya ha decidido seguir llevando la casa como lo hacía madame Frances, aunque ha cambiado los menús de comida francesa por otros más sencillos, ya que ahora solo cocinan para ella. No hay nadie más en la casa. Isabella sabe de los deliciosos platos que la cocinera Harriet suele preparar para el servicio: el arroz con cangrejos del río, el gumbo, con su olor especiado, rico y denso. Le recuerda a los contrastes de su casa en Cuba, cuando sus padres tan solo tomaban las comidas tradicionales del norte de España y ella prefería la ropa vieja, la carne mechada, los frijoles negros, algo que muchas veces debía comer a escondidas, en la cocina, bajo la mirada divertida y quizá un tanto reprobatoria de las cocineras, pues no era del todo correcto para la señorita de la casa. Así que ahora presta atención a los menús, a pagar las facturas, dar órdenes sobre qué ropa se ha de guardar y la que se ha de mandar a lavar de nuevo, aunque acabe de salir de los armarios. Porque hay algo que la atenaza: Isabella teme que el respeto que el servicio le tiene como ama se pierda en algún momento, se diluya en aquel reguero de situaciones límite en que habrá de tomar decisiones difíciles. Recuerda los consejos de su madre, su control férreo sobre el servicio, la amabilidad sincera, pero a la vez la capacidad para poner a todo el mundo en su sitio, las órdenes secas que no admitían contradicción y, también, la preocupación paternalista y el cuidado por si alguno de ellos enfermaba o le acontecía una desgracia. ¿En qué extraño lugar ha quedado ella en aquella casa?

Solo sabe una cosa. Está sola.

Isabella se pregunta hasta qué punto la caída en desgracia de los amos la celebran los criados. Sabe que los esclavos de la casa, los domésticos, los que no tenían que trabajar de sol a sol en la plantación, podían llegar a sentir una férrea devoción por los amos. A pesar de que el amo sea alguien como madame Frances. Imagina cómo sería servir a una persona como la matriarca Le Bois, con sus arrebatos de ira fría cuando consideraba que algo no era de su gusto. Todavía no se cree que tuviera el arrojo de pedir que la recluyeran en su habitación. Está totalmente arrepentida. No es cristiano hacer eso. Y ahora la anciana se encuentra en alguna parte, ahí fuera. Se pregunta dónde puede estar. Sabe que Frances es demasiado orgullosa y sería una vergüenza para ella solicitar ayuda a alguna de las familias prominentes. Tampoco conoce a sus amigas, a excepción de la señora Villere, y ahora también ella está muerta.

Y luego, el dolor.

Un entumecimiento en algún punto de su corazón le permite sobrellevar el día a día, hasta que de pronto, sin previo aviso, brota un dolor en el pecho que la deja sin respiración, y cierra los ojos, y tiene que sentarse porque Alexander ha muerto.

Se habían conocido y casado en muy poco tiempo. A sus padres les llegó la noticia por su tía Carmen y quedaron horrorizados. Ella era una rica heredera, la hija de don Eusebio, quien había creado su fortuna de la pequeña tienda de ultramarinos heredada de su padre. Isabella adoraba la tienda, admiraba que los dependientes pudieran recordar dónde estaba todo. Alguien pedía de pronto unos guantes bordados en hilo de plata y de inmediato uno de los dependientes mayores subía a una gran escalera y sabía que allí, en las alacenas más altas, había unas cajas blancas y estrechas con guantes como los que quería la clienta. La caja registradora la volvía loca, las deliciosas teclas que hacían saltar los números, el repiqueteo cantarín de la caja cuando se abría. Su padre se pasaba por la tienda principal, cerca del Malecón de La Habana, cuando iban a cerrar, ya entrada la noche, para contar el dinero. Isabella recuerda la forma de humedecerse el pulgar en la lengua y contar los billetes. A don Eusebio le gustaba llevar a su hija, a falta del esperado heredero. Un día el paraíso se desvaneció. Decidieron venderlo todo, volver a España. ¿Y para qué? Para que su hija mayor se casara con un hombre llamado Alexander. Ningún hombre que ellos conocieran se llamaba así.

Viajaron a París a toda prisa en cuanto supieron de la noticia de su boda, lo que consideraban ellos que era una caída en desgracia. Isabella tenía fama de ser impetuosa, de tener buen corazón, de odiar las injusticias. Se había escapado y refugiado en casa de madame Gautreau. Y madame Gautreau, quien adoraba las locuras de amor, la misma que había estado a punto de caer en el ostracismo de todo París por el cuadro del escándalo, en el que posaba con un vestido negro, sedoso, escotado, con un tirante caído, que casi pedía ser acariciado, el mentón elevado, el perfil displicente, recibió a los Zárate, los hizo sentirse como reyes, los aduló. Isabella, si tan solo fuera por ella, estaba dispuesta a casarse sin dote, con un vestido de novia prestado. No le importaba. Alexander y el padre de Isabella hablaron de hombre a hombre.

Don Eusebio no hablaba francés, Alexander solo sabía decir cuatro palabras en castellano: «hola», «adiós», «gracias» y «amigo». Pero ambos se entendieron. Los Zárate habían quedado mareados con madame Gautreau y aquel fabuloso piso, aquella recepción del embajador, varias duquesas y rescoldos del exilio parisino de la reina Isabel; aún pasados unos meses, Isabella dudaba de si habían sido de verdad o si la mujer contrató a unos actores de teatro para ello, porque todo había sido muy rápido. Su madre la vio radiante, y don Eusebio dijo que su hija se casaría con un vestido de boda prestado, pero a cambio dispondría de una luna de miel maravillosa: Viena, Venecia, Roma, Nápoles, Capri, Atenas y vuelta a París. Isabella había descubierto el placer, ser abrazada con deseo, y el suyo propio, ver dormir a Alexander, su pecho desnudo subiendo y bajando, reposar la cabeza allí, y que él de pronto se despertara y se quejara amorosamente de que su cabello le hacía cosquillas en la nariz. Y aquello era maravilloso.

Y, sin embargo.

También existía el otro.

Los pantanos. El norte. El lago.

Los llevaba dentro.

Y ahora él está muerto.

Philippe, Jacques y todos los demás, también muertos.

Todo aquel mundo había dejado de responder. Se han encerrado en las casas, abrumados.

Ahora le resultan ridículos sus miedos primerizos al conocer a los amigos de Alexander. Las soirées a las que los invitaban. El miedo que le daba acudir a los pícnics, salir a navegar al lago Pontchartrain, no saber qué decir, no entender el francés rápido y sinuoso lleno de dobles sentidos que a ella se le escapaban.

¿Qué había sido de aquellos días, de aquella gente?

Alexander, Frances y ella cenaban allí todas las noches con vestidos de gala. Pocas veces tenían invitados.

Isabella no lo había advertido antes. Como si en el fondo todo el mundo supiera...

Y ahora todo aquello que le daba miedo ha desaparecido y está sentada allí, sola con su reflejo en el espejo inclinado, tornasolado, resquebrajado en una esquina. Las muertes saltan cada día a las cabeceras de los periódicos. *Décédé. Décédé.* Muerto.

Escucha entonces la voz de Mamie Desmoines a un lado. No había reparado en su presencia: ha entrado para servirle un plato de arroz caldoso con marisco y picante. Un caldo sureño de Cuaresma. Isabella se da cuenta de que su mente lleva largo tiempo vagando.

—Señora...

El olor es delicioso. Isabella se siente culpable de tener hambre, de poder comer todo aquello. En realidad, cada día que pasa nota más apetito, algo se aferra a la vida en su interior.

—Tiene tan buen aspecto que no parece un plato de Cuaresma.

—Lo es, señora.

—¿Hay noticias de madame Frances?

—No, señora.

—¿Sabe dónde puede estar? ¿No tiene familia? ¿Alguien a quien recurrir?

Percibe la desesperación en su propia voz e intenta calmarse. No es bueno que la vean así. Observa las manos de Mamie Desmoines. Le recuerdan a las de su aya negra en Cuba. Al levantar la mirada se encuentra con la de Mamie, quien la aparta no por vergüenza, sino por algo más profundo: el reconocimiento del dolor.

Dos mujeres. Una ha matado al marido de la otra. Y el marido ha violentado a su hija. Puede que estén las dos en paz. No tienen nada que recriminarse. Isabella habría hecho lo mismo por un hijo. Mamie Desmoines empieza a hablar de forma suave. Sabe que para Isabella es más fácil entenderla si habla despacio. El francés criollo, entretejido de palabras cajún y españolas, es a veces ininteligible.

—Ella era una Ternant antes de casarse, señora. Eran de la plantación Parlange, más allá de Baton Rouge. No era de Nueva Orleans como los Le Bois o los Villere. Su hermana se marchó a París. Creo que usted conoció a su hija, una sobrina suya, allí.

—Madame Gautreau —dice, y Mamie asiente—. Ella nunca me habló de Frances...

Isabella baja la voz, como si buscara una confesión.

—La plantación Le Bois... ¿Cómo era? ¿Usted nació allí?

—Fui niña en ella.

—¿Lo echa de menos?

Mamie esboza una sonrisa triste.

—No, señora, no.

—¿No? —Isabella ha detectado algo parecido a la añoranza.

—La plantación estaba cerca de esta casa, siguiendo el río. La familia subía y bajaba de una casa a la otra. Aquí hacían los bailes, las presentaciones en sociedad, aunque la otra fuera más grande... Allí había barracas, señora, donde vivía mi familia, las mujeres se peleaban por un trozo de huerto que nos dejaban plantar. Allí todo era más vivo, el sol llameaba con furia, más que aquí, y siempre el olor... a hojas muertas y terreno húmedo, un olor enfermizo, nauseabundo, por muchos perfumes que utilizaran las señoras. En verano era todavía peor. El calor era negro, quemaba los pulmones. El Misisipi se volvía amarillo y siempre parecía clamar algo, te tentaba, aquí está más calmado, sabe que pronto llegará al mar. Allí te reclamaba, te pedía que le hicieras caso, por eso tengo prohibido a mi pequeña que se acerque al río. Te tienta, señora. Aquí, en cambio, en esta casa, se podía fingir que no había dolor. Madame Frances adoraba la plantación... Ella era igual... Por eso se casó con el amo, el señor Jean-Luc Le Bois. Eran dos hermanos: el hermano menor del señor Le Bois se llamaba Léopold. Él prefería esta casa a la plantación. Marchó a África después del incendio. Muchos pensaron que había muerto cuando todo ocurrió. Tuvo quemaduras por el cuerpo entero y no quería que lo vieran así, pero se recuperó con nosotros, en los barracones, lo salvamos. Yo misma lo estuve cuidando, apenas una niña, colocando cataplasmas con las plantas que la vieja Marie nos decía. Iba a recoger hierbas al atardecer a las orillas del río, porque lo que el río te quita también te lo puede dar.

—He oído que fue madame Frances quien incendió la plantación...

Alexander nunca hablaba de ello. Le aburría. Era la propia Frances quien lo contaba en algunas cenas de sociedad, también de aquella manera. Es la primera vez que Isabella puede preguntar directamente.

—Eso dicen. El señor Jean-Luc había muerto hacía dos semanas en una batalla en Tennessee. —Se calla, parece dudar y añade—: Madame Frances... no tenía derecho a hacerlo.

—Pero aquello estaba lleno de dolor...

—Igualmente... Era nuestro hogar. Lo único que conocíamos que pudiéramos llamar como tal, aunque quisiésemos escapar de allí a pesar de todo.

—Y, sin embargo, no lo echa de menos...

—Sí, así sucede...

Mamie levanta la mirada, la dirige al jardín, parpadea como si quisiera eliminar un pensamiento hasta que finalmente sucumbe a él y dice:

—Mi padre salvó la vida al señor Léopold... Cuando empezó el incendio, el señor Léopold estaba dormido, aunque afuera todo el mundo estuviera gritando... Los acorazados yanquis iban subiendo por el río. Muchos de los míos quisieron vitorearlos, los que trabajan en los

203

campos, los que habían sido azotados, pero también teníamos miedo, siempre lo teníamos. Y de repente, el fuego. Un fuego amarillo como el río. Nos quedamos mirando sin saber qué hacer. Los acorazados, el fuego... Mi padre, en cambio, entró a buscarlo. El señor Léopold se había negado a los castigos físicos, nos había ayudado, no separaba a las familias, era un verdadero cristiano. En aquel momento recordaba al señor Alexander..., aunque sin su gracia, claro. La gracia del señor Alexander le vino de los Balfour. El señor Léopold se recuperó y se marchó. Todo el mundo acababa marchándose. Nadie podía con madame Frances. Es usted la que ha permanecido... Él sigue en África. Dicen que se adentró en el Congo. Desde allí envió su regalo de bodas: el loro rojo y negro. Y también él se ha ido.

—Habría que informarle de la muerte de Alexander.

Luego una duda se abre en su mente.

—Él podría ser quien heredara la casa...

Mamie habla como si estuviera en medio de un sueño cuando afirma:

—¿Sabe una cosa? Madame Frances siempre tomaba láudano para dormir. Yo llevaba las recetas y sabía cuántos botellines había y cuántos no, y, el día antes del incendio, desapareció uno al completo.

Isabella comprende lo que Mamie intenta decirle, pero se niega a creerlo.

—Pudo ser un accidente... —dice con la voz entrecortada.

—Sí, puede ser... Siempre hay accidentes en esta familia. Dicen que el señor Pierre, el hijo de madame Frances y padre del señor Alexander, se ahogó en el lago. No es cierto, señora. Se suicidó en el lago cuando la señora Isadora lo abandonó. A todo el mundo le llega su castigo. Es el designio de Dios.

Isabella recuerda que Mamie quiere entregarse a las autoridades. Aprieta su mano. Es el primer contacto físico que tienen desde la muerte de Alexander. Mamie aparta la mano y dice:

—Volverá, señora.

—¿Madame Frances?

—Ella también.

31

Eleodora Miller, el ama de llaves del doctor Edgar James Roberts, permanece ingresada en el Asilo de San Vicente de Paúl. Su estado alterado hizo pensar a las autoridades que había enloquecido. Tal vez incluso que hubiera causado la muerte del doctor Roberts. Hicieron falta tres hombres para separarla de su cadáver. Una vez que entró en el asilo, separada de su obsesión, su energía se desvaneció y decayó por completo.

Schmidt llega al asilo junto con dos policías más. Los atiende una monja mucho más joven que el resto y que parece estar a cargo del lugar.

—La trajeron aquí hace tres días —dice la monja.

—¿Está con las otras internas?

—Sí, consideramos que era mejor que se relacionara con el resto a pesar de su estado catatónico.

—¿Ha notado algún cambio en sus compañeras?

Ella se muestra dubitativa y comenta:

—Debo decir que ha habido un par de internas que desde su llegada se han vuelto más difíciles.

—Me gustaría ver a la señora Miller. Tendríamos que hacerle unas pruebas.

Lo llevan a una habitación grande y blanca, donde varias internas permanecen acostadas o sentadas en camas de hierro. Al ver a Eleodora descubre que es una mujer demasiado mayor para sus intereses y que está ya muy enferma. Schmidt calcula que morirá en pocas horas. Dirige la vista más allá y ve a una chica joven, de cabello rubio y lacio, sentada en una cama, con la bata del hospital remangada hasta casi enseñar los muslos.

Mantiene los puñitos elevados y apretados, como si estuviera a punto de pelearse con un ente imaginario. Y lo que llama la atención de Schmidt es que le cae un poco de sangre por la nariz.

Analiza fríamente. La enfermedad se está expandiendo deprisa. El periodo de incubación es corto, cuestión de días. La mortalidad es elevada. Y esa chica está enferma y le puede servir de ayuda. Schmidt sonríe. Se coloca una mascarilla, se acerca hasta la interna, aunque guarda las distancias.

—¿Cómo te llamas?

—Él siempre me llamaba Mimí.

Mimí empieza a hablarle sin más de una forma risueña y triste a la vez.

—Él quiso deshacerse de mí. Ahora ya no quiere jugar conmigo.

Y en voz baja, confidencial, añade:

—Dice que soy mayor, pero no es cierto.

—No, claro que no —contesta Schmidt bajando también él la voz.

Schmidt aprovecha para encender una cerilla y acercarla a su rostro. Mimí sonríe como si fueran a hacerle un truco de magia: la cerilla se apagará y aparecerá algo gracioso. Schmidt comprueba que la pupila no se contrae, tal y como había indicado el doctor Johnson, aunque en su mente es como si lo hubiera descubierto su propia persona. Conforme pasan los días, Schmidt se lo va creyendo y ya no sabe diferenciar la verdad, es como si Johnson fuera el impostor y deseara arrebatarle sus descubrimientos.

Mimí sopla la cerilla. Se apaga. No ha aparecido nada, ningún ramillete de flores, nada.

—Voy a hablar con las monjas —dice el doctor—. Te llevaremos con nosotros. ¿Querrás?

Es habilidoso, se gana la confianza de los niños, los ancianos, los discapacitados. Y luego ya es demasiado tarde.

—Me gustaría realizarle unas pruebas a Mimí —le dice a la joven monja.

—¿Ya sabe que ese no es su verdadero nombre?

—Claro, todos tenemos muchos nombres. Cuando era pequeño me gustaba que me llamaran Jules. Me imaginaba viajando de un país a otro. ¿Y usted? Creo que cuando se hacen monjas cambian de nombre.

La religiosa observa a Schmidt. No sabe si se está burlando de ella. Así que le pregunta directamente:

—¿Por qué Mimí?

—Tal vez esté afectada por cierta enfermedad.

—¿Qué tipo de enfermedad? He leído algo en los periódicos acerca de una nueva variante de la fiebre amarilla. ¿Se trata de eso? Supongo que es contagiosa.

Dar información plausible, mezclar verdades con mentiras, resulta siempre la mejor estrategia.

—Es un tipo de gripe, más virulenta de lo normal, provoca ciertas hemorragias nasales.

—¿Cree usted que está contagiada? Tenemos trato con ella a diario.

—No lo sabremos hasta que la examine en el hospital.

Schmidt, a pesar de todo, siente cierta compasión por la monja. Lo más seguro es que ella misma esté contagiada también. Pese a renunciar a la función de ser madre, es un magnífico ejemplar de raza nórdica. Al menos son monjas y permanecen en el asilo, por lo que el contacto con el exterior es mínimo.

—Necesitaría autorización de su padre. Él fue quien la ingresó aquí.

Schmidt le enseña el decreto que lo autoriza en nombre de la Salud Pública a ingresar a cualquier persona sospechosa de padecer una enfermedad contagiosa.

La monja lee por encima el papel, se encoge de hombros y dice:

—Está bien.

Conducen a Mimí a la prisión de Tremé en una de las ambulancias-carruaje en las que trasladaban los afectados de fiebre amarilla. La gente se aparta con temor al verla. Nadie hace preguntas. *Yellow Jack*, *Bronze John* son multitud de nombres para una misma enfermedad que sigue aterrorizando a la población.

Llevan a Mimí directamente a una sala especial, parecida a una enfermería, ubicada en un ala del hospital penitenciario. Son conocidas como las salas del propósito especial. Los funcionarios que trabajan allí tienen ciertas prerrogativas y mejoras en los turnos. Schmidt dispone de un lugar de trabajo junto con dos ayudantes. Dejan a Mimí en una camilla. Ni siquiera le han cambiado el desgarbado camisón del asilo. Schmidt y un funcionario de prisiones llamado Sam observan desde la mirilla de una cancela.

—No entiendo el motivo... —dice el funcionario.

—No se le paga por entender. Simplemente, siga órdenes.

Sabe que debería reprimir su arrogancia. La excitación ante un experimento científico siempre le resulta apasionante, y no puede controlar la irritación que le produce la estulticia humana. El funcionario es fornido, la gorra deja ver un cráneo rasurado en el que se repliega el cuero cabelludo. A Schmidt, obsesionado con la higiene, le repele el fuerte olor corporal del hombre.

Entran tres hombres negros, escogidos entre los más peligrosos, aunque Schmidt ha decidido que sean por robo y violencia, no por homicidio, no quiere correr riesgos con Mimí. Hay un sistema de doble cancela que conduce desde uno de los pasillos hasta aquel lugar. Han drogado a Mimí con una dosis suave de cloroformo. No ha perdido del todo la conciencia, así que se mueve en la camilla como en un duermevela.

Los tres hombres se sorprenden al verla, se dan codazos, se acercan con cuidado. Sonríen entre ellos. Mimí lleva tan solo un camisón. Schmidt se ha encargado él mismo de quitarle las enaguas. El cuello está abierto, con lo que es fácil ver que está desnuda debajo. Los tres hombres miran a uno y otro lado. No tardan en darse cuenta de que los observan a través de la rejilla rectangular de la cancela.

—Eh, jefe, ¿qué es todo esto?

Tiene cara de disgusto. Schmidt, ardoroso defensor de la frenología, lo identifica con un magnífico ejemplar wólof, los más fornidos y que cotizaban mejor en el mercado de esclavos.

—Navidades anticipadas —dice Sam.

No se fían. Miran alrededor. Mimí se mueve en la camilla. Es como si estuviera hablando en sueños. Las piernas, los muslos, muy blancos, quedan al descubierto como una invitación al placer. Uno de ellos se acerca, empieza a acariciar la suave piel de uno de los muslos. Mimí abre las piernas como si algo de su pasado, el recuerdo de una manera de acariciar, la obligara a ello.

—Desde luego, los negros saben cómo tratar a una mujer —dice Sam momentos después. Distraídamente, se ha llevado una mano a la entrepierna.

Schmidt observa la escena el tiempo suficiente para comprobar que Mimí ha sido impregnada según sus deseos. Ha decidido que la monta la hagan sementales con la piel más oscura posible. Dos de ellos reaccionan de acuerdo con lo previsto. El tercero mira hacia otro lado. Para su sorpresa, se pone a rezar. Schmidt piensa que son como los caballos: aunque se escojan con el mejor aspecto, siempre hay alguno que falla.

Al terminar, llevan de nuevo a Mimí a una de las habitaciones del hospital de la prisión del condado, donde permanecerá aislada. Hay pocas mujeres blancas. La mayoría de las presas están allí por desórdenes públicos y problemas relacionados con la bebida.

Schmidt se dirige hasta su despacho del servicio médico de la prisión. Más allá, un par de médicos se dedican a coser heridas y cortes, algunos por reyertas, autoinfligidos la mayor parte. Sabe que tan solo uno de ellos ha estudiado Medicina y que el otro no es más que un viejo aprendiz de cirujano que tuvo problemas con el alcohol.

Schmidt ya tiene un plan. Necesita una mujer blanca. Ha de asegurarse de que lo sea plenamente, y en aquella ciudad es difícil. Es fácil recurrir a las presas negras para sus fines, nadie hace preguntas, no así las blancas. Las internas blancas disponen de su propia enfermería. Tal vez una prostituta irlandesa. Ha de ser impregnada por un macho negro. Luego ha de encerrarla con las locas contagiadas de Saint Paúl o de algún otro lugar. Schmidt quiere calcular el periodo de incubación. Si en tres o cuatro días no se contagia, habrá dado con la verdad definitiva.

Necesita tiempo y no dispone de mucho. Si no toma medidas pronto, puede que sea demasiado tarde para la población blanca. Y puede que también para él lo sea.

32

Cuatro días después de su llegada, Neil no acaba de entender la distribución de la casa. Vita Vinci había comprado las dos viviendas contiguas a la mansión, una de ellas un antiguo almacén maderero en el que todavía se percibe un cierto olor resinoso y a virutas de madera, y había reformado la fachada de modo que desde fuera nadie sabía a ciencia a qué se dedica el respetable lugar. El interior es agradable, un sitio en el que descansar, dormir y reunirse.

Neil se viste con la camisa blanca que le han proporcionado. Es una talla mayor de la necesaria y se le abre un poco en el cuello. No tiene documentación ni dinero. La habitación dispone de un pequeño lavabo propio. Se lava en el aguamanil, mirándose en el espejo, intentando reconocerse. Tan solo ve un antiguo reflejo. El niño a quien le gustaban las lenguas e imitar acentos, el seminarista desconcertado, el sacerdote enviado a aquella isla del norte. Todos ellos eran él. Y todos ellos estaban perdidos. ¿Y ahora? Rememora la mirada de la señora Bridget y los otros, su furia al descubrir su naturaleza, las llamas de las antorchas, el fuego prendiendo las casullas.

Sale de su habitación en busca de Markus. Están en habitaciones separadas, y no logra ubicarse. No entiende cuándo ha de ir para arriba o para abajo. Las tres casas se comunican entre sí, pero los pisos difieren en altura, de modo que para pasar de uno a otro tiene que subir o descender de una manera que se diría aleatoria. Abre una puerta y entra en una galería que da a una gran habitación rodeada de una suerte de grada. Parece el antiguo almacén maderero. Abajo, Emmanuel está boxeando, el torso desnudo, dando golpes contra un saco de cuero viejo. Neil se lo queda mirando desde la galería superior. Un alto ventanal deja pasar una luz oblicua y baña la musculatura de un cuerpo recio que ha empezado a adentrarse en la madurez. La tarima es de madera, y cruje bajo la brutalidad de los golpes. Es primera hora de la mañana.

Lo contempla hechizado. Los golpes, la violencia, ¿cómo pueden estar tan llenos de vida? Emmanuel exhibe un vigor y una vitalidad exuberantes, la pura negación de las últimas horas vividas.

Neil siente que es como si Dios lo castigara y premiara a un mismo tiempo. Lo que más deseas se ofrecerá delante de ti, soberbio, inalcanzable, una muestra de ese Dios ufano, un dios que retiene y que ofrece. Y, sin embargo, entre su profunda tristeza se proyecta un pequeño e intenso haz de luz; por primera vez no siente vergüenza, ni dolor, ni considera que es pecado admirar la masculinidad brutal y desnuda.

El boxeador levanta de pronto la mirada y ve a Neil. Se detiene un momento, lo saluda con la mano, sonríe y sigue golpeando. Él le devuelve con timidez el saludo, baja los ojos y se retira.

33

Isabella está escribiendo cartas a su casa, sentada en el saloncito que Alexander usaba como despacho. No sabe cómo explicar que se ha quedado viuda. Prueba a hacerlo de la manera más sencilla. «Alexander ha muerto». Luego, ya no sabe continuar, tan grande es el peso de esas tres palabras.

No ha sido enterrado todavía. Y yace ahora en un lugar extraño, cubierto por una sábana. A veces, desesperada, le gustaría acudir allí y rogar que le dejen ver una vez más su cuerpo. Lo acontecido aquella última noche, los últimos días, va y vuelve, y de pronto se desvanece, y solo queda la imagen de Alexander sonriente, intentando peinarse el cabello rebelde o mirándola sin más.

Se ha sentado a escribir en un bargueño, cuya multitud de cajoncitos de diferente tamaño la atrajo desde el primer momento. Los va abriendo uno a uno. No están cerrados con llave. Alexander siempre fue confiado. Encuentra ráfagas de su vida, mechones de cabello, cartas. Varias de ellas son de Philippe, y el franqueo llega de diversos lugares al norte de la Unión, Boston, Massachusetts. Isabella decide no leerlas. Tal vez podría entenderlos si lo hiciera. Sin embargo, tiene miedo de sentirse de nuevo decepcionada. Las devuelve a su encierro.

El último cajón está atascado. Isabella ha aprendido que muchos muebles de la casa están alabeados, el clima comba la madera, y parece imposible abrir puertas y cajones, pero luego cualquier criada los abre sin esfuerzo delante de Isabella como si hubieran realizado un acto de magia. Isabella intenta ese truco: sabe que se ha de girar, agitar y dar un último estirón con ímpetu. El cajón se abre. Varias cartas más. También fotografías, una de Alexander de niño con su madre, la otra mujer de su vida. Ambos posan ante el fotógrafo. La mujer se muestra confiada y vital. Alexander parece un querubín con el cabello rubio y rizado.

La madre de Alexander había huido. Su padre se había suicidado en el lago.

Las cartas están cerradas. Alexander nunca llegó a abrirlas. Todas son de su madre, desde una dirección de San Francisco.

Duda. Podría escribirle. Decirle que su hijo ha muerto. Observa entonces el paquete de cartas sin abrir, guardadas por fechas. Podría escuchar la voz de ella. Intentar comprender por qué dejó a un hijo. Alexander no las leyó. Sin embargo, algo le llevó a guardarlas, no las arrojó al fuego. Alexander era orgulloso. Necesitaba un amor sin fisuras. Y ella lo abandonó.

Hay otra carta. Una procedente de un puerto africano. Léopold Le Bois. Dentro encuentra una hoja doblada a modo de tarjeta de felicitación por la boda. ¿Quién le avisó? Dentro del sobre ve también una fotografía: un anciano con el cabello blanco, rodeado de hombres africanos. Lleva colgada una cruz. No parece misionero, pero sí alguien que está a cargo de algo. Isabella recuerda alguna conversación escuchada a medias, el tío de África, quien tenía cafetales, que había descubierto oro, que era rico. Léopold lleva el cabello corto. Curiosamente le da un aire a Frances, aunque tiene el rostro más oscuro, arrugado y cruzado de cicatrices.

Al guardar la fotografía, repara en que por detrás está escrito: «Romanos 12:19, Naturaleza. Jungla. Todo es Dios».

Lo guarda todo de nuevo, excepto la fotografía de Alexander y su madre.

Desvía la mirada hacia el jardín, hacia el invernadero, el hierro blanco y los cristales que siempre están húmedos, las plantas tropicales, el loro negro y rojo que le pareció maligno, aquella ave de mal agüero. Las imágenes van y vienen. Piensa en lo que debe de estar haciendo en ese momento su familia en Oviedo. Las rutinas diarias, el horario de las misas y el vermut, la hora de la siesta, de salir a pasear o a rezar; piensa en sus hermanas, prometidas a pesar de su juventud con hombres razonables, dos buenos chicos del lugar. Había sentido cierta pena por sus hermanas y por su renuncia a la pasión, y se alegraba de haber escapado de una vida de misas y matines y de visitas a las que se les ofrecía moscatel a las seis de la tarde, y, sin embargo, ahora daría lo que fuera por llevar la vida de cualquiera de ellas, de pasear por las tardes por las calles viejas, grises y torcidas.

Pensó que vivir en Nueva Orleans sería como volver a su infancia, regresar a un lugar cálido en el que sentirse de nuevo libre. ¿No sería acaso lo mejor de ambos mundos? ¿No sería Nueva Orleans la mezcla perfecta y ponderada de París y La Habana? No fue así. Aquel mundo resultaba tan pequeño como el casino de Oviedo, miradas entre visillos más pesados incluso, lleno de extrañas normas que no se nombraban y que todo el mundo parecía conocer menos ella.

Su mente vuelve a las cartas que está escribiendo. No sabe qué debe hacer con la noticia de la muerte de Alexander. ¿Qué hacer cuando un mundo tan protocolario de pronto se queda sin reglas? Las muertes de los Villere y los Buisson han sacudido la sociedad biempensante. Todo ese mundo, pequeño, y en el que todos conocen a cuánto asciende la renta de cada cual, sabe que una enfermedad terrible ha segado sus vidas. No es la primera vez que algo así sucede. Diferentes epidemias de fiebre amarilla se han llevado en ocasiones anteriores a familias enteras, incluso las que se creían a salvo en mansiones apartadas. Se han anulado todas las fiestas, los bailes y las carreras del hipódromo, todas las presentaciones sociales; el miedo recorre la sociedad biempensante de Nueva Orleans. Nadie se atreve a ponerle nombre a aquel mal. No se conoce con certeza de qué se trata, la gente ignora cómo llamarlo, pero sabe que algo ominoso acecha a sus familias.

Isabella intenta mantenerse serena.

Hay algo que le hace seguir adelante. Una pequeña llama que se está hinchando en su interior.

Vuelve a coger la pluma. Hay elementos prácticos que debe resolver. Tiene que informar a la familia más cercana de Alexander, a su tío en el ejército, a su tío de África, e informar a sus primos en Bay City y a su madre. Apenas conoce a los Balfour. Como si ellos le rehuyeran siempre. Recuerda que debe llamar al abogado. Han de leer el testamento. No podrán hacerlo hasta que se aclare su muerte.

Llaman a la puerta. Claire entra en el saloncito de dibujo. Se la ve preocupada.

—Señora... Perdone que la moleste —dice Claire—. Markus se marchó con la policía hace ya cuatro días y no ha vuelto. Ha dejado todo aquí: su maletín de médico. Estoy preocupada por él. Tal vez lo hayan detenido y esté en la comisaría. Podría acercarme a la comisaría... o al juzgado...

—Sí, claro. Tienes mi permiso.

Isabella se levanta, se vuelve a sentar, está algo mareada.

—¿Qué le sucede?

Se lleva la mano al vientre. Lo hace con suavidad.

—¿Señora?

El tono de Clara es afectuoso. Su tono lleva implícita una pregunta.

—Creo que sí.

—Oh, señora...

Clara da dos pasos al frente. La señora ahora tiene un motivo para salir adelante, no dejará que la casa se hunda.

Ven entonces desde la ventana que en la entrada aparece un jinete. Es De Sanctis. Las dos mujeres se quedan mirando la figura masculina, soberbia, algo intimidante. Ojalá fuera un miembro de su familia y pudieran confiar en él.

—Él tal vez nos pueda informar. Lo recibiré aquí...

Isabella deja el escritorio y se sienta frente a la ventana.

De Sanctis aparece en el saloncito minutos después. Se acerca con respeto a Isabella y besa su mano.

—Señora...

—Siéntese, por favor. ¿Puedo ofrecerle un café?

—Un cortado —lo dice en castellano y resulta gracioso que lo haga, porque por mucho que se esfuerce no puede evitar su acento americano.

Ella sonríe por primera vez desde hace tiempo mientras tira de un llamador para avisar al servicio. Es la primera vez que él la ve sonreír y atesora el momento como un niño una piedra pulida encontrada en la playa.

—Lamentablemente, por motivos legales no se podrá proceder a su entierro hasta que finalice la investigación. La autopsia de su marido aún no se ha realizado. La enfermedad empieza a causar problemas y retrasa los procedimientos.

De Sanctis se oye a sí mismo, piensa que es un petulante, y que ella debe de estar cansada de escucharle hablar de esa manera y decide ser más directo:

—Verá... Su marido tenía una herida en el brazo. No parece probable que fuera con su propio rifle. ¿Me comprende?

Isabella baja la mirada y no contesta.

—También tengo que advertirle de algo. El doctor Johnson acudió a la comisaría para ser interrogado y, tras decretar su aislamiento provisional, se ha escapado. Es un prófugo. Quería decirle que, si se acerca aquí, no le dé refugio. Tanto la casa del doctor como esta llevan días bajo vigilancia —confiesa, ahora que ya no cree que Markus aparezca.

—¿Por qué lo detuvieron? —pregunta Isabella consternada.

—El doctor Johnson parecía tener mucha información de todo lo acontecido y el doctor Schmidt consideró que era mejor interrogarlo. ¿Por qué estaba él aquí?

Isabella mira a De Sanctis de una forma abierta y acude a sus labios una pizca de orgullo cuando contesta:

—Fui a rezar a la iglesia de Saint Alphonse. Alguien avisó de la muerte de ese chico irlandés, Tommy. Iban a linchar al doctor Johnson simplemente por atender a la familia. Usted debería comprenderlo. Es usted italiano. No solo linchan a los negros...

—No soy italiano. Soy de Nueva Orleans.

—Sí, es verdad, lo siento.

Hay un momento incómodo entre ambos. Isabella duda antes de preguntar:

—Me han dicho que toda la familia Villere ha muerto.

—Sí, todo el mundo... a excepción de Sophie. Estaba enferma, pero se está recuperando.

—Me han dicho también que...

Isabella busca la palabra adecuada en inglés, pero no encuentra el término exacto y cree que, si lo hace en castellano, De Sanctis no la entenderá.

—¿... fueron asaltados? —sale él en su ayuda.

Isabella asiente. El inspector parece entenderla sin apenas esfuerzo.

—Alguien debió de enterarse de su muerte y aprovechó la situación. Los criados tenían miedo y se marcharon. Solo quedó el señor Williams, el mayordomo. Han robado bastantes cosas.

—Dios mío...

Isabella baja de nuevo la mirada. La mantilla deja ver el nacimiento del cabello en la frente. A De Sanctis hay algo que le reconcome y que no soportaría si fuera cierto.

—Su marido... ¿se puso violento con usted? ¿Fue eso lo que pasó?

—No, no fue su violencia conmigo... Fue lo que dijo, cosas horribles... Estaba enfermo y la enfermedad, la fiebre, es como... —Isabella se esfuerza en encontrar las palabras—; no sé cómo lo hace, pero el germen logra quitar las capas que nos ponemos cada uno de nosotros para ocultar los secretos, sabe...

Se pierde entre los meandros de sus pensamientos hasta que añade:

—Philippe había muerto y después otro amigo suyo, y la enfermedad... Pensé que todo se debía a eso... Y luego, lo que dijo, lo que hizo...

De Sanctis la mira con expresión deferente y preocupada y con suavidad pregunta:

—¿Qué es lo que hizo?

Ella evita de nuevo la mirada de De Sanctis y calla.

—Yo le disparé —dice una voz a sus espaldas.

Es Mamie Desmoines. Ninguno de los dos la ha oído entrar. Ha acudido a la llamada de Isabella con un juego de café.

—Le disparé una primera vez y le herí, y disparé una segunda vez, señor. Acababa de violar a mi hija. Tiene once años, señor.

Morgan De Santis se levanta. Su rostro es serio. Isabella se levanta también.

—Mamie, no, ya ha habido demasiado dolor...

—Señora, soy culpable. Se lo agradezco, pero no hable en mi nombre, yo puedo hacerlo. He matado a una persona. He ofendido a Dios. La Biblia dice «no matarás». Me he tomado la justicia por mi mano.

Isabella es inmune a las palabras de Mamie. Se acerca hasta De Sanctis, le sujeta las manos y las junta como si rezaran.

—Por favor... —ruega.

A De Sanctis su belleza le desconcierta, la línea perfecta del rostro que se pierde en el cuello y se adentra en la voluptuosidad tapada del pecho. No puede evitar sentir una pulsión sexual. Desearía besarla y abrazarla. Protegerla de todo mal. Y, por otro lado, arrastrarla hasta una cama y poseerla sin miramientos.

—No tiene usted que rogar por mí, señora —dice Mamie—. Sé lo que hice.

—También sé lo que hizo Alexander.

Isabella mantiene cogidas sus manos. Morgan cierra los ojos. Guardará ese tacto para siempre. Podría ser feliz con ella eternamente. Piensa en Alexander, el marido, en la suerte que tuvo, y siente una extraña sensación de exclusión por los momentos vividos sin ella. La melancolía de lo no vivido, lo no conocido y lo no amado. Se dice a sí mismo que Alexander igualmente iba a morir. La enfermedad había corrompido su alma. No era él. De Sanctis inventa excusas para no soliviantar su juramento de buscar la verdad y castigar el culpable. Si él tuviera una hija y apareciera el culpable, habría hecho lo mismo que Mamie. Pero otra parte de él, más cínica, la que le ha ayudado a sobrevivir en los tiempos más difíciles, le pregunta: si no fuera por la belleza de Isabella, si fuese otra persona, ¿pensarías de la misma manera?

Tercera parte

34

Vita acude al colegio de las señoritas de la Iglesia presbiteriana. Va a buscar a su hija, Annie. Normalmente es Madame C. quien recoge a la niña, pero hoy ha decidido hacerlo ella misma. El hecho de que su hija esté rodeada de niñas blancas de buena familia ahora puede resultar un peligro.

Su profesora es la señorita Rossy, una mujer blanca, risueña, que adora su trabajo de maestra y habla con acento de algún lugar del norte, Boston o Nueva Inglaterra. Vita la tiene en consideración, aunque encuentra algo irritante su jovial animosidad. Los yanquis como ella temen las enfermedades del sur. La fiebre amarilla forma parte de la mitología que tienen sobre la ciudad, junto al vicio. Saben que no están adaptados y que serían los primeros en caer enfermos. Vita está a punto de decirle que se marche al norte, que puede que haya una nueva epidemia, pero cambia de idea.

—Ha habido una muerte familiar —dice a la maestra.

La señorita Rossy sabe a la perfección a qué se dedica la madre de Annie. Y por eso pone más empeño si cabe en la educación de la niña. Es un reto para ella. Protegerla de aquella terrible influencia. Sin embargo, Annie ha viajado a Europa, ha visitado Roma y el Partenón, Alejandría y la torre Eiffel, lugares con los que la profesora solo puede soñar y de los que Annie habla como si en realidad le hubieran aburrido sobremanera.

—Oh, vaya, varias familias han venido a recoger a los niños. Corren rumores... Perdóneme, no debería dar pábulo a todo lo que dice la gente.

Annie aparece en el vestíbulo después de que una profesora haya ido a buscarla. Tiene doce años. Lleva un vestido azul a modo de uniforme y una cartera del mejor cuero inglés. Se las ha apañado para ponerse el lazo del cabello rosa, en vez del preceptivo blanco. Tras alejarse de la profesora, las preguntas son inmediatas.

—¿Por qué me tengo que marchar? ¿Quién se ha muerto?

Las relaciones entre madre e hija no son fluidas. La mayoría de las veces, madame Carrière es quien hace de madre. Vita acude a visitarla varias tardes a la semana a la casa en la avenida de los Campos Elíseos, donde la cuida un matrimonio cuáquero sin hijos, los Mackenzie, a los que Vita ha pedido que se marchen un par de semanas, unas vacaciones pagadas, además de ofrecerles un donativo para su asamblea. Annie visita Storyville muy pocas veces, aunque le encanta hacerlo, pues las chicas, creyendo congraciarse con Vita, no hacen más que peinarla y agasajarla como a una pequeña duquesa, a cambio de aguantar las preguntas de Annie, que pueden llegar ser bastante insistentes.

—Ha sido una excusa para sacarte de allí. Tendrás que seguir estudiando en casa.

—La señora Mackenzie me dijo que tenían que visitar a alguien en el norte. ¿Por qué no le has dicho la verdad?

—La verdad es a veces más complicada de lo que parece.

—Pensé que madame Carrière se quedaría conmigo. No esperaba que me tocara estudiar en el lupanar.

—¿Dónde has aprendido esa palabra?

—En clase de latín. Es curioso que en latín «loba» y «ramera» se digan igual.

Vita respira hondo. Apenas lleva cinco minutos con ella y ya la saca de quicio con su tono de marisabidilla. Aunque quiera evitarlo, no puede dejar de pensar en adjetivos que le podría dedicar a su hija. Se acuerda de pronto del padre de la niña, un italiano que la hacía reír y cuyo nombre solo recuerda a duras penas.

Pero Annie es al fin y al cabo una niña y dice con cierta humildad:

—No quiero perder clases.

—No las vas a perder. Alguien te va a enseñar mientras estés en casa.

—¿Quién?

—Ya lo verás cuando llegues.

Vita Vinci no tiene instinto maternal alguno. A pesar de ello, intenta ofrecer lo mejor a su hija, algo que Annie desdeña, empeñada en tratar a su madre como si siempre la pillase en falta. La niña conoce desde edad temprana a qué se dedica, ya que, por muy elitista que sea el colegio, las demás niñas se lo han hecho saber, nunca la invitan a los cumpleaños y a menudo la encierran en los lavabos, e incluso una vez estuvieron a punto de cortarle el cabello; lo habrían llevado a cabo de no ser por la rápida intervención de la señorita Rossy. Así que se ha refugiado en los libros, adora la mitología griega, donde la profusión de amantes no es un problema, y se ha dedicado a escribir una genealogía lo más completa posible. En realidad, preferiría tener una familia normal, aunque fuese pobre y no hubiera visitado Europa. Eso le dijo a su madre. Había tenido una discusión por aquellas palabras: «Tú no sabes lo que es la pobreza», y por primera y única vez abofeteó a su hija. La mirada de Annie fue de estupefacción, luego de puro rencor. Tras verla huir de ella y refugiarse en Madame C. para buscar consuelo, decidió que sería mejor que la criase una familia cuáquera. De ahí los Mackenzie. Compró para ella una casa en la avenida de los Campos Elíseos, un barrio donde los señores mantenían el *mariage de la main gauche*, sus familias no formales con mujeres de ascendencia africana o mestiza.

Y, pese a ser una mujer de negocios, Vita es propensa a la generosidad. Ha firmado el acuerdo de transacción de las armas. La información es vital y Emmanuel ha contratado un carguero antes de que cierren el puerto. Se quedará a una milla de distancia, esperando entre los meandros del río. Todo ha de ser rápido, cuestión de días. El pago se realizará a través de un fideicomiso en Filadelfia. Los abogados no han entendido tanta prisa, aunque empieza a correr el rumor de que algo va a pasar en la ciudad. Vita permite a Neil y a Markus quedarse en la casa. Ha hecho cábalas: Neil le dará clase a la niña. Sabe varios idiomas y se le ve paciente. También ha sido generosa con las chicas y les ha pedido que descansen un par de semanas. Les ha dado dinero suficiente para que no tengan que trabajar en una buena temporada. Así que la casa está vacía sin ellas. Echa de menos el runrún diario y sus pequeñas rencillas. También echa de menos a los *professors*, en especial a Kid Ross, que a punto estuvo de convertirse en su amante si no hubiera aparecido Morgan. No echa de menos a los clientes. Por mucho que lo disimule, que lo maquille, siempre se acuerda de todo lo que tuvo que aguantar, los cuerpos sucios sin lavar, los ásperos pelos que crecían en las partes más inverosímiles, las lenguas rugosas y blanquecinas, como babosas que se enroscaban en su cuerpo, y cómo tuvo que aprender a guardarse las náuseas.

Ha leído el periódico de hoy, con la información donde mencionan a Markus. Ofrecen una jugosa recompensa de cien dólares por él. Si lo echara a la calle, sería presa fácil. Vita no está segura de que se pueda guardar el secreto de su presencia en la casa. Han dicho que es un *professor*, pero Markus no sabe tocar el piano y no tiene ritmo alguno. Aunque los hombres de Emmanuel sean leales (Isaiah y Tyrone y los otros salieron de orfanatos), el dinero corrompe. Las ventas de cerveza, vino y licores representan miles y miles de dólares, que se reparten músicos, abogados y, sobre todo, policías. Una considerable fortuna en sobornos. Vita Vinci tampoco pondría la mano en el fuego por el servicio: ni por el viejo Jimmy, ni por Angélica, ni siquiera por la pequeña Ivy. No pondría la mano en el fuego por nadie. Ellos no le preocupan tanto como los repartidores, recaderos, chicas que hacen las faenas pesadas de la casa, y las viejas prostitutas que se han reciclado en modistas. En aquella casa entra y sale mucha gente. Y ahora no tiene sentido que haya un profesor ahí, ya que no hay clientes que animar. Pueden hacer preguntas, pueden llegar a ciertas conclusiones.

Se dice que tal vez sea un buen momento para marcharse. Vivir en un lugar donde nadie la conozca. Piensa en la Riviera Francesa. Lo piensa, pero en el fondo sabe que el lugar donde quiere estar es allí, en Nueva Orleans, con todas sus contradicciones, con todos sus temores.

Vita no había hecho negocios con la morfina, no ha traficado con mujeres vírgenes ni con niñas. Su casa tiene simplemente buen gusto. Un lugar agradable, un buen ojo para las mujeres de extraordinaria belleza, a las que ella sabe tratar porque todas han tenido algún novio, algún pasado, alguien que abusó de ellas o las despreció. Y, además, no todos los hombres eran bienvenidos, incluso había renuencia a aparecer en el *Libro Azul,* el libro en el que se describía los servicios que ofrecían cada mansión, burdel o tugurio de Storyville, y que hojeaban con ansiedad granjeros, oficinistas y marineros. El que la Mansión Vinci se hubiera convertido en un club privado, donde no se aceptaba a cualquiera con dinero en el bolsillo, había conseguido que entrar en ella fuera como disponer de un buen asiento en la ópera o en el hipódromo. Mientras las otras madames vestían con telas brillantes y enormes pelucas, Vita Vinci parecía la madre de algún emperador antonino, sus grandes sombreros tenían un gusto exquisito y sus peinados eran imitados.

Pero Vita Vinci, a pesar de sus rasgos europeos, era considerada negra y no podía sentarse en el palco de la ópera, y en el hipódromo debía hacerlo en las gradas destinadas a los negros.

35

Schmidt lee los periódicos del día en el carruaje que lo lleva de nuevo al barrio irlandés, donde el brote de la enfermedad ha cobrado una gran virulencia. El *Picayune* alerta de la extraña enfermedad que afecta a algunas casas del barrio. No lo hace en portada, sino en páginas interiores. No es la primera vez que la ciudad sufre algo parecido: el dengue, la fiebre del Nilo, el tifus... A menudo el mal desaparece a la misma velocidad con la que irrumpió. *The Mascot*, más sarcástico, lo llama la «fiebre irlandesa» y el nombre hace fortuna y todo el mundo empieza referirse así a la enfermedad. Y, tal vez al principio, la ciudad no se lo tome demasiado en serio, porque sucede en un barrio pobre y popular, y la idea que se tiene sobre los irlandeses es que las desgracias que les pasan son en el fondo por su culpa y se las merecen. Lo sucedido a las poderosas familias Villere y Buisson no se menciona en ninguna columna de sociedad de la prensa.

Al mismo tiempo, el rostro de Markus aparece publicado en los periódicos, por orden de Schmidt. Negro fugado. Peligroso. No le dieron tiempo a fotografiarlo en el gabinete antropométrico de la prisión, así que la imagen la han obtenido de su graduación en la universidad. El birrete ha sido disimulado y ahora aparece una mancha oscura sobre su cabeza que resulta amenazante y terrorífica. Los rasgos han sido deliberadamente embrutecidos. El orgullo y la alegría que mostraba Markus en la fotografía original se ha trastocado en una mirada de lujuria. Es tal la manipulación que incluso a Schmidt le resulta difícil reconocerlo. A cambio, ha logrado que aparezca su nombre completo y la dirección de su consulta médica. La otra información sobre su persona es que se hace pasar por médico. Además, se ofrece una recompensa. En el periódico también se menciona el incendio en la iglesia de Saint Alphonse como un accidente fortuito en la sacristía. Se recuerda de nuevo la muerte de Tommy y su familia. Y todo parece obra de un dios irritado que ha decidido castigar a la Ciudad de la Luna Creciente.

El doctor Schmidt no está solo cuando finalmente se adentra en el barrio irlandés. Llega junto con varios hombres ofrecidos por el superintendente. Han declarado el barrio en cuarentena. Schmidt ha dado órdenes de que los enfermos no sean trasladados al hospital y de que nadie salga del perímetro marcado.

Un hombre mayor, con un bigote espeso y blanco, y un porte que recuerda más a un granjero que a un médico, va a su encuentro. Se presenta como doctor O'Connor, el médico de los astilleros que atiende a la mayoría de las familias. Se siente desbordado, ha dispuesto en uno de los almacenes madereros un dispensario de campaña para atender a los enfermos más graves.

—Han muerto varias familias y algunos más están agonizando —dice O'Connor.

—Lléveme a verlos. Tengo que realizar algunas comprobaciones.

Schmidt, acompañado de O'Connor, entra con cuidado en varias casas. El doctor irlandés se muestra avergonzado y siente un punto de pudor al ver a los enfermos. La intimidad abierta de las familias, camas revueltas, ropa sucia, mesas sin recoger, vasos rotos como sombras de alguna reyerta familiar. Está acostumbrado a tratar con heridas, fracturas abiertas, toses de enfermos, el sarampión de los más pequeños, y ahora todo aquello le resulta desconcertante.

—Esta enfermedad tiene un punto de locura. Prendieron fuego a la sacristía de la iglesia. Gracias a Dios hay un retén de bomberos cercano y pudieron actuar con rapidez. El padre O'Flaherty ha desaparecido.

A pesar de su edad, y la posibilidad de contagio, varios curas redentoristas ayudan a los enfermos. Han removido los escombros, han buscado por doquier, pero no ha aparecido el cadáver del padre O'Flaherty. Tampoco el del médico que lo acompañaba.

—Los hombres están desesperados con la cuarentena. Son hombres fuertes, acostumbrados a prensar algodón y empacarlo, y están aquí, esperando la muerte. Ahora solo trabajan negros. —O'Connor sujeta a Schmidt por el brazo y añade en voz baja—: Los negros no enferman y se empiezan a jactar de ello.

—Lo sé.

El irlandés siente entonces un estremecimiento. Tal vez todo sea un castigo. Fionn era el marido de Dolores. Un tipo inteligente, agradable, valioso. Y testarudamente íntegro. O'Connor no las tenía todas consigo tratando a los negros. No le gustaban sus miradas, no le gustaban sus risas, parecía como si siempre se estuvieran riendo de uno. Es verdad que se oponía a la esclavitud. Pero no los quería a su alrededor. Y quizá ese fuera un pecado de toda la comunidad.

—Dolores estaba resentida contra nosotros. Tal vez no la tratamos de la mejor manera. Tal vez ese fuera nuestro pecado original.

Porque un día apareció un tipo escurridizo que empezó a invitar a todos en las tabernas. Y hablaba de forma sinuosa. «Un sindicato solo para vosotros. Los negros pueden vivir de cualquier cosa, ya sabéis. Pero vosotros queréis casas bonitas, no lugares sucios y destartalados, como ellos. A ellos les gusta vivir así, no tienen remedio».

O'Connor había visto a los suyos dispuestos a enfermar rápidamente de fiebre amarilla. Nadie quería contratarlos si no eran resistentes a la fiebre, porque ser resistente a la fiebre amarilla significaba poder trabajar al aire libre. Y muchos morían. Padres, hombres jóvenes, recién desembarcados de barcos que eran como ataúdes, hacían lo posible por contagiarse, por morir de nuevo durante una semana y salir renacido, aclimatado. En cambio, los negros eran resistentes, todo el mundo daba por hecho que lo llevaban en la sangre. Tenían ventaja. No era justo entonces que tuvieran un sindicato unido. Y a aquel tipo se le ocurrió decir a O'Connor: «Usted parece tener cierto ascendente sobre la comunidad. Podrá usted contar con un bonito dispensario. Pero ha de convencer también a aquel hombre».

Aquel hombre era Fionn. Pero Fionn se negó. No se dejaba invitar por aquel tipo porque conocía sus intenciones. Fionn era religioso, y los hombres veían su integridad y los avergonzaba, y veían que tiraba en el trabajo como una mula y que era el primero en colaborar con la caja de resistencia, y, aunque les seducía el tipo enviado por la patronal, no podían evitar admirar a Fionn. Él había llevado la voz cantante durante la huelga general del 92, que había sido un éxito. Incluso los blancos querían que se pagara igual a los negros. Habían sido los blancos quienes se habían introducido en el trabajo de los negros y habían sido acogidos. Prensar el algodón era un oficio penoso. Comprimir grandes cantidades de algodón en fardos compactos, más fácil de almacenar y transportar. El trabajo era físico, extenuante, arriesgado: asegurarse de que el algodón estuviera bien compactado. Con el tiempo, los cantos de los negros pasaron a ser consideradas canciones tradicionales irlandesas. Y Fionn no permitiría que aquella unión sagrada entre trabajadores de diferente color de piel se rompiera.

Hasta que un gran fardo se abalanzó sobre él. Todo el mundo en el barrio sabía lo que había pasado, pero nadie dijo nada. De hecho, algunos sintieron cierto alivio al desprenderse de aquella tenaza moral para hacer lo correcto. Incluso los padres redentoristas apartaron la mirada.

O'Connor lo sabía, y había sido quien lo asistió, herido de gravedad.

Y ahora tal vez estén pagando por aquel pecado mortal.

—¿Por qué incendiaron la iglesia? —pregunta Schmidt.

—El padre O'Flaherty dio refugio al médico que atendió a Tommy. Aquí lo acusan de propagar la enfermedad.

—¿Era negro?

—Sí.

Schmidt asiente. Así que buscó refugio en la iglesia tras fugarse.

—Y dice que han desaparecido tras el incendio. ¿Tiene alguna fotografía del padre O'Flaherty?

—Me ha parecido ver alguna en una de las casas. Se tomó en Navidad. El padre O'Flaherty casi acababa de llegar.

Finalmente, llegan a la casa de una mujer mayor que se llama Bridget. La encuentran echada en la cama. Tiene la mirada fija en el techo de su habitación.

—Está muy enferma —dice O'Connor.

La mujer balbucea. Agita las manos en el aire.

Los muebles están cubiertos por tapetes y antimacasares. Sobre una cómoda se apiñan varias estampas de la Virgen y fotografías antiguas de familiares de rostro adusto. Allí encuentran la foto que buscan.

—Aquí tiene. Si lo ve en algún hospital… Tal vez haya perdido la memoria. Es un buen hombre. Puede que a él tampoco lo hayamos ayudado como deberíamos.

Schmidt se sorprende al ver la fotografía. Las pecas han quedado difuminadas y sin ellas las facciones corresponderían a un anglosajón. Se lo ve alegre, confiado; todas las esperanzas, todas las ilusiones discurrían por aquel rostro joven.

¿De qué se conocían él y Markus? Y, lo más importante, ¿dónde estaban ahora?

La mujer se incorpora de pronto, desea hablar, hace el conato, pero no puede.

—Tendrían que trasladarlos al hospital —dice el doctor O'Connor—. ¿Qué está pasando? Esto no es fiebre amarilla.

Él mismo no lleva ningún pañuelo en la boca. La fiebre amarilla no se contagia por la saliva. Y aunque fuese fiebre amarilla, lo considera una tontería. Es un médico de la vieja escuela, que aún toma en consideración las miasmas y los humores corporales. Es bueno cortando hemorragias, alineando fracturas, pero la teoría de que algo infinitesimal sea el causante de las enfermedades no le resulta creíble. Está más cerca de Asclepio que de Pasteur.

—Nada que usted no sepa ya —contesta Schmidt con rostro serio.

—Es un castigo de Dios.

—Mucho me temo que es un castigo de los hombres.

Una vez en la calle, Schmidt dice:

—Voy a endurecer la cuarentena del barrio. Nadie podrá entrar o salir de él. La mayoría son estibadores del puerto y están en contacto con marineros de otros barcos. Si cualquiera de ellos se contagia, la enfermedad puede extenderse fácilmente.

El doctor O'Connor asiente con resignación.

—Pronto enfermará todo el mundo, faltarán camas de hospital, los médicos no darán abasto con los pacientes ni los enterradores con los cadáveres. La epidemia se extenderá si se mantiene en secreto. ¿Por qué no decretan la cuarentena ya para toda la ciudad, no solo para este barrio? Va a ser una desgracia para estas familias. Algunos tienen ahorros, pero otros muchos viven al día.

Un chico joven, exaltado, sangrando por la nariz, se acerca hasta ellos. Uno de los padres redentoristas intenta apaciguarlo.

—¡No me voy a quedar aquí!

Derriba al padre que intentaba ayudarlo. La policía se abalanza sobre él. Se necesitan cinco hombres para retenerlo. Al final consiguen tirarlo al suelo. Uno de los policías se sienta encima de él para controlarlo.

—Llévenlo a Tremé —ordena Schmidt.

—No, no... —dice O'Connor—. Elliot es un buen chico, déjemelo aquí. Ha visto enfermar y morir a toda su familia.

—Ha intentado saltarse la cuarentena.

—Está nervioso. Solo se trata de eso. Yo puedo controlarlo.

—Sujétenle el brazo.

Los policías casi tienen que romperle el brazo para mantenerlo quieto. Schmidt le inyecta una dosis de morfina. El chico se calma y deja de moverse.

—¿Qué ha hecho? —pregunta O'Connor de manera retórica, pues reconoce la expresión y la mirada perdida en el chico.

—Tranquilizarlo. No se preocupe.

—Suéltelo, por el amor de Dios.

—No por ahora.

O'Connor sujeta a Schmidt por las solapas de la chaqueta. Los policías han de separarlo a él también.

—Está usted loco. Así no se trata a la gente, y mucho menos va a controlar una enfermedad. Lo único que conseguirá es que la ciudad entre en pánico.

Pero la mente de Schmidt está en otra parte. Tiene una sagrada misión y ha de cumplirla si quiere que sobreviva la cultura occidental tal como se la conoce. Corren el riesgo de una extinción masiva de la población blanca. Schmidt se considera ungido por la idea de salvar a la civilización blanca, a los herederos de Roma y Grecia, de la barbarie negra. Debe impedir que aquella raza primitiva, que se mueve por instintos en vez de por la reflexión, pueda sobrepasar a la raza blanca. Él es completamente ateo y no considera a los negros descendientes de Canaán, simplemente cree que son un eslabón entre los simios y el hombre. «Pueden imitarnos, pueden engañarnos, pero es simple imitación, son incapaces de cualquier pensamiento intelectual elevado. Tienen los instintos más afilados, eso es todo, están mejor preparados para climas adversos, pero Dios sabe que la civilización no apareció ni en las junglas ni en las sabanas sino en los valles y bosques de Europa», piensa.

Si fuera por él, tomaría medidas ya empleadas siglos atrás: encerrarlos en sus casas con sus enseres, clavetear las puertas, con todo el mundo dentro, y quemar el barrio entero. Naturalmente, eso no se podía hacer: la vieja debilidad europea no dejaba tomar según qué decisiones.

36

—Se ha dejado de escuchar música en la casa —se queja Markus con aire melancólico.

—Al menos aquí estamos a salvo —dice Neil.

Han leído juntos la noticia en el *Picayune* que habla de la recompensa. También la del incendio en la sacristía. Aunque lo que más ha interesado a Markus ha sido la noticia sobre la fiebre, que leyó afanosamente en voz alta.

—¡Fiebre irlandesa! —exclama Markus—. ¿Te lo puedes creer?

Aunque Vita Vinci ha permitido que se queden en la mansión, el doctor debe permanecer en su cuarto. No le gusta tener un prófugo dando vueltas por la casa.

—Tú podrías volver —dice Markus—. Podrías explicarles que perdiste la memoria en el incendio y que estuviste andando sin saber por dónde.

—No te voy a dejar aquí solo, si es lo que estás pensando.

Los dos se echan a reír.

—Vaya, por lo que parece te encuentras mucho mejor —afirma Markus—. Estabas en shock. En la universidad había profesores que estuvieron en la guerra. Hablaban a menudo de un estado en que los soldados se quedaban quietos, sin poder hacer nada, como si la mente no pudiera entender lo que sucede.

Neil asiente con la cabeza. Se siente en deuda con Markus y agradece que, a pesar de su situación, se preocupe por él.

—Me salvaste la vida al acogerme en tu iglesia —dice el doctor. No han hablado de eso hasta ahora.

—No sé quién salvó a quién...

—Me parece que tú eres el más apropiado para hablar de Salvación.

Neil se queda en silencio, parece buscar las palabras adecuadas, hasta que por fin las encuentra:

—No creo que pueda volver a ser sacerdote.

¿Eso está en tu mano? Hay quien dice que no se puede elegir —añade al ver la mirada interrogativa de Neil—; que sientes la llamada de Dios y no puedes dejar de seguirlo. ¿Tú la sentiste?

—No...

—¿Por qué decidiste entonces ser sacerdote?

—Me gustaban los libros, quería estudiar, y también ayudar a los demás... No había muchas oportunidades. Si hubiera tenido tu talento, habría sido médico.

—Oh, vaya... —Markus sonríe con timidez. No está acostumbrado a que lo elogien, y menos aún un blanco.

Hojea de nuevo el periódico, va pasando las páginas, aunque no las lee, porque hay un asunto que le reconcome y a lo que ha estado dándole vueltas.

—Quería preguntarte algo...

Neil ve cómo Markus duda, se levanta y decide mirar por la ventana mientras va reuniendo valor. Finalmente se vuelve y le pregunta:

—En la iglesia gritaron...

Markus traga saliva y añade:

—Algunas cosas...

—Cosas terribles, sí.

—¿Y son ciertas? —Markus intenta que su voz suene lo más neutra posible sin acabar de conseguirlo del todo.

Neil asiente. Tiene la mirada baja. Extrañamente, no siente culpabilidad, sino un alivio proverbial. Que todo el mundo lo sepa. A pesar de ello, ha enrojecido y una de las rodillas le tiembla.

—Puedes decirlo, un invertido.

—Eres sacerdote...

Hay un momento de pausa torpe hasta que Neil dice:

—Lo era...

—Pero cuando..., cuando... ¿Lo eras entonces?

Neil vuelve a asentir y continúa:

—Quería negarlo una y otra vez, pero algo dentro de mí... no podía evitarlo...

—¿Con chicos jóvenes?

Neil se muestra brusco de pronto y dice:

—¡No!

¿Cómo explicar que lo que buscaba era la virilidad, la fuerza, las manos recias y el cuerpo de un hombre fuerte?

—Es más bien lo contrario.

Hay un silencio torpe entre los dos hasta que Markus añade:

—Gritaron algo más...

Neil sonríe con tristeza.

—¿Te refieres a que eran negros...?

A pesar de todo, aún sigue siendo difícil hablar de ello.

—También eso es cierto. No fue algo buscado, ni pensado, solo que el puerto... La señora Bridget, una pobre mujer, medio analfabeta, pero capaz de averiguar mis verdaderos deseos. Supongo que me debió de seguir. Era astuta. Nunca pensé...

Neil se queda mirando a Markus. Teme que lo malinterprete.

—¿Es importante para ti saberlo también?

—Vi cómo tratabas a Dolores y a su familia, cómo te preocupabas por ellos. Eso es importante para mí. Dejé de ser cristiano hace mucho tiempo, pero el hecho de que hayas tenido ese tipo de relaciones siendo sacerdote es difícil para mí.

—Oh, Markus... Si pudiera ser como tú, lo sería. Pero no puedo.

—Nos hemos salvado juntos, y aquí estamos encerrados en un burdel. No te he querido juzgar, y no es por lo que te imaginas por lo que te pregunto todo esto. Hay un interés científico.

Neil muestra una duda con suavidad inesperada en su ceño. Markus añade:

—No has enfermado. Y has estado en contacto con todas las familias irlandesas. Es imposible que tengas antepasados negros. Que seas un cuarterón o un octorón.

Neil sonríe y niega con amabilidad.

—Si algún negro hubiera aparecido en el valle en el que vivía, ten por seguro que todo el mundo lo sabría.

—Te lo preguntaba porque creo que de alguna manera los fluidos sexuales protegen de la enfermedad.

Rose, Sophie, ¿Neil? Markus explica lo que le sucedió a Rose y Sophie.

—Y tú tampoco has enfermado. Y has estado en contacto una y otra vez con gente enferma. Lo pensé cuando pasó lo de la sacristía. A veces tengo ideas que me vienen a la cabeza sin más.

Al adentrarse en hechos científicos e hipótesis, Mark se siente más cómodo. Neil, finalmente, asiente.

—Así que estoy protegido.

—Una inmunidad adquirida.

—¿Tiene algún sentido científico?

—Es lo que intento saber.

—Entonces, lo que la sociedad y la Iglesia considera abyecto e innombrable... Eso me ha salvado. La ignominia más abyecta...

Markus en voz baja, como si el fuera el confesor, dice:

—Es chocante, ¿verdad?

—¿Esto lo sabe mucha gente?

—Creo que no. Aunque sé de alguien... El doctor Schmidt. Tiene los medios y la obstinación.

—¿El que mandó detenerte?

—Sí.

—¿Y eso te preocupa?

—Sí, pero no sé por qué, es un pálpito.

—Eso es poco científico.

—Lo es, sí. Y hay otra cosa más… El marido de Isabella Le Bois… Ella es cuarterona, y tampoco estaba enferma… Y sin embargo él sí lo estuvo. Puede que incluso fuera el foco.

—¿Quieres decir que, cuánto más oscura la piel, mayor protección? ¿Mayor inmunidad para la persona con la que se acueste? ¿Y que hay un momento en que se pierde?

—Y que coincide con la regla de una gota de sangre negra.

—Oh, así que la regla que marca la segregación racial es la misma que ahora marca la capacidad de no enfermar.

—Existe algo de justicia poética en ello, ¿no? Y hay otra cosa… Los hombres… Me he enterado de que Philippe Villere era cliente de aquí. Se acostaba con chicas mestizas y octoronas. Y Alexander Le Bois. Isabella es cuarterona u octorona… Los dos enfermaron.

—Acostarse con mujeres no protege.

—No.

—¿Sabes lo que puede implicar todo esto?

—Me gustaría tener un laboratorio, investigar… Ser como Pasteur. Pero estoy encerrado aquí.

Ahora lo tiene claro, necesitaría instrumentos y mucha observación, pero Markus está seguro: tanto para hombres como mujeres, mantener relaciones sexuales con hombres negros protege de la enfermedad. El semen. Los fluidos sexuales otorgan una inmunidad adquirida. No sabe hasta qué grado. ¿Las mestizas no, pero las mujeres negras africanas sí? ¿Pueden transmitir la inmunidad?

Markus suspira, se sienta en la cama y dice:

—Tengo que reordenar mis ideas.

—Será mejor que descanses un poco.

—Tal vez tengas razón.

Neil sale de la habitación de Markus. Se acerca hasta la sala donde boxea Emmanuel. La conversación con Markus lo ha alterado. No hay hombres entrenando. Neil percibe el eco saludable de sudor y risas, palmadas en la espalda y confraternidad. Todo aquello que amaba y lo avergonzaba. Todo aquello que no podía, que no debía, lo innombrable. Y ahora aquello lo había salvado.

Se queda quieto en medio de la sala. Golpea el saco de boxeo. Apenas puede moverlo. Se echa a reír. Qué ridículo es todo.

Al darse la vuelta se topa con una niña que ha estado observando la escena.

—¿Quién eres? —pregunta ella con curiosidad.

—Neil.

—Neil es un nombre irlandés.

—En gaélico es Niall.

—Suena a nombre de príncipe.

—De un rey más bien, Niall de los Nueve Rehenes. Ella sonríe. Él le devuelve la sonrisa.

—¿Quieres conocer su historia?

No tardan en sentarse en la biblioteca, uno al lado del otro, las cabezas muy juntas, el cabello castaño claro de Annie, el rubio de Neil. De algún modo, la escena tiene un aire familiar, parecen hermanos o un joven tío y su sobrina. Neil está explicando algo a Annie. Han pasado de la historia del rey a la de las palabras. Ella se muestra muy atenta.

—Porque todo tiene el origen en una lengua indoeuropea, ¿entiendes?

Vita entra en la biblioteca sin ser escuchada. Tienen abierto un libro de griego clásico, pero ninguno de los dos lo mira.

—«Obsceno» tiene un origen teatral, *ob-scena*, quiere decir «algo fuera de escena». Para los antiguos trágicos, no es necesario ver una muerte, no tiene sentido en el teatro griego, porque lo que interesa son los sentimientos, la pérdida de los seres queridos.

Al darse cuenta de su presencia, se separan y Neil se levanta:

—Señora...

Annie mira a su madre con cara de fastidio. Vita sonríe:

—Vaya, veo que ya os conocéis.

37

Han pasado dos días desde que Mimí fue traslada a la enfermería de la prisión. Schmidt entra en la habitación en la que ha permanecido aislada. Observa con satisfacción que está recuperada, al menos físicamente. Schmidt entiende que la virulencia del germen es también su punto débil. Al intentar replicarse con rapidez, también se expone, con lo que la inmunidad adquirida actúa de manera igual de veloz. A cambio, Mimí está horrorizada. Aunque estuviera drogada cuando la violaron, no había perdido del todo la consciencia y recuerda el olor sofocante de los cuerpos encima del suyo, las capas de sudor sucio reconcentradas, puestas unas encima de las otras como costras de pus.

A pesar de ello, durante el tiempo que estuvo enferma dispuso de una lucidez extraordinaria. Hubo un momento en que había sido en verdad ella, en que Mimí se replegó y pudo a volver a ser Elena, su verdadera identidad, que había quedado enterrada entre las tentaciones de su padre.

Schmidt está eufórico. Decididamente, el esperma debe de disponer de la capacidad para provocar inmunidad en el receptor. ¿Y si el flujo vaginal fuera protector, al igual que el esperma? Si las mujeres negras protegen de la misma manera, si los fluidos vaginales de las negras fueran protectores, la solución será fácil. Los hombres blancos tan solo tendrían que acostarse con mujeres negras. Si eso sucediera, podría institucionalizarse. Habría que buscar una solución para las mujeres blancas, pero al menos los padres de familia estarían a salvo. Su entusiasmo crece cuando piensa que tal vez incluso la leche materna podría resultar protectora. Empieza a hacer cábalas. Necesitaría una nodriza negra. Un ama de cría. Serían fáciles de conseguir. En Tremé había varias presas embarazadas. Su mente imagina entonces granjas de mujeres negras de cría. Sería la solución para mujeres y niños. Tiene que averiguarlo. ¡Hay tanto trabajo por hacer!

Schmidt apenas habla con Mimí. Ella se queja de algo, del trato, de lo ocurrido.

—No se preocupe. Esto la tranquilizará, la hará descansar y luego, querida, puede explicarme con todo lujo de detalle lo que le atormenta.

Le administra una dosis de morfina. Mimí no opone resistencia, y tan solo dice:

—No quiero descansar. Solo quiero salir de aquí y empezar de nuevo...

Mimí se queda dormida. Schmidt sonríe. Ha ordenado que le administren morfina todos los días. Quiere ver cómo evoluciona la enfermedad sin que Mimí realice preguntas molestas. De aquí a una semana o quince días, ya verá qué hace con ella y decidirá si una última dosis pacificadora podría acabar con su sufrimiento para siempre. Tiene que trabajar a espaldas del Comité de la Salud. Sí, él es un descubridor y un salvador al mismo tiempo. Ha de evitar contagiarse. Tiene que experimentar.

Dispone el traslado del joven irlandés al hospital penitenciario, porque en la prisión de Tremé puede hacer sus experimentos libremente. Nadie hace preguntas.

No hay muchos miramientos. También confinan a una de las presas negras en una de las habitaciones. Es una chica joven. Su crimen ha sido rebelarse contra el amo de la tienda. La ha acusado de robo. El juicio ha sido rápido. Cumplirá seis meses de condena por altercado. Están esperando a que la lleven a la prisión estatal de Luisiana. Mientras tanto permanecerá allí. Schmidt la ha elegido porque es débil mental. Ha de ir con cuidado. De vez en cuando, algunas mujeres cristianas visitan a las presas. Aunque se queje, ¿quién va a hacerle caso? La han dejado completamente desnuda.

Hacen entrar en la habitación a Elliot, el chico irlandés. Elliot, tras la sorpresa inicial, la mira con dolor y una especie de compasión. Ella le sonríe, él a cambio cubre a la chica de forma respetuosa con la sábana. Ella ríe de una forma tonta que pone nervioso incluso a Schmidt. El chico ha dejado la rabia a un lado y ahora su aspecto es melancólico y taciturno. Se ha sentado lo más lejos posible de la chica, se ha abrazado a sí mismo y empieza a mecerse cerrando los ojos.

El experimento no va como Schmidt esperaba.

—Llévense a la negra. No sabe más que reírse. Traigan al preso del otro día —dice Schmidt.

—¿Para qué?

Schmidt considera que no debe darle explicación alguna:

—Haga lo que le ordeno.

—Pero... es un chico blanco, es uno de los nuestros —replica el funcionario, que empieza a entender las implicaciones.

—Está enfermo... —contesta Schmidt más para sí mismo que para convencer a nadie—. La enfermedad es mortal y si estoy en lo cierto podrá salvarse.

—¿Salvarse? ¿Después de que esas bestias...?

El chico irlandés no grita, solo los mira con ojos aterrorizados, como si todos fueran enemigos en un país extranjero y nadie hubiese entendido su idioma si pedía ayuda.

38

El Comité de la Salud del estado de Luisiana se reúne aquella misma tarde. Forman parte de él el alcalde Norman, el representante de la Cámara de Comercio, el jefe de policía, el comisario, dos generales, varios médicos e inspectores de salud. Todos están sentados alrededor de una gran mesa alargada. Todos ellos son blancos. Muchos no esconden su enfado, ya no son rumores, ya se habla abiertamente de la fiebre irlandesa y no han sido informados antes.

Schmidt se muestra contundente:

—Es una fiebre hemorrágica muy virulenta. Es mortal, el periodo de incubación es realmente corto. El hecho de que sea mortal es una desgracia, pero a la vez supone una ventaja, ya que debido a ello casi no hay portadores. Todo el que se contagia muestra enseguida signos de la enfermedad. También puede haber ciertos cambios en el carácter. Puede que las personas infectadas se vuelvan más promiscuas o proclives a no respetar las convenciones sociales, o se exacerben ciertos apetitos.

—¿Cuántos casos ha habido? —pregunta uno de los médicos.

—Decenas. Estamos empezando a contabilizarlos de manera adecuada. Se ha de decretar una cuarentena. Nadie debe salir ni entrar de la ciudad.

—¿Por qué no se nos ha informado antes? —interrumpe uno de los inspectores de Sanidad—. Nos hemos tenido que enterar por la prensa. Esto lleva tiempo gestándose.

Schmidt aborrece estas reuniones. Médicos que no eran más que jefezuelos obsesionados con conservar su cuota de poder y que no hacían sino quejarse sin aportar solución alguna. Odia aquellas mezquindades con toda su alma.

—El barrio irlandés está en cuarentena. ¿Quién ha decidido tomar esas medidas? —pregunta el representante de la Cámara de Comercio.

—Yo mismo. Uno de los focos de la enfermedad parece ser el gran baile de la ópera en Carnaval. Allí se contagiaron las familias Le Bois, Villere y Buisson. Pero el foco principal, donde más víctimas se congregan, es el barrio irlandés. Nadie debe salir de Nueva Orleans. Tanto ricos como pobres. Tanto los unos como los otros han muerto. Y, como ya he dicho, toda la ciudad ha de ser puesta en cuarentena.

El alcalde Norman niega con la cabeza.

—Será terrible. Todavía nos estamos recuperando de la cuarentena del 78. No podemos cerrar el puerto. Si lo hiciéramos, estaríamos perdidos.

—Si dejamos que salgan barcos del puerto o que se dirijan puerto arriba, la fiebre se extenderá como la peste en el medievo a través de los barcos que venían del Medio Oriente. La gran mayoría de los estibadores irlandeses están enfermos. Y los que no han de permanecer en cuarentena.

Empiezan a hablar todos a la vez.

—No hay ningún caso todavía entre los italianos.

—¿No sería mejor promover la desinfección en vez de la cuarentena? Quemar azufre y ácido carbólico dio resultado en el 78.

Schmidt intenta disimular su irritación.

—La fiebre amarilla se transmite por un mosquito —explica—. La fiebre irlandesa, de persona a persona.

Schmidt cuenta de pronto con un aliado inesperado. El doctor Farrar Patton forma parte de la Sociedad de

Santa Teresa del Comité de Ayuda Central de Orleans. Había ayudado a los pobres, a las viudas y los huérfanos durante la anterior epidemia de fiebre amarilla.

—Todos recordamos el horror de aquellos años. Todos recordamos los cuerpos almacenados en las zanjas y los entierros masivos y los crematorios. Los listones en las puertas y los postes de telégrafo con los nombres de los muertos. De todos es sabido mis diferencias con el doctor Schmidt, pero no tengo ninguna duda de su corrección científica. Creo que deberíamos seguir sus consejos.

Schmidt sopesa con cuidado la información que comparte. Se guarda de revelar toda la verdad cuando dice:

—Podríamos hacer ciertos arreglos... —arranca de forma cautelosa—. Parece ser que la población negra tiene cierta resistencia. Para evitar la ruina de la ciudad, podríamos hacer ciertas concesiones a la población negra. Ellos podrían seguir trabajando en los servicios más necesarios. También podríamos extenderlo a los mestizos y los creoles de color.

Hay un rumor de asentimiento. No obstante, el alcalde Norman parece reticente.

—Pero eso... ¿no sería como volver a la esclavitud?

Schmidt comprende que se trata de algo peliagudo. Existía la creencia de que, si los negros son de forma natural resistentes a la fiebre amarilla, la esclavitud de los negros sería natural, podría ser considerada incluso humanitaria, protegiendo a las personas blancas de los trabajos que podrían matarlas. Schmidt sabe que el alcalde Norman tiene pulsiones reformistas. Había desbancado a los republicanos conservadores. Y estos últimos no ofrecían ningún tipo de dinero para la prevención de las enfermedades. Después de todo, quienes enfermaban de fiebre amarilla eran irlandeses, alemanes, o sea, inmigrantes, votantes habituales del partido demócrata progresista.

—La enfermedad se contagia por vía aérea y no podemos descartar el contacto directo. Podríamos usar mascarillas, como las que han empezado a utilizarse en los quirófanos de Prusia. El doctor Flügge ha hecho un magnífico trabajo. Está comprobado que disminuye la posibilidad de muertes por infección. Solo sería para la población blanca. Tenemos que evitar que se entre y salga de la ciudad —insiste—. Pueden pasar mercancías, pero no personas por el momento. Habilitaremos salas en el Hospital de la Caridad.

Pero ya nadie le hace caso y la conversación se pierde en la defensa de sus asuntos particulares.

39

A Neil empieza a agradarle la rutina de la Mansión Vinci. Cada mañana se asoma desde la galería del piso superior para ver boxear a Emmanuel en un pequeño rito cotidiano. Emmanuel golpea con fuerza y se detiene un momento a saludarlo bajo la luz vacilante que entra por una de las altas ventanas. Hoy en cambio no hay nadie. La tarima guarda silencio y Neil siente una oleada de vacío. Se pregunta si Emmanuel vendrá más tarde o si ya se ha marchado. Tenía la sensación de que Emmanuel también aguardaba el encuentro de cada mañana, aunque, si coincidían luego en la casa, ninguno de los dos parecía advertir la presencia del otro. Al girarse se topa con que Emmanuel está detrás de él observándolo.

—¿Estabas buscándome?

Neil enrojece, baja la mirada; el vacío se ha replegado en suavidad y alegría.

—Lo siento, no quería...

—¿De verdad no lo querías?

Neil levanta la mirada. Sonríe. No sabe muy bien qué hacer. El rostro de Emmanuel sigue siendo serio, imperturbable. Neil traga saliva.

—Sí que estaba buscándole.

—¿Quieres que te enseñe a boxear?

—No tengo mucha habilidad.

Tal vez tan solo sea eso. Puede que le esté malinterpretando. La alegría va y viene en oleadas.

—Es importante saber defenderse.

Emmanuel se acerca hasta Neil. Le saca una cabeza y casi le dobla el cuerpo. Como si una fuerza sólida se hubiera concentrado allí. Lleva un traje oscuro. ¿No va a boxear? ¿Ha cambiado de planes? El cuello y la pechera de la camisa son de un blanco impoluto y almidonado. Neil identifica el cuello de celofán, es estilo Marlborough, y piensa que esa es una de las muchas cosas que sabe y que no le han servido de nada en la vida.

—Nunca he boxeado.

—Dar golpes, liberar energía, es maravilloso, casi tanto como el sexo.

La voz ha bajado una octava.

Emmanuel abre su mano delante de Neil, cerca de su rostro. No es un gesto agresivo, sino que tiene algo de invitación.

—¿Te apetecería... boxear?

Neil se mira las manos. Están acostumbradas a escribir. Los dedos son largos, esbeltos, podría tocar el piano si quisiera, pero, en realidad, su mayor deseo sería acariciar a alguien y ser correspondido.

—Fui el único negro en competir en el Club Olympic. Necesitaban a alguien grande y pesado. No nos dejaban pelear de verdad. Quería que fuera un *sparring*. Al principio lo fui. Les permitía que me pegaran todas las noches. Necesitaba el dinero. Pero un día decidí devolver el golpe.

Emmanuel deja caer la mano sobre el hombro de Neil, muy cerca del cuello. Neil ladea la cabeza, su mejilla toca el dorso de una mano que puede derribar un hombre de un solo golpe.

Pocas horas más tarde, en la Mansión Vinci, todos se asoman a las ventanas. La Guardia Nacional patrulla las calles junto a algunas unidades del ejército. No se puede entrar ni salir de la ciudad.

—Al fin lo han hecho —dice Markus—. ¡Menos mal!

La noticia aparece en todos los periódicos. ¡Cuarentena! Se impide la salida de la ciudad o la entrada en ella.

Se han pedido refuerzos a la guardia costera y a la guardia nacional.

En el periódico también aparece otra información: la recompensa por capturar a Johnson ha subido a la estratosférica cifra de trescientos dólares.

—Estamos atrapados —dice Neil.

—Parece como si te alegraras —contesta Markus, quien observa la mirada soñadora y risueña de Neil.

Neil está acostado junto a Emmanuel, abrazado a él. Repasa con la mirada su habitación. Hay numerosos trofeos de boxeo y varias medallas que cuelgan de una estantería. Hay también colgadas dos bonitas acuarelas de un lugar que Neil no conoce. Es la primera vez que duerme toda una noche abrazado a alguien. Compartir la intimidad así es algo que no esperaba. Podría pasarse horas escuchando la fuerte respiración de Emmanuel y observando su rostro, la sombra de la barba algo grisácea, las sienes que empiezan a platear.

Recuerda las veces que ha estado abrazado a alguien de una forma natural, sin tener miedo, sin pensar en el pecado. Puede contarlas con los dedos de una mano.

Todo es tan distinto ahora.

40

Cinco días después de su muerte, Schmidt procede finalmente a realizar la autopsia de Alexander Le Bois. Analiza con cuidado las heridas del brazo y observa con detenimiento la del pecho. Si el propio Alexander hubiera empuñado el arma, el disparo habría dejado un halo, una marca característica alrededor de la herida, del que no hay rastro alguno.

La sala de autopsia está dividida en blancos y negros. Schmidt trabaja en las dos junto con otros dos médicos, todos ellos blancos.

Estudia con cuidado el cadáver. Comprueba que había tenido relaciones sexuales. Su sexo muestra ciertas laceraciones, indicio de relaciones sexuales violentas o de dificultad en el coito. Descubre también pequeños arañazos en la espalda. Los observa con detenimiento. La separación entre las señales no corresponde a la de una mano adulta. Schmidt empieza a hacerse una idea de lo que probablemente pasó. Sin duda, las relaciones sexuales no fueron consentidas. ¿La enfermedad le había alterado el carácter?

Aprovecha la ocasión para comprobar si de verdad estaba enfermo. Por un momento siente cierta pena estética por tener que abrir la calota craneal. Es un hombre joven. Accede con cuidado para no desfigurar el rostro y descubre que el órgano vomeronasal está afectado. Es curioso. Siempre se había creído que en humanos no era funcional. Pero allí está, con una turgencia mórbida. En cualquier caso, indica que Alexander Le Bois estaba enfermo. ¿Por qué asesinarlo entonces? ¿Por qué no esperar? El desenlace normal hubiera sido la muerte. Le recuerda a una ilustración romántica de un príncipe germánico. Merecería que lo dejasen en un barco, con una espada merovingia entre sus manos. Se da cuenta entonces de que hay otros rasguños, más antiguos, en una de ellas. ¿Había actuado con violencia más de una vez?

Lee el informe sobre la muerte de Alexander escrito por De Sanctis. Es evidente que el policía desea liberar a Isabella Le Bois de cualquier culpa. Es sin duda una mujer muy hermosa, un buen ejemplar mediterráneo, es lamentable que haya sido contaminado por la sangre de alguna bisabuela negra.

Schmidt describe con exquisita minuciosidad en su informe la imposibilidad de que sea un suicidio.

¿Quién puede haber cometido el crimen?

El muerto había violado a alguien.

La señora Le Bois era una mujer adulta y sana. Si se hubiera defendido, las marcas en la espalda serían diferentes. Su congoja resultaba verdadera. Aunque también es cierto que las españolas son proclives por naturaleza a la llantina y a mostrar las emociones de una manera desvergonzada. Intuye que De Sanctis sabe el motivo. Le resulta extraño que el inspector se haya entregado a la sentimentalidad. Le ha visto tomar decisiones difíciles y no le ha temblado el pulso cuando ha tenido que tratar con la Mano Nera, la mafia de Palermo, para quienes era habitual utilizar tanto a mujeres como a niños como vectores de su violencia.

Schmidt concede al romanticismo el beneficio de la duda, y cree que Isabella estaba enamorada. Él mismo nunca lo ha estado. Tiene una mujer y tres hijos, porque es una obligación para un verdadero patriota americano blanco casarse y engendrar descendencia. Los negros son especialmente prolíficos. No pueden dedicarse al arte ni a la cultura, así que solo les queda el instinto más primario como fuente de entretenimiento.

Y esa falta de inteligencia, esa estulticia, ese mismo instinto es el que los lleva a aumentar su número poniendo en peligro la cultura occidental. A veces, la naturaleza se equivoca, y Schmidt considera que está en sus manos arreglarlo, no se puede dejar la humanidad en manos de la evolución y de una supervivencia ciega. Debe asegurarse el triunfo de la moralidad europea, occidental y blanca.

Mientras escribe en su despacho, asoma uno de los secretarios del juzgado. Ha de ser algo importante, porque de lo contrario no lo hubiera interrumpido, es conocida la ira colérica de Schmidt, la fama de arrojar objetos pesados a quien lo hace. Uno de los secretarios lleva una cicatriz en la frente causada por un cenicero.

—Doctor Schmidt...

Malhumorado, se baja las leontinas de leer de una manera que haría temblar a cualquier empleado.

—Una señora desea hablar con usted. Me ha dicho expresamente que le comunique que es una Hija de la Confederación. Le hemos dicho que estamos en cuarentena, que no debería haber salido a la calle, pero ella ha insistido.

Schmidt siente simpatía por aquella organización, que es la versión femenina de la Liga de los Hombres Blancos, aunque no tiene ni idea de quién puede ser.

—Hágala pasar.

Una mujer mayor entra en el despacho y se presenta:

—Soy madame Frances Le Bois.

Schmidt sonríe. Sabe que en ella se encuentra la clave de lo sucedido.

La conversación no es fácil. La mujer se muestra altiva, pero, a fin de cuentas, se trata de madame Frances Le Bois, viuda de un héroe de la guerra, miembro de una de las primeras familias francesas que fundaron la ciudad. Ella misma participó en la Guerra Civil de forma directa, ayudando a los héroes de la nación, curando a los heridos y, finalmente, incendiando la mansión antes de que cayera en manos yanquis.

—Desde que murió mi nieto he estado en una pensión para mujeres viudas respetables. Y no voy a permitir que la española haga y deshaga a su antojo.

—Debe usted haber sufrido cosas inimaginables —contesta Schmidt con un tono melifluo en el que es difícil saber si siente verdadero interés por la mujer o se está burlando.

En cualquier caso, Schmidt dispone ahora de todas las piezas claves. Ha tenido que ir hacia delante y hacia atrás para obtener la información que le permite concluir que Alexander violó a una pequeña de la casa. Aunque eso es irrelevante. Ahora dispone de la munición con la que deshacerse de De Sanctis. Así, nadie sabrá que recibió la información sobre la fiebre irlandesa de Johnson. Schmidt será su verdadero descubridor.

Madame Frances se presenta ante el comisario, a quien de manera gustosa repite todo el suceso, ayudada esta vez por Schmidt, para que sea más acorde con sus intereses. Él sabe que la animadversión del comisario hacia De Sanctis es trivial, fruto de levantarle a una amante y de que el alcalde lo vea con buenos ojos, y esas animadversiones, basadas en la mezquindad, son de las que perduran de por vida.

De modo que convocan urgentemente a De Sanctis ante la presencia del comisario, Schmidt y la propia madame Frances. El inspector la reconoce de inmediato, pues eran habituales sus visitas a la casa de los Villere. Frances también lo reconoce: el hijo de la cocinera, quien se encargaba de cuidar de los niños, aquel chico de adolescencia precoz al que apareció la pelusa del bigote con apenas once años.

A pesar de que se le haya aclarado la piel con el tiempo, los ojos siguen siendo los mismos de siempre: oscuros, descaradamente inquisitivos. Frances dista de mostrar que conoce a De Sanctis, porque, por muy inspector que sea, siempre será el chico de los recados, el chico que sabía tratar a los caballos y limpiar el pescado.

—Así que usted mintió a sabiendas en un informe oficial. —El comisario agita el informe que presentó el inspector ayer mismo. Luego, volviéndose a Frances, añade—: Madame, lamento todo lo que ha tenido que padecer. Tomaremos las medidas oportunas.

De Sanctis queda apartado del servicio de forma cautelar y se le abrirá un expediente. Para sorpresa del comisario, el otro no protesta e incluso se muestra aliviado. Tal vez enfurecido por ese motivo, el comisario ordena detener a Mamie Desmoines y acompañar a madame Frances a su hogar.

Madame Frances dice entonces:

—Isabella también debería ser detenida.

Para el comisario, una mujer de la clase social de Isabella está fuera de su alcance. Dispondrá de la ayuda de abogados, cónsul y su familia rica y española. No será una incauta como Markus. Todo eso le supondrá trabajo y explicaciones, y bastante tiene ya con los problemas que conlleva la cuarentena. A punto está de negarlo, pero entonces ve un cambio en el rostro de De Sanctis, la sombra de un temor que no borra a la velocidad necesaria. Así que sonríe y dice:

—Haremos cuanto sea necesario para resolver este horrible crimen.

Talbot está desbrozando uno de los canalones del tejado, cuando ve que se acerca uno de los carruajes de la policía y a madame Frances descender junto a varios policías más. Rápidamente, entra en la casa y avisa a los demás. Al entrar Frances en el vestíbulo seguida de la policía, todo el mundo ya la está esperando, temblando y con la cabeza baja.

Desde la parte más alta de la escalinata, Isabella Le Bois observa la escena con cierta displicencia, ladeando la cabeza tal como hacía su marido. Su vestido es oscuro y, a pesar de ello, parece recoger toda la luz del lugar, como si un foco invisible la iluminara.

Las dos mujeres se han quedado mirando la una a la otra en silencio. Finalmente, Isabella desciende por la escalinata de una manera que incluso Frances reconocería como admirable. Al llegar frente a ella, le dice al oído, como si fuera una entrañable confesión:

—Tiene su habitación tal como la dejó.

Frances se separa y responde:

—Has traído el mal a esta casa. Puede que incluso a esta ciudad. No me sorprendería que tú fueras la culpable de todo esto. La culpable de que todo el mundo enferme, como hizo tu gente llegada de Cuba durante el 78. Desde que entraste en esta casa sabía que solo traerías problemas.

—Yo también le deseo lo mejor. Y ahora, si me disculpa, creo que el oficial me está esperando.

El oficial Moore dice con cierta pesadumbre:

—Queda usted detenida por encubrimiento del asesinato de su marido. Debido a que ha estado en contacto con enfermos, quedará sometida a cuarentena hasta que se considere seguro.

Isabella acepta la decisión sin aspavientos.

Mamie Desmoines ha seguido arreglando la casa, ha continuado limpiando las habitaciones, aunque no hubiera nadie en ellas, y ocupándose del jardín con mano firme. Se ha tomado con cautela las órdenes de no salir de casa. Como todas las viviendas en las que aún se recuerdan los vaivenes de la guerra, disponen de un acopio de víveres para varios meses. Ha dispuesto lo que se tiene que hacer cuando ella no esté. Se ha estado preparando para su detención y, una vez que la han avisado de la presencia de madame Frances y la policía, ha suspirado como quien llega a casa después de pasar todo el día fuera. Se ha puesto su vestido de los domingos para ir a misa y el pequeño sombrero que le trajo la madre de Alexander de París, y ha preparado una muda.

Ahora Mamie se abraza a Sarah. Le pide que sea fuerte. Si no hubiera cuarentena, la enviaría con sus parientes de Baton Rouge.

—Mi pequeña.

El trato a las dos mujeres es diferente. A Isabella se le permite cargar un baúl con objetos personales. A Mamie Desmoines, en cambio, no le dejan llevar su bolsa con la muda. Las dos suben a carruajes distintos. Han conseguido despedirse en el jardín. Isabella la ha abrazado. Mamie Desmoines no es mujer de dar abrazos a quienes no son de su sangre, pero se ha dejado hacer. Ambas han llorado a su manera.

Frances ha ordenado que todo el mundo permanezca en el vestíbulo, haciendo fila, con las puertas abiertas, viendo la caída en desgracia de la que ahora consideraban su nueva ama.

Todos tiemblan. Incluso Claire. No tiene fuerzas para sostener la mirada de Frances. El señor Jones, arrepentido, dando vueltas a la gorra, se arrodilla y dice:

—Señora...

—Papá... —lo quiere frenar Claire.

A lo que su padre en voz baja contesta:

—Te lo dije, te lo dije, ellos siempre ganan.

Madame Frances, a pesar de su semblante frío, es sensible a la adulación y al miedo que su poder ejerce sobre los demás.

—Seré magnánima. No los echaré, aunque podría hacerlo y sin referencias no irían ustedes a ninguna parte. Y menos estando las cosas como están. A cambio, cobrarán la mitad del sueldo y no tendrán ninguna tarde libre.

Todos aceptan. Incluso Claire. Aunque algo en ella, una oscuridad densa, alimentada por ver a su padre de rodillas y la cabeza baja, se empieza a retorcer en torno a su corazón.

La pequeña Sarah se asoma al vestíbulo, bajo el quicio de la puerta por la que apenas hace unos días entraba en brazos. Ha empezado a poder caminar. El dolor se ha ido diluyendo.

Frances la mira, hay algo en ella que la molesta, pero, incluso para alguien como Frances, sería excesivo tomar una decisión aquel mismo día.

—Ahora eres huérfana. Ya veremos qué hacemos contigo.

41

Morgan de Sanctis se acerca hasta la Mansión Vinci el mismo día en que es apartado del servicio. Para su sorpresa, es la propia Vita quien abre la puerta y quien le hace pasar directamente a la biblioteca. A ella le gusta su aspecto taciturno, el hecho de que siempre tenga aire de haber pasado una mala noche. Hoy lo encuentra diferente, cambiado, algo dubitativo, los destellos de mica de sus ojos son ahora débiles reflejos de algo parecido al amor.

—Tengo que explicarte algo —dice él—. No nos conocimos de forma casual.

—Eso ya me lo imaginaba.

Vita sabía que como policía podía recabar pruebas para incriminarla en caso necesario; sin embargo, él no mostraba interés en qué tipo de chicas trabajaban, ni en el dinero que conseguía a través del resto de sus negocios, y sus preguntas, cuando las hacía, eran cuando menos curiosas: ¿pueden los clientes quedarse a dormir aquí? ¿Hay clientes que solo vienen a escuchar música? ¿Es verdad que al vodka mezclado con champán se le llama cocaína líquida?

Vita, intrigada, lo invita a sentarse. Él prefiere permanecer de pie y hablar de un tirón.

—Además de trabajar para la policía, lo hago para el Gobierno Federal. Me pidieron que controlara tus reuniones. Empiezas a ser una mujer peligrosa.

A Vita le cuesta controlar su expresión. No sabe si sentirse halagada o enfadada.

—Así que empiezo a ser una preocupación en... ¿Washington?

—Si planeas un golpe de Estado contra los intereses americanos, sí.

—¿Cómo has sabido eso? —pregunta ya sin poder evitar la sorpresa.

—Tu amigo el mercenario tiene algunos problemas con el alcohol. Habla donde no debe.

Vita se levanta. Su vestido de seda cruje. Por primera vez desde hace tiempo necesita una copa. Se acerca a la mesa de licores. Eso le permite darle la espalda y recomponerse un poco. Se sirve un whiskey, aunque lo carga de hielo, necesita mantenerse alerta. Se gira, ofrece otro a De Sanctis; no hacerlo supondría un acto de mezquindad.

—¿Y te enviaron a ti?

—Sí.

—¿A seducirme? —Echa una carcajada al aire y añade—: ¿Qué eres, un policía o un gigoló?

Vita se da cuenta de que algo ha cambiado. Apenas unos días atrás, un comentario de ese tipo habría hecho que él se marchara para siempre. Ahora hay algo peor, una especie de paciencia, tolerancia ante el improperio, y tiene la sensación de que todo es por salvar a una persona que no es ella.

—Sé que el doctor Johnson y el padre O'Flaherty están aquí.

—Supongo que con lo de padre O'Flaherty te referirás a Neil...

Morgan asiente con la cabeza; así que ella no lo sabía... Vita vuelve a reír.

—Vaya... Un médico, un cura, un policía y una madame.

Morgan sonríe por primera vez.

—Parece una obra de teatro.

—Mejor llamémoslo vodevil.

La Vita Vinci de hace unos años hubiera dicho que ahora entiende por qué esa mosquita muerta sabe tanto latín y griego, el muy cabrón, pero la de ahora ha aprendido a guardar silencio. Ya tendrá tiempo de averiguar. De Sanctis la mira de forma abierta por primera vez desde que se conocieron, como si quisiera que todo se descubriera de una vez. Vita se da cuenta de ello.

—No es solo eso lo que has venido a contarme —le dice—. Sé qué te preocupa algo más.

—Han encerrado en un hospital a una mujer, a Isabella Le Bois...

Vita hace memoria.

—Ah, sí, la española. La mujer del fabuloso Alexander Le Bois.

—La acusan de encubrir la muerte de su marido. He estado investigando el caso.

—Oh, vaya, así que la española es de armas tomar. ¿Y por qué me debería preocupar a mí? ¿Por qué deberías preocuparte tú?

Vita comprende la situación de golpe y echa la cabeza atrás y se ríe.

—¡Es tu amante!

—No.

Morgan baja la mirada.

—No me digas que te has enamorado de ella.

A Morgan no le importa que ella lo sepa. Lo que le preocupa es que, si ella lo ha intuido, otros pueden también hacerlo.

—Hay dos motivos por los que la gente pide favores: uno es el dinero y el otro es el amor. Y dinero no me has pedido.

—Si me ayudas...

—¿Ayudarte a qué?

—A protegerla.

—¿A protegerla de quién?

—De esta ciudad.

Vita suelta una carcajada seca.

—Oh, querido, yo he tardado años en saber hacerlo.

—Está en cuarentena en el Hospital de la Caridad. Temo que pueda sucederle algo. Si me ayudas, no informaré al Gobierno Federal sobre lo que sucede aquí.

—¿Me estás chantajeando?

Vita se revuelve. Ese Morgan con el que ha estado soñando lo tiene ahora delante de ella, vulnerable, rebajándose. Hace tiempo que no bebe, se dice que el alcohol ha sacudido un punto en su interior que creía muerto.

—¿Y qué serías capaz de hacer si te ayudara?

—Lo que tú quieras —dice él, la voz más grave de lo habitual.

Vita bebe un sorbo largo y punzante.

—¿Serías capaz de abandonarla, de saber que nunca estará entre tus brazos? A cambio de ponerla a salvo, ¿te quedarías conmigo?, ¿volverías a mí?

Morgan no contesta.

—Oh, vaya... —murmura Vita—, sí que estás enamorado. Dios mío, cómo hemos cambiado... ¿Qué se siente ahora al estar al otro lado?

Apenas ha tomado una copa y el alcohol empieza a sacar lo peor de ella, esa faceta suya malcarada y lenguaraz que le ha permitido resistir en los peores momentos de su vida.

—Si te ayudo a salvarla, tendrás que renunciar a ella.

—Ella no sabe nada.

—Pero lo sé yo.

Morgan le mantiene la mirada y dice:

—De acuerdo.

42

Mamie ha sido confinada directamente en Tremé, la cárcel del condado, mientras que Isabella está en el Hospital de la Caridad, el hospital de referencia de la ciudad, en uno de los pabellones para enfermas peligrosas y psiquiátricas. Las hermanas de la caridad que se encargan de aquella planta son quienes tienen el corazón más recio, más prieto. A las hermanas les han explicado que Isabella es una mujer peligrosa, que ha planeado el asesinato de su marido, que ha cometido adulterio y que, además, está acusada de propagar la fiebre irlandesa. Sin embargo, la serenidad de su rostro y el hecho de que haya estado rezando desde su llegada contradicen todo aquello.

Han pasado dos días cuando sor Beatrice, la madre superior, repara en que una de las religiosas observa por la mirilla, algo que no debería hacer. Sor Beatrice carraspea.

—¿Qué sucede?

Las hermanas de la caridad llevan grandes cofias y, para poder mirar por la mirilla, ha de adoptar una postura rígida con la cabeza levantada. Así que resulta difícil disimular lo que está haciendo. No es una de las hermanas jóvenes, sino de las mayores; tienen ambas el mismo rostro arrugado y los mismos andares resueltos por los pasillos del hospital. Tras retirarse de la mirilla dice:

—Al verla rezar es imposible no pensar en la imagen de una Dolorosa.

—Por el amor de Dios.

—De eso mismo se trata.

—No tenemos tiempo para esto. No para de llegar gente enferma de fiebre irlandesa. El doctor Schmidt ha ordenado que llevemos mascarillas. Vaya a comprobar si podemos utilizar gasas reforzadas con tela para hacer todas las que necesitemos.

—Lo que usted vea, sor Beatrice.

La hermana camina rezongante por el pasillo. Sor Beatrice no acaba de entenderlo. Es una monja ya mayor y está curtida. Una Dolorosa, dice. No es la primera vez que mujeres encarceladas allí dan muestras de una fe repentina. Claro que a ella no la pueden engañar. Va a averiguarlo por sí misma.

Sor Beatrice entra en la celda a pesar del riesgo de contagio y encuentra a Isabella sentada en el catre. Lleva un vestido de sarga azul oscuro que le han procurado en el hospital. Todas sus pertenencias han sido incineradas por órdenes expresas del doctor Schmidt. Se ha salvado la mantilla, ya que ninguna de las hermanas ha tenido corazón para quemarla habiendo sido consagrada a la Virgen del Pilar según palabras de Isabella.

—Me llamo sor Beatrice. Soy la hermana superior y me encargo de esta sala del hospital.

Isabella asiente con cortesía.

—Quisiera preguntar si tiene alguna noticia de mi criada —dice—. Se llama Mamie Desmoines. Quisiera saber si se encuentra bien. Está en la cárcel del condado.

—No podemos dar información de otras presas.

—Lo comprendo. Me preguntaba si... ¿podría ayudar en algo? Lavar ropa. Atender a los enfermos.

—No sé si es usted consciente de que está en cuarentena por propagar a sabiendas la fiebre irlandesa.

—No se crea todo lo que digan.

Su humildad parece sincera. Tiene las manos enrojecidas. De una de las manos gotea sangre. Sor Beatrice se acerca hasta ella. Isabella deja que le abran las manos con docilidad. Descubre el rosario, el crucifijo clavado en una de las palmas.

—No se preocupe, no estoy enferma. Mi marido sí que enfermó y es terrible. Si alguna de ustedes enferma…, no le tengan en cuenta lo que les diga. Sus palabras podrán hacerles daño, pero trátenla con amor.

A pesar de lo que dice el doctor Schmidt, Isabella tiene buen aspecto. Sor Beatrice lleva mucho tiempo lidiando con enfermos, incluso los primeros años los pasó atendiendo en el pabellón de los negros y considera que tiene el suficiente criterio para detectar quién puede estarlo y quién no.

—¿De dónde es usted? —pregunta Isabella de pronto.

Sor Beatrice se muestra impasible y no cuenta nada de su vida. Sin embargo, ante Isabella algo en su corazón empieza a ceder.

—Soy de la Île de la Cité, en París.

—París… Allí conocí a mi marido.

Isabella tiene los labios exangües. El cabello lo lleva suelto como si fuera una mujer soltera en vez de viuda. No se permite ninguna goma con la que recogerlo. Levanta por primera vez la mirada y le dice:

—Tenga cuidado, hermana… No es una enfermedad como las demás.

—Lo tendré.

Al salir de la celda, sor Beatrice se encuentra de nuevo con la religiosa que miraba por la mirilla. Ve que sangra por la nariz.

—Es una santa, una santa, ni como usted ni como yo podremos serlo nunca. No, no somos más que sepulcros blanqueados; la brutalidad con la que tratamos a los enfermos cuando se vuelven cargas… Nunca obtendremos el perdón de Dios.

Varias hermanas se acercan corriendo al escuchar los gritos.

—Está usted enferma —dice sor Beatrice.

Y a las otras hermanas les ordena:

—Que no salga de allí. Y todas tenemos que llevar mascarillas. Es una orden.

—Ya es demasiado tarde para la salvación.

Sor Beatrice se refugia en su despacho. Toda la conversación con Isabella y los gritos de la hermana le ha dejado mal cuerpo. Ha de reorganizar turnos. Llevar un registro del material necesario. Empiezan a faltar gasas, vendas, cloroformo. Llaman a la puerta y una monja joven, avergonzada, le dice que alguien desea verla.

Entra en el despacho una mujer vestida de negro con el rostro cubierto por un velo negro. Le informa que el motivo de su visita es que desea ver a Isabella Le Bois.

—La señora Le Bois está en cuarentena. No se le permite recibir visitas.

—Sé que tienen mucho trabajo. Creo que esto podrá sufragar las molestias de mi visita y ayudar a los enfermos.

La mujer desliza una gargantilla de diamantes por encima de la mesa del despacho. Es una pieza antigua. Sor Beatrice no es inmune a la belleza. Calcula que con el dinero de la venta se podrían comprar equipos para desinfección de gasas, multitud de vendajes y provisiones de alimentos para varias semanas.

Del doctor Schmidt no ha vuelto a saber nada. Aunque ella es enfermera, siempre ha de lidiar con sus desplantes, y la mirada y las palabras de Isabella la han afectado.

—¿Es familiar suyo?

—No.

—¿Por qué desea verla?

—Necesito su perdón.

Sor Beatrice entrecierra los ojos. Intenta entrever el rostro. Es difícil calcular su edad, aunque algo en ella, en su porte, le diga que es hermosa.

—Está bien. Yo misma la acompañaré.

Isabella se sorprende al descubrir que tiene visita. La mujer vestida de negro se levanta el velo una vez que ambas mujeres se quedan a solas. Aún tarda un momento en reconocerla.

—Sophie...

El rostro de la joven parece un reflejo del de Isabella, más sereno y grávido. Isabella se acerca hasta ella y la besa en las mejillas.

—Me dijeron que habías enfermado.

—Sí, lo estuve. Tal vez todos hayamos estado enfermos y todo salga a la luz ahora.

Isabella parpadea. No sabe cómo responder a eso. Le ofrece la única silla de la habitación y ella misma se sienta en la cama.

—Tengo que darte el pésame —dice la hermana de Philippe.

—Yo también, entonces. ¿Cómo has sabido que estaba aquí?

—No importa eso ahora. ¿Cómo te encuentras tú?

—Tu pérdida es mayor que la mía —dice Isabella—. Es terrible lo que le ha sucedido a tu familia. Lo que puede suceder a toda la ciudad.

—Tú también has sufrido, querida —contesta Sophie.

—Las dos...

—Es terrible perder el amor de tu vida. Aquel por quien te levantabas, el primer pensamiento de la mañana y el último antes de dormir.

—Lo siento. No quiero que me guardes rencor. Sé que si Alexander no me hubiera conocido...

—No estoy hablando de Alexander.

—¿No? No entiendo.

—Philippe.

—¿Philippe? Claro, la familia es tan importante... Yo echo terriblemente de menos a la mía.

—No, no es lo que piensas. Mientras estaba enferma entendí muchas cosas. Es curioso cómo algo que te hace tanto mal también logra que la mente se vuelva más clara y se te revele el absurdo de las normas de los demás. Ya sabes lo que Philippe, Alexander y los otros hacían. Frances nos contaba terribles historias de la guerra, nos inculcaba el odio a todos los que no tenían nuestro color de piel, incluso de nuestra clase social. Yo no le hacía mucho caso. Frances hablaba de «ellos» y «nosotros», aunque «ellos» fueran el ama de cría que me dio de mamar, o la chica que me trenzaba el cabello cada día, quienes nos cuidaban y nos acostaban. Cuando Philippe enfermó, se volvió... O más bien dejó de importarle todo. Yo no entendía aquella clarividencia oscura que de repente le había poseído en apenas un par de días. Se reía de nosotros, de nuestra mojigatería, y sus gustos... aparecieron a plena luz del día. Philippe abofeteó a una de las criadas. La arrastró del cabello. Él nunca le había puesto la mano encima a nadie del servicio. Siempre había sido amable, había llorado la muerte de nuestras ayas. Claro que ese era el Philippe que conocíamos, no el Philippe que disfrutaba en los *bayous* haciendo todo aquello. Mi madre no toleraba que se maltratara al servicio y se lo recriminó y entonces... Philippe se rio de ella, de su obsesión por lo que está bien hecho y lo que no, y empezó a explicar todo aquello, burlándose, riéndose, jactándose, como nunca había hecho en la vida, él, que detestaba la ostentación. Mi madre no pudo soportarlo. Se rio de ella y de todo lo que ella representaba: el deber, el hogar... Y cuando yo enfermé... entendí a Philippe y también conté algo que era casi peor...

Isabella, con voz baja, descompuesta, pregunta:

—¿Qué hay más terrible que eso?

—Philippe y yo éramos amantes desde muy temprana edad. Alexander lo sabía. Philippe y él eran íntimos. Si Alexander y yo nos casábamos, podíamos ser felices los tres, pero Alexander no quiso. Le aterraba aquello. Él quería una familia tradicional, y Philippe sintió que le había traicionado y lo empezó a arrastrar hacia aquel otro lugar... Porque, ¿sabes?, Philippe era como un dios cruel que nos obligaba a adorarle... Nos convertimos en amantes muy pronto. Cuando éramos apenas unos niños, nos sorprendió una de las criadas y, aunque su hijo era casi un hermano mayor para nosotros, a ella le hicimos la vida imposible. Conseguimos que pensaran que robaba en casa... Mentimos, la acusaron de ser una ladrona... y finalmente se ahorcó en la cocina.

»Ahora que me he recuperado... Ahora lo he visto todo claro de nuevo, mi futuro como una vieja solterona agarrada a un pasado enfermizo, recordando cada día, cada caricia prohibida. Nuestro amor estaba maldito. Y esa maldición ha seguido en mi vida. Debo acabar con ello. Reza por mí, por favor. Yo perdí la fe hace mucho tiempo. Ojalá pudiera encontrar refugio en la religión como tú. Tener fe y perdonar, amar y ser perdonada, pero no lo consigo. Tengo que acabar con ello.

Una mujer vestida de negro con un velo en la cabeza sale del hospital. Camina con una clara determinación. La puerta de un carruaje que la espera se abre nada más verla.

43

El mausoleo de la familia Le Bois se levanta en el cementerio Lafayette número 1. Es el más antiguo de Nueva Orleans, a excepción del cementerio del puerto, en el que se enterraban los primeros habitantes de la ciudad y del que no queda rastro alguno.

No es excesivamente grande. Los nichos, muchos de los cuales se remontan a más de un siglo atrás, se disponen en estructuras verticales, unos encima de otros, siguiendo la costumbre española, algo que los yanquis encuentran extravagante. La vegetación crece silvestre entre viejos nichos descuidados. El musgo motea los epitafios de las lápidas. Moscas y abejas zumbonas se afanan por entre grietas olvidadas de la mampostería. La tumba familiar de los Le Bois se halla en una avenida donde los viejos mausoleos recrean a pequeña escala antiguas casas coloniales españolas.

Frances ha obligado a todos los sirvientes a andar detrás del carruaje fúnebre en señal de respeto. El entierro no se realiza como cabría esperar de la muerte de un joven de su posición social, sino como si hubiera muerto por una condición vergonzante. No hay ningún miembro de la familia, ni del resto de las familias más prominentes, como si hubiera de ser enterrado a escondidas. Los empleados de la funeraria tienen prisa en marcharse tras introducir el ataúd en el mausoleo y colocar una lápida provisional, sin nombre, que tan solo ha quedado encajada. Sus servicios empiezan a estar altamente demandados. Llevan ropas oscuras y sombreros de copa, y la boca tapada según las últimas recomendaciones del

Comité de la Salud. Su anonimato logra que todo sea más triste si cabe.

Tras realizar el responso y la bendición, el sacerdote se marcha también aduciendo que su presencia es muy necesaria en otro lugar, algo que hubiera sido una afrenta impensable a los Le Bois apenas unos días antes. La ciudad está atemorizada por la fiebre irlandesa. Muchas familias están empezando a perder a sus seres queridos. Se entierran de una manera vergonzante, nadie acude a los entierros de los demás, en parte por no ponerse en riesgo, en parte porque no saben enfrentarse a la enfermedad. Ni los Villere ni los Le Bois habían sufrido pérdidas por la fiebre amarilla, así que aquel dolor es nuevo para ellos. La fiebre amarilla era estacional y cuando llegaba el verano se iban de la ciudad. Incluso madame Frances rezó para que la fiebre apareciera como cada verano el año de la ocupación. La fiebre iba y venía según lo que creían que eran designios divinos del Dios sureño. Sin embargo, aquel año, gracias a la abolición de la esclavitud y la destrucción de las plantaciones de azúcar que eran abrevaderos para el mosquito, la fiebre desapareció por completo, dejando a la población perpleja.

Frances ha entrado en el mausoleo detrás del ataúd. Ha pedido que la dejen sola. Aquí yacen también los restos de su hijo Pierre y de su marido. El olor en el interior no es desagradable: a mostillo, a musgo y a hojas caídas que se han quedado amontonadas en un rincón. La única luz procede de la entrada. De repente, el interior se oscurece por una figura a contraluz. Es Claire.

—Hay coronas de flores por todas partes. —El tono de Claire es meloso y punzante a la vez—. Se está muriendo mucha gente. ¿Y sabe una cosa? Corre el rumor de que solo enferman los blancos. Tal vez sea una excusa para hacernos trabajar únicamente a los negros. ¿No le resulta curioso?

Frances, sin apenas mirarla, dice:

—Lo que te parezca o deje de parecer curioso a ti no me interesa. Así que vete. Quiero estar a solas con mi familia.

—Aquí no está toda su familia..., ¿no? Durante los días que usted no estuvo en la casa, Mamie Desmoines era quien la sacaba adelante y tomaba las decisiones junto con la señora Isabella. A veces hablaba del pasado, de los bailes de las cuarteronas, y, después de todo lo que pasó, empezó a hablar abiertamente. Su abuela bailaba en un salón de baile de la calle Philip. Usted pertenecía a la otra familia, una hija del *plaçage*. Y su madre era la ilegítima, la otra. Su abuela era negra.

Al escucharla, Frances piensa en todo lo que ha hecho para evitar que ese secreto salga a la luz. Apenas unos días antes habría conseguido que la desterraran a algún lugar lejano o hubiera inventado algún robo, una pieza de plata convenientemente desaparecida, de manera que Claire acabara en la cárcel. Sintió una liberación cuando detuvieron a Mamie. Llevaba tiempo queriendo deshacerse de ella, porque sabía demasiado, pero Alexander jamás lo hubiera permitido.

Y, en realidad, todo había sido en vano. Los Villere, los Buisson, los Balfour, todo el mundo lo sabía. El secreto que ella deseaba esconder a toda costa... Era *vox populi*, y ella había sido la última en enterarse. Intenta recuperar algún desaire, algún comentario a sus espaldas, y no lo consigue.

Su madre había sido una hija del *plaçage*: el baile de las cuarteronas en el que su padre conoció a su madre, bailes preparados para que hombres blancos y ricos entablaran relaciones con mujeres mestizas. Tuvieron que mentir, fingir para que ella se pudiera casar con un Le Bois. La mancha no se podía extender.

Tal vez por eso no soportaba a la española. Había algo en ella que le recordaba a su otra familia. Y lo entendió cuando se lo escuchó decir en la escalinata de la casa...

El Dios del Sur al que ella había amado se burlaba de ella.

—Hicieron pasar a su madre como hija propia. Lo hacían con las chicas que eran guapas y con ojos claros como los que usted tiene. Por eso nos ha odiado siempre. Necesitaba demostrar lo blanca que es. Madame Villere y madame Buisson eran francesas de verdad, auténticas. Pero usted no. Usted tiene la sangre mezclada y por eso no enferma y no enfermará, porque usted es como nosotros. La respetable madame Frances es negra, negra como nosotros. Vaya sentándose en la parte de atrás de los vagones.

Frances Le Bois apenas mueve un músculo de su rostro. Los labios casi no se despegan cuando dice:

—Yo siempre seré una Le Bois y tú no eres más una pobre negra que se cree que es alguien porque sabe leer y escribir. Ni siquiera sé cómo te apellidas.

—Nuestro color de la piel puede que sea diferente, pero el color de la sangre es el mismo. Es la sangre lo que hace que no enfermemos. Es la sangre que usted detesta lo que le permite sobrevivir.

Frances la mira, y por primera vez nota el cansancio en su alma. A pesar de todo, dice en un susurro feroz:

—No entiendes nada.

—Entiendo muchas cosas, entiendo a mi padre arrastrándose delante de usted muerto de miedo, porque la casa es para él su hogar, entiendo que por su culpa hayan encerrado a Mamie.

—Todo ese rencor... ¿Qué vas a hacer con él? Atreverte a hablarme de esa manera... Te tenía que haber echado a la calle en cuanto volví. Eres una desagradecida. ¡Vete! ¡No quiero volver a verte!

Claire sonríe y utiliza un tono de voz como si realmente estuviera adulando a madame Frances.

—De acuerdo. Y, si no quiere vivir como una negra, muera entonces como una blanca.

Claire retrocede dos pasos y saca fuerzas para cerrar de golpe el pesado portalón de la entrada.

El interior se ha sumido en la oscuridad. Frances tarda unos momentos en comprender. Escucha la cerradura girar. Su instinto de supervivencia la lleva a avanzar a ciegas hasta el portalón. Toca el hierro, duro y tosco. Siente en el otro lado, apoyada contra el portalón, a una mujer llena de vida cuyo joven corazón palpita deprisa. Frances no tiene las llaves. Nunca las ha necesitado. Siempre han sido otros quienes le han abierto la puerta. No hay ninguna claraboya. Recuerda que fue su marido, Jean-Luc, quien las cegó para evitar que se ensuciara por dentro. Aunque grite, nadie la escuchará; las paredes son gruesas para evitar filtraciones y están revestidas de mármol.

No hay escapatoria. Nadie vendrá a ayudarla. Nadie preguntará y nadie llorará por ella cuando haya muerto. Será una víctima de la enfermedad. Dirán que ha fallecido en la casa, que han tenido que enterrarla a toda prisa. Ya nadie se extraña de que un rostro conocido de la alta sociedad desaparezca de pronto.

Todas lo sabían.

Todo el mundo.

¿Y todo para qué?

Incendió la plantación Le Bois. Arrojó petróleo por todas las habitaciones. La caída de Nueva Orleans había sido estrepitosa. Nadie pensó que la fuente de su riqueza sería también su caída. Estaban preparados para un ataque por el norte. A nadie se le ocurrió que el ejército de la Unión subiría por el río y que atacaría el puerto. La rendición fue rápida. Los fuertes que defendían la ciudad estaban preparados para defender el norte. Los bárbaros habían atacado Roma desde Ostia. Las fuerzas de la Unión se hicieron con la ciudad.

Su marido había muerto en la batalla de Shiloh, en Tennessee, apenas quince días antes. Su hijo apenas tenía diez años. El único hombre de la casa era Léopold.

El hermano extraño, rarito, el que se suponía que iba a convertirse en misionero, el que renegaba del trato que se les daba a los negros.

Los esclavos habían huido. Léopold y ella discutieron. Volcaron mesas, gritos. Ella le dijo que no era un hombre. Y él le dijo que no era blanca. Fue él quien se lo echó en cara.

Y entonces ella tomó la decisión. Se desharía de todo. Aunque fuera el patrimonio de su hijo. No podía permitir que supieran que era octorona. Limpiar su nombre, dejar que Léopold pereciera allí dentro. Muerto el perro, se acabó la rabia.

Porque nadie iba a saber todo aquello.

Ella.

Una hija del Sur.

Nadie iba a profanar su nombre.

No iba a perder todo aquello.

Léopold moriría.

La plantación ya había iniciado su declive, y decidió que un fuego purificador arrasaría con todo. Los barcos grises, acorazados, de la Unión se acercaban profanando el río y dejando un rastro de tierra quemada y aguas negras.

Antes de que lo hicieran los unionistas, lo haría ella.

Mientras, Léopold dormía. Su sueño se podría convertir en una eternidad. Le suministró tintura de láudano y opio. La tintura era del color de la sangre espesa.

Pero Léopold se salvó. Frances no contaba con ello. Fue el padre de Mamie, el viejo Chimmey. La devoción del viejo Chimmey por sus amos casi se convertía en arrogancia. Celebraba los nacimientos de la familia, las muertes y enfermedades como si fueran propias. Lo trasladaron a los barracones, a salvo del incendio, y allí lo curaron.

Después de aquello, Léopold se marchó a algún lugar de África. Cada día por Navidad recibía un regalo, un recuerdo de que seguía vivo, un regalo siempre exótico, extraño: un amuleto, una pieza de arte, una carta llena de semillas. Y un día Alexander se empezó a interesar también por él: cafetales, minas de oro... El joven Le Bois necesitaba movimiento y sobre todo dinero, pues estaban a punto de la ruina y no podía seguir el ritmo de sus amigos. Una orgullosa miseria que nunca se despojaba de una máscara que sonreía. Aceptaba con condescendencia que Philippe le regalara un rifle nuevo (el suyo se encasquillaba), o que Jacques le regalase una preciosa chaqueta de seda. Al final, Frances lo envió a París con su sobrina, a la que nunca había visto. Para apartarlo de la idea de conocer a Léopold. Para que encontrara un buen partido. Una heredera en pleno *gran tour*. No importaría que fuera una yanqui. Una rica heredera de Boston o Nueva York. En cambio, llegó la española.

Afuera todos se quedan mirando a Claire. Su pecho sube y baja con rapidez por el esfuerzo. Tan solo están ellos: Talbot, la cocinera y los otros. No hay nadie de la funeraria. Todo el mundo se ha quedado en sus casas. Nadie quiere acudir a un cementerio. Saben que los esperan días tristes. Hay una extraña desolación en el aire.

—Volvamos a casa —dice Claire.

—¿Estás loca?

El señor Jones la sujeta por los hombros y le grita:

—¡Déjala salir!

—No.

—No digas tonterías, cada uno es responsable de sus actos.

Necesitan a Mamie Desmoines para poner cordura en la casa y ahora ella no está.

44

A Morgan de Sanctis le da un vuelco el corazón cuando, en el interior del carruaje, la mujer levanta el velo y descubre el rostro de Isabella. Le resulta difícil no abalanzarse sobre ella y abrazarla. Morgan ha conseguido un salvoconducto para poder circular sin problemas. A pesar de su caída en desgracia, aún se le deben favores en comisaría. El salvoconducto le permite moverse por la ciudad, aunque no podrá salir de ella.

—Todo ha ido bien —dice él.

Se siente como un adolescente, con una energía desconocida y confusa. Le palpita el corazón. Haría lo que fuera por ella, aunque no fuese correspondido. Siente el dolor de no poder abrazarla teniéndola tan cerca.

Isabella no parece darse cuenta de esa devoción y aparta un poco las cortinillas del carruaje para observar las calles.

—Están vacías —dice ella—. Qué extraño es todo. Parecen el escenario de una obra de teatro que ha acabado hace poco.

Con disimulo, Morgan admira su perfil y, descubre que, a pesar del dolor de los últimos días, se muestra más grávido, más lleno que la primera vez que se vieron. En realidad, hay algo nuevo en ella, una determinación, como la suya de amarla.

—Solo dejan a los negros realizar su trabajo. La gente se ha quedado en sus casas. Los negros van y vienen en oleadas. Empieza a haber disturbios en la ciudad. Sobre todo, por la noche. Ahora hay toque de queda.

—Pero... ¿cuánto tiempo he estado en el hospital?

—Apenas dos días...

—¿Cómo es posible? Parecen semanas.

—El tiempo pasa de forma diferente. Todo está cambiando por la enfermedad. Hay todo un orden que se está desmoronando. Ahora es como si estuviéramos en una isla apartados del resto del mundo. —Morgan, en voz baja, añade—: No las tenía todas conmigo. Pensé que preferiría quedarse en el hospital.

Ella deja de mirar por la ventana y es como si se diera cuenta de la presencia de Morgan por primera vez.

—No quiero que mi hijo nazca en una prisión —dice llevándose la mano al vientre.

De modo que eso es lo que afianza su serenidad. El hecho de que esté embarazada. Tal vez quiera marcharse, huir de aquella ciudad. Morgan aguanta el embate de sus emociones. Ahora la tiene delante, y puede protegerla y amarla, aunque ella ni siquiera lo sepa.

Por mucho que le cueste, para protegerla ha prometido renunciar a ella.

Pero Morgan puede esperar. No le importa. Quiere mantenerla alejada de todo mal.

—¿Mamie sigue en la prisión? —pregunta ella.

—Sí.

—Dios mío.

El carruaje se detiene frente a un edificio de tres plantas. Morgan desciende de un salto y le abre la portezuela.

—Alguien la estará esperando. Confíe en mí. No es conveniente que yo entre.

—¿Qué lugar es este?

—Un lugar seguro.

Isabella se vuelve a bajar el velo. No lleva ningún equipaje con ella. Sophie Villere se ha quedado, intercambiados los vestidos y el velo por la mantilla, y probablemente enseguida descubrirán el engaño. Pronto empezarán a buscarla.

Alguien ha estado atento a su llegada. La puerta se abre antes de que suba las escaleras hasta el porche, y ella cruza el umbral sin mirar atrás. ¿Dónde la han llevado? Se levanta de nuevo el velo. Los espejos y el mármol, las lámparas la desconciertan por completo.

Varias personas le sonríen con educación, como si supieran quién es ella y la estuvieran esperando desde hace tiempo. Entonces Isabella reconoce un rostro y se lleva las manos al pecho. Se acerca con emoción hasta él.

—Padre... —Se agacha a besarle las manos, que él retira sin ofensa, aunque con determinación—. Me dijeron que había muerto...

—Pues aquí me ve.

Neil le hace una indicación con la cabeza a Isabella, quien mira a su alrededor y descubre el gesto sorprendido, confundido, de Emmanuel.

—Doctor Johnson...

Isabella lo abraza sin dudarlo.

—Oh, Dios mío, se marchó usted con la policía y luego vinieron a buscarle, vigilaban la casa. ¿Está usted bien? Claire estaba muy preocupada por usted. En realidad, todo el mundo.

—Sí, señora.

—Oh, pero ¿qué lugar es este?

Los hombres de Emmanuel se la quedan mirando. Están acostumbrados a ver mujeres desnudas pasear arriba y abajo entre los diferentes *parlors*. Emmanuel les ha prohibido hablar siquiera con las chicas de la casa; de todos modos, ellos prefieren los tugurios de dos calles más allá, cerca de Blackstoryville, porque el ambiente es más distendido, más entretenido, sirven comidas más abundantes, las risas son más francas, y saben ganarse al cliente. La recién llegada, sin embargo, es diferente. Va vestida toda de negro y desea esconder su belleza.

Una mujer de mediana edad se acerca a Isabella y se presenta como madame Carrière.

—Le enseñaré sus habitaciones. Supongo que querrá descansar.

La han alojado en una habitación modesta, limpia, sin ningún tipo de decoración que dé pistas de las actividades que allí se desempeñan. Se ha refrescado en la jofaina y en el aguamanil.

Llaman a la puerta. Vita Vinci entra en la habitación sin esperar respuesta. Quiere ver de cerca cómo es su rival. La encuentra doblando con cuidado el velo de Sophie. La mujer es hermosa y la mira con curiosidad. A pesar del traje de luto, desprende una calidez carnal que Vita sabe que puede enloquecer a cualquier hombre.

Cuando se presenta, Isabella la saluda con un movimiento en el que hay la sombra de una reverencia.

—Muchas gracias por acogerme en su hogar.

—Mi casa... ¿Sabe qué es este lugar, querida?

Isabella la mira sin comprender la pregunta.

—Es un burdel.

Brothel. Nunca ha escuchado esa palabra en inglés y no la acaba de entender. Piensa en un primer momento en algo parecido a una hermandad. Vita se lo repite en castellano y ella parpadea con el movimiento de las alas de un pequeño pájaro que duda antes de echarse a volar.

—La vi a usted una vez en el hipódromo —dice Isabella con voz suave—. Su vestido era precioso. Le pregunté a mi marido quién era usted y él se echó a reír. Tan solo me dijo su nombre y me gustó: Vita Vinci... Su caballo ganó la carrera. Aposté por él.

Isabella baja la mirada y empieza a desdoblar la ropa que le han dejado: un vestido oscuro y unas enaguas.

—¿El vestido es suyo?

—Sí, aunque no lo he estrenado. Siempre tengo alguna prenda respetable por si acaso.

—Oh, alguien me dijo algo parecido hace un tiempo. Alguien a quien conocí en París, la condesa de Greffulhe. La vestían los mejores modistos, decía que cada vestido era una proyección particular de su alma. Ella tenía siempre uno a mano, un tafetán azul oscuro. Es curioso, pero mi aya y ella coincidían en lo mismo. Cuando vine a vivir aquí, puse uno en un baúl.

Vita se siente de pronto incómoda. La belleza de Isabella mientras realiza algo tan sencillo como desdoblar ropa pone en evidencia cierta artificiosidad de Vita: su profusión de joyas y la astucia de su peinado para disimular las arrugas. Isabella percibe cierto malestar en ella y rompe el silencio.

—Siento ponerme a hablar de vestidos con todo lo que está pasando. Le agradezco que me haya acogido. No quiero ser una molestia. Intentaré marcharme cuanto antes. Quiero volver a casa, aunque me ha dicho el inspector De Sanctis que por ahora no puedo acercarme. En realidad, quisiera volver a España. Volver con mi familia. Me pondré en contacto con el cónsul cuanto antes mejor.

—En estos momentos, el ejército está vigilando las calles. Se ha declarado una cuarentena. Nadie puede entrar ni salir de la ciudad. Es mejor que se quede aquí.

—Me han dicho que hay toque de queda.

—Y disturbios. Y pasan cosas insólitas. Los italianos siempre han querido que se los considere blancos, y ahora quieren que se les trate como negros para poder trabajar.

—¿Cómo es posible que una ciudad cambie tanto en apenas unos días?

—Sí, es verdad. Todo está cambiando. Esta casa está vacía ahora y no acabo de acostumbrarme. No se preocupe. No hay ninguna prostituta en la casa, puede tomarse esta situación como si estuviera en algún lugar de descanso. En realidad, siempre ha sido mi intención convertir esto en un hotel respetable. Un hotel donde les gustara alojarse a médicos y a escritores. Ya ve, puede que la gente piense que soy una mujer de mundo que siempre está buscando la respetabilidad. Dar explicaciones es tan cansado, a veces prefiero ser simplemente juzgada, así se acaba antes.

—¿Es Vita Vinci su nombre de verdad?

—Sí, es mi verdadero nombre.

—Es muy bonito.

—Sé que suena demasiado bueno para ser verdad. Mi padre era italiano. Mi madre era cuarterona.

—Entonces está usted a salvo de la enfermedad.

—Pero mi hija no.

—Lo siento.

—Ahora resulta un inconveniente no tener una sola gota de sangre negra.

—¿Es usted de Nueva Orleans?

—De Kentucky.

—Así que las dos somos forasteras.

—No dirán de nosotras que somos descendientes de *les filles de la cassette*.

Isabella sonríe por primera vez.

—Mi marido decía que su madre descendía de una de esas muchachas criadas por monjas.

—No hubo suficientes para casarse con los hombres que habían fundado la ciudad. Apenas fueron unas cuantas muchachas. Así que luego enviaron más barcos, pero las mujeres procedían de la Salpêtrière, la cárcel de mujeres parisina. Así que ya ve... Las mujeres más prominentes de esta ciudad descienden de locas y ladronas. Eso explica muchas cosas.

Isabella parece reflexionar antes de decir:

—Yo también vine en barco, el Nantes. Salimos de Marsella, un barco que había hecho escala en Génova. Viajábamos en primera. Estaba lleno de inmigrantes italianos. Cuando llegamos aquí, los pusieron en cuarentena y los desinfectaron como... si no fueran personas. Mi marido y yo no tuvimos que hacer nada de eso. Había un cabriolé esperándonos. A él... no le gustaba que acariciara la cabeza de los niños italianos cuando les dejaban subir a cubierta a tomar el aire. Yo no podía evitarlo... Me miraban con esos ojos tan grandes y eran tan pobres... Les empecé a guardar comida del comedor de primera, en servilletas. Luego comencé a guardarlas en un manguito. Las mujeres me observaban como si estuviera loca por llevar esa prenda en un comedor. Así que las locas de Salpêtrière tal vez tan solo tenían buen corazón y sufrían por los demás.

Isabella se lleva la mano al vientre y se sienta en la cama.

—¿Se encuentra bien? —pregunta Vita.

—Sí, gracias. Tan solo estoy un poco mareada por todo lo que ha pasado.

—Creo que no es tan solo por lo que ha pasado, ¿no?

—No —dice en voz baja.

—Está usted embarazada.

Isabella afirma con la cabeza con una mezcla de emociones que Vita comprende de inmediato. Vita se sienta su lado y pregunta:

—¿Llegó a saberlo su marido?

Isabella responde en voz baja, confidencial.

—Me hubiera gustado que lo hubiese sabido. Creo que habría sido un buen padre. Y tal vez le hubiera podido apartar de todo aquello que llevaba dentro. Le echo mucho de menos, aunque hiciera cosas terribles. Su mejor amigo y él.

—¿Philippe Villere?

—Sí.

Vita duda en preguntar. Teme la respuesta, aun así lo hace, aunque con un tono neutral.

—Querida... ¿De qué cosas terribles me está hablando?

Isabella baja la voz.

—En los pantanos... linchaban a negros por diversión...

Vita no puede evitar la sorpresa.

—Dios mío...

Pero ella conoce la naturaleza humana. El cliente con aspecto de contable al que le gusta hacer cosas terribles, como humillar, vejar, retorcer; el placer que no es fruto del sexo, sino del poder. Ella misma se había visto atrapada en esas mismas situaciones. Eran hombres que no tenían mal aspecto, con esposas e hijos, y hablaban con cariño de sus mascotas.

—Y a pesar de todo sigue amando a su marido.

—Estaba él y el otro... Y tengo miedo de que mi hijo herede esa parte, ese mal que la enfermedad nos ha revelado. Tengo miedo. Le he dicho que deseo volver a España. En realidad, no lo sé. Está en guerra ahora. La guerra de Cuba. Hay gente muriendo cerca de aquí. ¿Y sabe qué? Preferiría que Cuba ganara. Tal vez ese sea mi hogar.

—Un hogar es lo que estamos buscando todos.

—Aquí tiene usted uno.

—Aquí puede tener también usted el suyo. En esta ciudad. A pesar de todo. No es necesario marcharse.

—Estos días he estado mucho tiempo sola. Esperando que pasen los días y que mi vientre creciera. Y a la vez tengo miedo de que mi hijo herede la locura. Que se parezca no a Alexander, sino al otro.

Vita se levanta de la cama. Isabella mantiene la mirada fija en algún lugar.

—Debo dejarla, espero que tenga todo lo que necesite.

—Le agradezco lo que ha hecho por nosotros.

Vita Vinci respira hondo tras dejar a Isabella en su habitación. Por primera vez en mucho tiempo se encuentra descentrada. Baja a las cocinas. El vacío y el batiburrillo de ruidos han cesado. A veces ha fantaseado con que en realidad la casa es de una familia biempensante que dispone de la mejor bodega de la ciudad. A quien se encuentra es a madame Carrière esperándola.

—No te acaba de caer mal, ¿no? —pregunta Madame C. con cierta sorna.

—No. La han encerrado por defender a una sirvienta negra.

—Vaya con la española.

—Es cubana, en realidad.

—Dicen que pronto estaremos en guerra con los españoles para liberar Cuba.

—Siempre estamos en guerra con alguien. Liberar Cuba quiere decir abrir casinos y apropiarse de lo que se pueda.

—Eres muy poco patriota.

Vita gira sobre sí misma de una forma teatral:

—Tengo otras cosas de qué preocuparme. Solo contamos con el viejo Jimmy, Angélica y la pequeña Ivy. Y aquí hay muchos hombres a los que alimentar.

—¿Echas de menos a las chicas?

—Echo de menos a mucha gente. ¿Tu hijo sigue en Nueva York?

—Sí, se ha casado con la hija de un banquero. Si me viera, se avergonzaría. Necesitaría ser respetable para poder visitarlo. Van a tener una niña.

—¿Y cómo vas a conseguir esa respetabilidad?

—Con dinero. ¿De qué otra forma se puede conseguir en este país?

—¿Qué les ha explicado de ti?

—Que estoy muerta. Así que si algún día aparezco por allí diré que soy una vieja tía solterona. Pero para eso necesitaré dinero, mucho, y poder alejarme de aquí. Y ahora no podemos. Estaciones cerradas, barcos atracados y la gente con esos ridículos pañuelos en la boca.

45

Neil y Emmanuel están echados en la cama. La cabeza de Emmanuel descansa sobre el pecho de Neil. Neil le acaricia la agradable rugosidad del cabello, los pliegues que se le forman en la nuca, desciende por la espalda, acaricia las manos, encuentra fascinante el agradable contraste del color de sus palmas con la del dorso.

—La señora Le Bois te tiene en alta estima —dice Emmanuel con un tono burlón.

Neil sonríe y pregunta:

—¿Dónde has aprendido a hablar así?

—Yo también sé hablar fino cuando quiero.

—Pero a mí me gusta cuando lo haces mezclando palabras que muchas veces no entiendo y tengo que pararme a pensar.

Emmanuel levanta la cabeza y pregunta con un tono medio en broma, medio en serio:

—¿Te estás riendo de mí?

—No, no... —Neil enrojece de pronto y se apresura a decir—: A mí me gusta la lingüística. ¿Por qué elegimos unas palabras y no otras? Y la mezcla con la que hablas, ese inglés que la gente puede encontrar vulgar, yo creo que esa mezcla, las vocales que alargáis o desecháis, quiero decir que...

—Lo sé, lo sé, solo estaba bromeando... —Emmanuel sonríe. Vuelve a reposar la cabeza sobre el pecho de Neil—. ¿Por qué te marchaste de Irlanda?

—No me quedó otra opción.

—Siempre hay opciones.

—No para un niño inteligente de una familia pobre.

—¿Pasaste hambre?

—¡No, por Dios! Eso fue hace años. ¿De dónde has sacado esa idea?

—Los irlandeses siempre estáis hablando de eso.

Neil piensa que lo mismo les pasa también a los negros con la esclavitud. Decide morderse la lengua. Sabe que es un tema que Emmanuel evita en cualquier conversación. El peso del cuerpo de él encima del suyo es una liberación y se siente libre de poder hablar:

—Mis padres eran arrendatarios de una granja. El dueño era protestante. Los Wadding llegaron con la conquista anglonormanda. Mi padre los odiaba, aunque les sirviera, y estuviese todo el día con el milord para arriba, milord para abajo. Nadie sabe cuánto odio puede esconder una adulación obligada. Siempre que me veía, la señora Wadding se me quedaba mirando. Le habían dicho que yo leía y era estudioso. Ella era francesa y allí se aburría sobremanera. Es verdad que el lugar era precioso, los caballos, los prados y el pequeño castillo en ruinas que asomaba cerca del lago. Tengo éxito con las mujeres mayores. La señora Wadding empezó a enseñarme francés. Pasaba muchas tardes en la biblioteca con ella. El señor Wadding a veces entraba y se ponía a discutir con ella como si yo no existiera. Estoy seguro de que no sabía ni cómo me llamaba. Así que pude observarlos, y... un día comencé a hablar como el señor Wadding, a imitar su acento, a redondear las vocales como hacen los protestantes. Al principio mi padre se pensaba que me burlaba del señor y se reía. Pero a veces le contestaba de aquella manera, con aquel tono de suficiencia, y eso lo sacaba de sus casillas. Mi madre hablaba irlandés. Conmigo era con el único con el que lo hacía. Supongo que sabía que me gustaba escucharla. Había dejado de hacerlo con el resto de la familia. Y, en los encuentros con la señora Wadding, ella me enseñaba francés, y yo a veces le enseñaba irlandés. El señor Wadding se ponía furioso. Así que ella insistía. Se odiaban. No tenían hijos. Por esa grieta, la señora Wadding me enseñó que había otro mundo. No puedes alcanzarlo, lo ves, iluminado, aquellas ventanas iluminadas como cuando daban una fiesta y mis hermanos y yo debíamos ayudar con los carruajes. Me dijo que me marchara, que hiciera todo lo posible por salir de allí. Yo era el hermano pequeño. El más sensible y el que tenía imaginación. A mis hermanos, eso los repateaba y digamos que siempre andaban con moratones por todo el cuerpo. Hacerse seminarista era la única forma de escapar. Pensé que estar rodeado de chicos a los que les gustaba estudiar y leer sería diferente. Estaba equivocado. Allí los moratones eran de otra manera, no quedaban en el cuerpo. Cuando todo acabó, me destinaron a una pequeña isla, al norte, la isla de Arranmore. Había también un maestro, era de Inglaterra y lo habían destinado allí o desterrado, como él decía, por algún motivo oscuro. Éramos casi las únicas personas que sabíamos leer. Y pasó algo que no debería haber pasado según él. Y luego todo fue un poco como aquí. Toda una serie de rostros arrugados que lo sabían todo de nosotros. Y él no pudo soportarlo y se suicidó. A mí me enviaron aquí. Necesitaba salir de aquella isla. No era un padre redentorista, pero no tenían muchos para elegir. Así que todos salíamos beneficiados.

Neil no habla con pena. En realidad, habla como si lo estuviera haciendo de otra persona. Sobre alguien que adoraba acariciar el musgo de los muretes de piedra, el que enrojecía por cualquier motivo, el que se quedaba leyendo hasta entrada la noche.

Emmanuel no dice nada. Neil teme que le haya aburrido. Ignora qué piensa. Incluso la idea de otra mente en el otro lado de la almohada le sigue desconcertando. Emmanuel se levanta sin más, se despereza estirándose, sabiendo que Neil lo está observando. Neil todavía no se ha acostumbrado a mirar abiertamente a un hombre desnudo, ni a momentos antes ver su cuerpo sudando encima de él, la voz grave y oscura, gruñendo de placer en sus oídos, que contradice la voz en su interior que recita las palabras del Levítico 20:13: «Y cualquiera que tuviere ayuntamiento con varón como con mujer, abominación hicieron: entrambos han de ser muertos; sobre ellos será su sangre». «La sangre caerá sobre nosotros», se dice a sí mismo. La voz quisquillosa que le atormenta desde siempre ha aparecido de nuevo, pero esta vez algo en el fondo de su alma se ríe de ella, ya no le acompaña la tristeza, sino que se va abriendo en él la plenitud y la sensación de por fin estar anclado en el mundo.

Emmanuel parece intuir algo, sonríe, se acerca y le da una palmotada en el muslo.

—Se ve a la legua que la señora Le Bois no es del todo blanca —suelta sin venir a cuento.

—¿Por qué lo dices?

—Por la forma que tiene de abrazar a la gente.

—¿Los negros tenéis una forma de abrazar diferente?

Emmanuel lo levanta de pronto de la cama en brazos y empiezan a dar vueltas.

—¿A ti qué te parece?

Neil adora esa plenitud física. Ambos siguen riendo cuando Emmanuel lo deja en suelo. Neil siente de pronto frío en las plantas de los pies. Se estremece. Se abraza de nuevo a él y observa que tiene algunas laceraciones en los brazos, la piel se abre en un tono más claro. Pasa los dedos por aquellas cicatrices de su pasado. Todo ha sido muy repentino. Emmanuel no ha hecho ninguna referencia al hecho de que Neil sea sacerdote. Y Neil sopesa a todas horas si es oportuno hablar de ello. A pesar de que entre ellos dos haya sucedido lo que la sociedad nunca nombra, no hablan de sus vidas. Neil se escucha decir:

—Dice Markus que, si la infección se extiende, morirán los blancos, a no ser que se rodeen de negros. Los negros no transmiten la enfermedad.

—Vaya, así que tú eres un alumno aventajado.

Emmanuel se ríe. Se separa de él. Se frota vigorosamente las axilas con una toalla húmeda.

—Ahora los blanquitos querrán estar rodeados de negros. Y cuando vean a un blanco se morirán de miedo.

Emmanuel vuelve a reír. Y luego de una manera inesperada se quedan en silencio, intentando cada uno de ellos desentrañar lo que piensa el otro.

—Yo puedo enfermar —dice Neil finalmente.

Hay algo particular en cómo pronuncia la palabra «yo».

Emmanuel lo abraza de nuevo y le dice al oído:

—Yo también he hablado con Markus y sé cómo salvarte.

Y empuja a Neil de nuevo a la cama.

46

El doctor Schmidt acude a comprobar el estado de Elliot, el chico irlandés que ha estado guardando cama desde el experimento. Está en una habitación particular del hospital penitenciario. En la planta de los propósitos especiales. Ha tenido que suturar ciertos desgarros.

—¡Usted mandó hacer lo que me hicieron! —le grita con una mezcla de ira y vergüenza al verlo acercarse.

El patólogo apunta a los ojos de Elliot con su linterna. La pupila se contrae. Está recuperado de la enfermedad. Da gracias a Dios por aquel signo patognomónico, un signo clínico que aseguraba que un sujeto padecía una enfermedad. Su colega el doctor Koplik, un año antes, lo había demostrado con las inconfundibles manchas por el sarampión en la mucosa bucal.

No ha entrado solo, viene acompañado de un ayudante y de Sam, el mismo funcionario que estaba presente durante el experimento. El ayudante, un hombre mayor que hace años que trabaja en la prisión, lleva en las manos una bandeja en forma de riñonera donde descansa una aguja hipodérmica. La ha cargado con una dosis pacificadora de morfina. Elliot, de improviso, le da un manotazo con furia a la bandeja haciendo que salte por los aires y caiga en el suelo con estrépito. Sam, de una forma expeditiva, le propina un par de bofetones.

—¿Te calmas?

Elliot se lleva una mano a la mejilla enrojecida.

—Estabas enfermo y yo te he curado —dice Schmidt.

—Usted no es más que una mierda asquerosa.

Sam está a punto de volver a abofetearlo cuando Schmidt levanta una mano y lo detiene. Tiene que documentar la duración de la inmunidad adquirida. Tendría que enviar a Elliot a algún lugar rodeado de personas blancas enfermas. Tendría que recluirlo de nuevo en una celda. Si la furia del muchacho pudiera ser dirigida, sería un buen espécimen blanco. Schmidt ha venido directamente del Hospital de la Caridad. Ha tenido que lidiar con varios médicos y enfermeras. Nadie parece hacerle caso con el uso de las mascarillas. Las gotas de Flügge les suenan a alguna religión pagana.

La ira del joven le recuerda a sí mismo recién graduado en Harvard. Aquella necesidad de discutir, de reprochar a las viejas glorias médicas su falta de brío, de fuerza, de masculinidad.

Decide que es mejor dejarlo allí, que se recupere totalmente. Por ahora lo mantendrá con vida. Ha de comprobar cuánto dura la inmunidad.

Schmidt sale de la habitación acompañado de Sam y el ayudante mayor.

—Vayamos a ver a las internas.

Sabe que algunos presos están enfermos y ha tomado medidas. Ha pedido aislarlos en las celdas del propósito especial.

Schmidt empieza a tener miedo. No es paralizante, sino que le da ánimos para seguir con sus investigaciones. Uno de los temores es que, si policías y el ejército se contagian, todo estará perdido. Está seguro de que los negros acabarán enterándose de que su esperma ofrece inmunidad adquirida, si no lo han hecho ya. El gran reemplazo será una realidad. La civilización occidental tal como la conocen dejará de existir.

Ha estado observando también a los funcionarios. Ha visto a dos de ellos con sangre reseca en la nariz, y cómo trataban de disimularlo. Ya ha habido varios intentos de escapar de la ciudad por la vía férrea que conduce hasta Memphis, pero, si la enfermedad se propaga fuera de Nueva Orleans, todo el Sur estará perdido. Lo que sí que ha comprobado es que, en efecto, ningún negro ha enfermado. Quienes han acudido a los hospitales son todos blancos.

Llegan a otra de las salas del propósito especial. No es muy grande. Schmidt lo prefiere así porque es más fácil de controlar. Hay varias mujeres sujetas a camas de hierro. La excusa es que se han mostrado violentas. La prisión está segregada por sexos y razas. Pero los guardas son todos hombres y todos blancos. Se necesitan algunas presas, las menos conflictivas, para vaciar bacinillas, limpiar y fregar los suelos. Así que todo el mundo empieza a estar al tanto de lo que sucede en aquellas salas. Schmidt ha dejado a un lado el disimulo. Lo que no consiguió con Elliot lo ha logrado con dos de los guardas enfermos. No han tenido reparos en violar a las internas. Sin embargo, el resultado ha sido decepcionante: ninguno ha mejorado. Incluso se han vuelto más violentos y han tenido que ser apartados. Los fluidos sexuales de las mujeres negras no protegen de la enfermedad. Schmidt piensa que sus fluidos son demasiado ácidos y fuertes para que sea lo que sea lo que produzca esa inmunidad sobreviva. Sin embargo, el esperma es cálido, alcalino, y por algún motivo resulta protector.

Mientras observa a las mujeres, una idea se va abriendo en su mente. Si las hembras no pueden ser utilizadas, no quedará más remedio que usar a los machos negros. Los reclusos podrían emplearse como donantes. Su esperma tendrá que ser recolectado. Más adelante podrían crearse de forma específica granjas de hombres negros. Es la única salvación. Pero ¿cómo hacerlo de una manera científica y controlada? Es eso o que alguien dé la orden de encerrar a toda la población y prender fuego a la ciudad. Ha de hacer ciertas comprobaciones primero.

Se desplaza a otra de las salas, más pequeña, donde hay una hilera de mujeres embarazadas. Están fuera de las salas del propósito especial. Es una de las salas normales del hospital. Los hijos pasan a ser tutelados por el Estado y es una forma encubierta de esclavitud. Así que las autoridades hacen la vista gorda ante los embarazos de las internas. Incluso a veces los promueven. Están llenando biberones con tetinas de cuero. La leche de las negras se usa como vigorizante para los niños blancos enfermos. Schmidt intenta averiguar cuál es la estadística correcta para poder realizar el experimento. Para que no haya un cruce de datos, ha decidido que la leche se administre a los internos blancos. Ha comprobado que dos internos italianos están infectados. No teme que tengan sangre negra. Sabe que son sicilianos y miembros de la Mano Nera, y que no hay nadie más racista que los italianos. Son casi peor que los irlandeses.

Vuelve a su despacho en el laboratorio de la primera planta después de su ronda diaria. Ha dejado de realizar autopsias y ahora solo se dedica al Comité de la Salud de la Fiebre Irlandesa. Se sienta a pensar. Intenta comprender al Creador. ¿Por qué solo el esperma? ¿Qué designio divino implica eso? ¿Cuánto puede durar la inmunidad? ¿Tiene que ver con el grado de coloración de la piel? ¿Cuánto más oscura es la piel mayor es la inmunidad adquirida?

Empieza a abrirse paso otra idea.

Tal vez sea la sangre. Ha leído sobre transfusiones, pero la sangre se ve rechazada en multitud de casos y no se sabe por qué. Es como jugar a la lotería. Hay alrededor de un veinte por ciento de probabilidad de que sea un éxito. La ratio de supervivencia es de tan solo uno de cada cuatro. Eso quiere decir que únicamente podría realizarlo con presos y necesitaría por lo menos siete u ocho enfermos. Es un experimento difícil de controlar. Los receptores de la sangre tendrían que ser blancos. Piensa que lo ideal serían los italianos y los irlandeses. En la cárcel hay varios de ellos. Sucede, sin embargo, que la mayoría tiene familia, y que no son tan manejables como los negros. Tendría que crear una lista. ¿Y quién podría ser donante? La respuesta llega en un suspiro: uno de los machos wólof que empleó con Mimí el otro día.

47

La extensión de todo aquello ahoga a Markus. Quiere marcharse. No soporta estar de brazos cruzados. Desde hace un par de días hay un combate dentro de él, entre la razón paciente y la rebelión insensata, entre la valentía y la desafección. Observa la calle desde la ventana de uno de los pisos superiores de la Mansión Vinci. Miembros de la Guardia Nacional y algunas veces del ejército suben y bajan por la avenida. Los militares rodean la cercana estación del tren. Miles de personas acostumbraban a entrar y salir de la ciudad desde aquel enclave, y lo primero que se encontraban era la avenida, las luces, el ir y venir de la gente, y, ahora, solo hay policías montados a caballo, con sus rostros cubiertos por pañuelos oscuros, lo que les da cierto aire de forajidos.

Tiene que marcharse. Ha estado pensando y ha trazado un plan. Le gustaría despedirse de Neil y de Vita Vinci, y también de Isabella, que ahora es una fugada, como él. Su plan es sencillo. Se presentará en el Hospital de la Caridad. No dirá que es médico, se ofrecerá para ayudar en lo necesario, atender a enfermos, vaciar orinales, pero al menos estará allí, cerca de quienes cuidan de los otros. Para ello tendrá que salir a escondidas de su habitación. A veces se ha permitido a sí mismo caminar arriba y abajo por el pasillo o aventurarse a bajar la escalera. Siempre se ha encontrado con que hay alguien, algún hombre de Emmanuel, quien con el ceño fruncido lo obliga a dar la vuelta. El propio Neil lo conmina a no salir más que lo estrictamente necesario. A cambio, Neil pasa muchas horas con él. Le trae libros, al principio también periódicos, pero dejó de hacerlo al darse cuenta de que Markus se ponía nervioso por las noticias de la enfermedad, al verse con las manos atadas para ayudar. Muchas veces los acompaña Annie, quien aparece y desaparece de su lado como por arte de magia, y desde hace unos días también Isabella. Es curioso, siendo un niño solitario siempre anhelaba una compañía como aquella, verdaderos amigos que se preocuparan por él, y, sin embargo, ahora quiere alejarse de ellos.

Ha descubierto que la casa tiene sus propios ritmos. Sabe que hay un momento del día en el que todo está más sosegado. Ahora no hay ninguna chica, y su runruneo cantarín, el charloteo sobre maquillajes o medias, ha desaparecido. No se escucha el trasiego de hombres que llaman a la puerta. La música ha cesado. Las calles han cambiado. El aspecto teatral ha desaparecido y la avenida tan solo se usa para ir de un lado al otro por carromatos y mulas, un latido tan solo comercial, como un cuerpo al que se ha despojado de piel y carne y solamente quedan nervios y sangre que le permiten respirar. Sale de la habitación. Se produce una especie de cambio de guardia entre los hombres de Emmanuel. Descubre que no hay nadie ahora vigilándolo y aprovecha la ocasión: baja corriendo las escaleras y se encuentra por fin en la calle.

Viste ropas formales, aunque ha abandonado su traje de tweed, y ahora lleva el de uno de los profesores. Se acercará al hospital. Será útil para la comunidad. Su vida tendrá un sentido. Se detiene un instante y respira hondo el aire de la ciudad, ese aire que huele a río, a bostas de caballo y a cañerías viejas. Recuerda la primera vez que visitó aquel porche. ¿Cuándo fue? Hace solo tres semanas. ¿Tan rápido puede cambiar la vida?

Empieza a caminar a paso ligero. Apenas ha recorrido unos metros cuando alguien le da un toquecito en el hombro. Markus se gira. Alguien le sonríe. No lo ve, lo intuye por la forma de los ojos. Lleva un pañuelo sobre el rostro. Sabe que ha visto esos ojos en algún otro lugar. Es alguien de color.

Siente un golpe seco en la nuca. No pierde la conciencia del todo. Se da cuenta de que lo arrastran y que alguien lo introduce en un carruaje que ha estado esperando con paciencia durante todo este tiempo. Qué tonto ha sido, se dice a sí mismo.

Annie lo ve todo desde una de las habitaciones superiores. Uno de sus juegos favoritos es saber dónde está todo el mundo en todo momento. Sabe que Neil pasa cierto tiempo con Emmanuel y que cierran la puerta con llave para que no entre, aunque ella pega el oído a la puerta y escucha conversaciones pausadas. Sabe que su madre está intentando cuadrar las horas de intendencia de la casa con Madame C., y que ambas se han puesto a cocinar. Y que la española quiere ayudar, aunque no la dejan. Y ha visto a Markus salir de la casa. Y ha visto cómo dos figuras oscuras lo estaban esperando y lo han introducido en el carruaje. Al ver lo que sucede, sale corriendo en busca de Neil.

Neil está junto a Isabella. Las cabezas muy próximas, como solían estarlo cuando estaban sentados en los bancos de Saint Alphonse. Han rezado el rosario juntos. Neil, sin mirarla a pesar de la cercanía, como si en realidad estuviera a una gran distancia, dice:

—No soy quien se cree que soy. Me gustaría haber tenido su fe. Todo sería más fácil. Incluso siento que soy yo quien se está confesando.

Es consciente de que por primera vez dice en voz alta la pura verdad, llena de aristas brillantes.

—No ha desaparecido el Jesucristo de los Evangelios en mí, sobre todo el de san Juan. Incluso... la gente cuando me ve... siente que vivo la fe. Usted lo sintió, quienes gritaban delante de la casa de Dolores lo sintieron. Y es algo que no entiendo, porque no es verdad...

Isabella asiente de una forma que parece un temblor.

—Tal vez sea Luisiana, el río, el calor del verano... Todo es extraño aquí. Yo nací y viví en Cuba. Pensé que aquí sería igual, pero no es cierto.

Annie entra corriendo en la habitación sin llamar a la puerta.

—¡Neil, Neil! Se están llevando a Markus.

—¿Qué?

La niña señala la ventana. Neil e Isabella se asoman. Tan solo les da tiempo a ver un carruaje negro que se aleja a toda prisa hacia la plaza Congo.

—¿Qué hacemos? —dice la niña—. No podemos salir.

Annie es a la vez contestona y una defensora a ultranza de las normas establecidas.

—¿Has visto quién ha sido? —pregunta Neil.

—Eran dos, iban con sombreros y ropas oscuras.

—Han estado esperándolo —dice Isabella.

—No lo permitiremos. Voy a buscar a Emmanuel.

Neil baja hasta la guarida que hay en el subterráneo. Ha tenido que convencer a Annie para que se quede en la habitación junto a Isabella. Emmanuel está reunido con un par de hombres a los que Neil no conoce, sentados alrededor de una mesa. Ninguno de ellos es Isaiah ni Tyrone. A Emmanuel no le gusta que baje allí. Sobre la mesa se ve un plano de la ciudad. Detrás de ellos hay una licorera. El lugar huele a cigarrillos. Neil sabe que Emmanuel no extorsiona a nadie como hace la Mano Nera, prefiere dedicarse a buscar información, comercios que están a punto de quebrar, apuestas de caballos y boxeo, negocios en el puerto... Supone que todo eso se ha debido de ir al garete. O tal vez no, Neil ha ido acumulando palabras sueltas durante todos esos días. La Mano Nera son italianos y se los considera blancos, así que no pueden salir a la calle. Lo contrario de los hombres de Emmanuel. A pesar o gracias a la cuarentena, se consume más alcohol y se fuman más cigarrillos, y alguien se tiene que encargar de proveérselos a los blancos.

—Markus ha salido a la calle y lo han secuestrado —dice Neil.

Emmanuel se levanta de golpe y da un manotazo en la mesa.

—¿Quién lo estaba vigilando? —pregunta enfadado.

—¿Isaiah?

—No puede ser. Él no cometería un error de ese tipo.

Se acerca con rabia hasta una de las paredes y mira un cronograma. La figura de Emmanuel, en mangas de camisa y tirantes, botas relucientes, es impresionante. Tan solo con su presencia llena la habitación.

—Le tocaba a Shawn. ¿Dónde está ahora? Que venga aquí y me explique.

Hace un gesto con la barbilla a sus hombres y les dice:

—Y vosotros, averiguad qué ha pasado.

Los hombres recogen sus sombreros, saludan a Neil y se marchan escaleras arriba.

Neil y Emmanuel se quedan solos. El haitiano vuelve a descargar el puño contra la mesa.

—Pensaba que le habías hecho entrar en razón.

—Lo siento —dice Neil en voz baja—. Tenía que habérmelo imaginado. Estaba todo el rato hablando de lo mismo. Le consumía estar aquí sin poder ayudar fuera.

—¿Qué has visto?

—Annie dice que salió a la calle y lo pillaron. Ha sido todo muy rápido.

—¿Tan solo salir a la puerta?

—Sí.

—Estaban vigilando. Tengo que avisar a Vita. Ahora vete. Necesito pensar.

Neil asiente con la cabeza. Parece un ángel melancólico que ha replegado las alas. Cuando se está marchando, escucha:

—Eh, no te preocupes. Lo solucionaremos.

—Claro.

Apenas un par de horas más tarde, Emmanuel entra en la habitación de Markus. Encuentra a Neil sentado en la cama, enfrascado en las lecturas de las libretas en las que Markus ha intentado poner orden a sus pensamientos y buscar una explicación a la enfermedad.

Mostrarnos tal como somos nos hace más vulnerables. También más sociables, y por lo tanto es más fácil el contagio de uno a otro. El germen no cambia el carácter, lo descubre.

Afecta al sistema nervioso central. ¿Qué parte?

Los deseos más profundos. Una vez retirada la capa, nuestro yo más secreto saldrá a la luz. ¿Nos hace más promiscuos? ¿Ayuda a la propagación del germen?

Su índice de letalidad es elevado. ¿Qué sentido biológico tiene matar al huésped tan rápido?

Negros, mulatos, cuarterones y octarones están protegidos.

Ser octorón es la barrera.

¿La protección por inmunidad adquirida es duradera?

¿Se podría extraer un suero de la sangre de la población de color?

¿Qué sentido tiene que los fluidos sexuales sean protectores, si la sangre ya está protegida?

¿La protección adquirida está ligada al color de la piel?

¿Cuánto más oscura, más protección?

¿Qué factor?

¿Fue Alexander Le Bois el primer eslabón de la cadena epidemiológica?
¿Fue Tommy?

Annie se encuentra acurrucada, hecha un ovillo junto a Neil. Parece una especie de ninfa con su vestido blanco, inmaculado. Ya se han acostumbrado a su presencia en la casa y han dejado de hablar en susurros delante de ella.

—Lo han llevado a Tremé —dice Emmanuel.

De una cajetilla de plata saca un cigarrillo y golpea la punta con la tapa antes de encenderlo.

—¿A Tremé? ¿La cárcel? ¿Lo ha detenido la policía?

—No, se lo han entregado a la policía. Han cobrado la recompensa.

Emmanuel dice de pronto con rostro serio:

—Mi padre murió allí cuando yo era apenas un crío.

Neil apenas sabe nada sobre su vida anterior a la Mansión Vinci, salvo que ha sido boxeador. Neil no le ha preguntado. Teme hacerlo porque es consciente de que es reservado y no le gusta que le haga preguntas, pero aun así se atreve a decir:

—Creía que tu familia eran creoles de color libres.

—¿Se puede ser libre cuando hay que llevar los documentos de libertad firmados por un tribunal siempre encima? Cualquier persona blanca podía exigir ver estos documentos e interrogar a la gente en cualquier momento, sin ninguna causa justificable.

Neil se lo queda mirando. Emmanuel no es inmune a la devoción con que lo hace.

—Mis padres no eran creoles de color. Mi madre era hija de haitianos; su familia llegó a Nueva Orleans huyendo de la revolución de Haití. Mi padre era *redbone*, del Estado Libre del Sabine, ese trozo de tierra entre la Luisiana y Texas, la tierra de nadie que quedó fuera de los tratados entre franceses y americanos. Él siempre había sido libre allí. No había leyes, pero tampoco había verdugos. Un día conoció a mi madre y vino a vivir aquí. Y todo fue bien hasta que llegó la Mano Nera.

—¿La mafia italiana? —Neil frunce el ceño, no entiende, y Emmanuel toma aire, como si le costara seguir hablando.

—Mis abuelos eran carpinteros. Mi padre se había criado en los bosques y aprendió el oficio de ellos, conocía la madera, se le daba bien. Cuando se mudó a Nueva Orleans, abrió un negocio próspero. Demasiado próspero, pensaron algunos. La Mano Nera los extorsionó. La Pequeña Palermo no les parecía suficiente, querían quedarse con los negocios de los negros. Mi padre se negó. Seguía siendo alguien de la Tierra de Nadie. De alguna manera se las apañaron para acusarlo de falsificar y mentir sobre el grosor y calidad de las maderas. Tenían mucha iniciativa. Lo acusaron, lo encerraron, y aquello lo volvió loco. Tuve que dejarme pegar en un club solo para blancos, para sacar a mis hermanos adelante. Consiguieron quedarse con el negocio. La Mano Nera no tuvo ni que cumplir su amenaza de incendiar el taller. Mi madre se marchó con mis hermanos... Yo decidí quedarme.

Emmanuel calla y Neil lee en el silencio el deseo de venganza. Piensa en las cuentas pendientes, en cómo pueden marcar una vida. Y también en su propia familia, tan lejos, difuminada en las urgencias de los últimos meses.

—¿Dónde fueron? —pregunta en un susurro.

—Al norte, a Nueva York. Viven en Brooklyn. Mi hermano tiene una farmacia. Lo ayudé, los obligué a que se marcharan, durante años les envié dinero. Antes de que se fueran, acompañé a mi madre a visitar a mi padre a Tremé. Lo habían destrozado: afuera era un hombre respetado, allí dentro era un delincuente, un estafador. Verlo así la destruyó también a ella. Cuando se despidieron, los dos sabían que no volverían a verse nunca... Y al final mi padre murió en una pelea con otro preso.

Su conversación se ve interrumpida al entrar Vita Vinci.

—Madame C. se ha marchado —dice sin preámbulos, con voz pausada—. Y con la bolsa llena.

La expresión de Emmanuel es feroz.

—¿Qué quieres decir?

—Lo que estás pensando.

—¿Fue ella quien dio el chivatazo? ¿Por cien dólares? Pensaba que te era leal.

—Ya ves que no.

—¿Por qué estás tan segura? Puede que tan solo sea una coincidencia.

—Se ha llevado sus cosas y las joyas de mi tocador.

—Alguien tiene que haberla visto salir.

—Ninguno de tus hombres se percató de nada.

—Alguien ha debido de ayudarla desde fuera.

Emmanuel ofrece uno de sus cigarrillos a Vita, pero ella niega con un gesto. Prefiere los suyos, rusos, que fuma directamente sin boquilla.

—¿Alguna pista de dónde pueda esconderse? —pregunta él.

Vita da una calada, lo piensa un instante.

—Ella fue puta como yo. Coincidimos en Alburquerque. Un día me la encontré en los almacenes Maison Blanche y le ofrecí trabajo porque necesitaba que alguien se encargara de la intendencia. Puede estar en cualquier parte.

—¿Madame C. es blanca? —pregunta Neil.

—No estaba enferma, si lo preguntas por eso. Pero no tengo ni idea.

Annie dice:

—Es blanca. Sus padres eran alemanes.

—¿Y tú cómo sabes eso?

—Hablaba mucho con los Mackenzie.

—Entonces este era un lugar seguro para ella. Aquí todos somos negros, menos vosotros dos, y no estáis contagiados.

—Ella sabe lo de los negocios con la Union Fruit y también sabe que Isabella está aquí y que somos sus encubridores —dice Emmanuel—. Hay que encontrarla.

—Esta ciudad es vieja y llena de rincones —asiente Vita—. Puede estar en cualquier parte de Nueva Orleans.

—O fuera —gruñe él.

—Pero no puede salir de la ciudad. —Annie niega con la cabeza—. Está cerrado, la cuarentena...

—El miedo es el mejor ariete para cualquier barrera.

—Pero dicen que, si los blancos se saltan la cuarentena, la fiebre se extenderá por todas partes —protesta la niña. No comprende cómo va nadie a saltarse esas reglas—. ¿Eso no les da miedo?

—Hay un miedo mayor al de la enfermedad —dice Neil.

—El miedo a los negros —completa Emmanuel.

—Pero los negros ni enferman ni pueden transmitir la enfermedad.

—Por eso.

Esa misma noche, Emmanuel sube a fumar al tejado. Necesita respirar. Todo resulta confuso ahora. Se apoya en la baranda que hay entre dos torreones falsos y mira a lo lejos, al Misisipi, que en la oscuridad es tan solo es un pálpito, un aliento. La naturaleza de las luces de la ciudad ha cambiado. El titilar arrogante de las calles se ha vuelto más precavido. Hay luces que han desaparecido, como las de la estación del tren, y otras se han vuelto de un color ámbar sucio, como las del puerto, el muelle del azúcar; toda Nueva Orleans parece contener el aliento porque una presencia se ha adentrado en su vientre, algo que estaba agazapado en algún otro lugar y ahora arremete furioso.

Escucha pasos a su espalda. Aunque la casa es un lugar por ahora seguro, se vuelve con la mano en el bolsillo en el que tiene el revólver.

—Isaiah...

A veces él también sube a fumar al tejado al ponerse el sol, cuando una bóveda rosada y algodonosa se va oscureciendo al morir el día.

—¡Hola, jefe! —dice más animoso de lo habitual.

Isaiah se aproxima hasta Emmanuel y se apoya en la baranda a respetuosa distancia.

—¿Me da un cigarrillo? Me he olvidado los míos abajo.

Su aire pulcro, los huesos de la cara agradablemente marcados, todo en él tiene un aire casual, como aquel mismo encuentro. Emmanuel le ofrece un cigarrillo. Isaiah se acerca con suavidad, lo enciende, la llama prende entre los dos. Isaiah ahueca las manos en torno a ella como si en ese momento fuera lo más precioso de su existencia. La tenue columna de humo forma espirales que mueren al poco tiempo. Apenas hay la separación de un aliento entre las brasas de los cigarrillos.

—Sé que está usted preocupado por el señor Johnson —dice Isaiah.

Siempre habla como si hubiera un indicio de sonrisa en los labios, aunque pocas veces llega a producirse.

—Tendrías que haberlo vigilado tú en vez de Shawn.

No hay recriminación en su voz. Hay hombres con más experiencia, pero Isaiah combina de una manera exquisita la fiereza con la astucia. Se queda quieto y ataca cuando más duele. Y Emmanuel no puede evitarlo, le recuerda a sí mismo de joven. El sombrero ladeado, el andar con los brazos levemente separados del cuerpo como si estuvieran a punto siempre de desenfundar un arma.

—No lo culpe. Se escapó en el cambio de turno. Él también nos vigilaba a nosotros. ¿Es verdad lo de Madame C.? Que se ha marchado...

—Por lo visto, sí.

Escuchan los cascos de los caballos de militares haciendo la ronda nocturna. Restallan contra los adoquines.

Apenas dos semanas antes, la policía tenía que pedir permiso si quería entrar allí...

—Podríamos rescatarlo —dice Isaiah dejando caer las palabras con cuidado—. Atacar la prisión. Lo sacaríamos de allí y serviría de maniobra de distracción. Madame C. puede explicar muchas cosas de nuestros negocios. Es mejor golpear primero. Si abrimos las cárceles, estarán entretenidos durante un buen rato y nos dejarán tiempo para organizarnos.

Emmanuel sonríe. Le hace gracia el envalentonamiento absurdo.

—¿Y cómo piensas hacerlo?

La voz de Isaiah es oscura y acaramelada a la vez cuando contesta:

—Tenemos los explosivos y las armas que iban a enviarse a Honduras. Están a buen recaudo en el puerto. Podemos utilizar una parte de ellas.

—Atacar Tremé es una locura.

Isaiah lo mira calibrando si la vacilación, el titubeo que ha detectado en la voz de Emmanuel, lo acerca a sus intereses.

—Ellos nos han golpeado a nosotros en nuestra casa. Tenemos que demostrarles que podemos entrar en la suya y hacer lo mismo. Hacernos respetar. El amigo policía de la señora podría ayudarnos. Liberaríamos a nuestros hermanos. Se armaría un gran alboroto y nos dejarían tranquilos por un tiempo. El suficiente para reorganizarnos...

«O el suficiente para poder marcharnos», piensa Emmanuel. Hay un barco esperándolos más allá de los meandros pantanosos del Misisipi. Además de recibir las armas, podrían llevarlos a ellos a Honduras. Emmanuel dispone de contactos entre los mariscadores malayos que venden en el puerto, faenan en las marismas y viven ellos mismos en los *bayous*, en cabañas hechas de palmito. No habría problema en acercarse de noche al puerto, al muelle del pescado. Puede cerrar el plan mañana mismo si fuera necesario.

—Lo pensaré —dice.

Isaiah sonríe, tira una colilla encendida, un pequeño punto incandescente en la noche que cae sobre la ciudad.

Sin embargo, al día siguiente Vita Vinci pone el grito en el cielo al escuchar los planes:

—¡Es una locura!

—Madame C. sabe todo lo que está sucediendo aquí. Es cuestión de tiempo que tengamos a la policía en la puerta. Tu amigo ahora no está en la policía para protegerte ni avisarte... Es una oportunidad para ganar tiempo. Si la policía está entretenida buscando, podemos reorganizarnos.

—¿Y qué haremos luego?

—Marcharnos...

—Para eso no es necesario asaltar una prisión primero, Emmanuel. Hay algo más. ¿Ha sido Neil quien te ha dado la idea?

—No.

—Pero él está de acuerdo.

—Él quiere salvar a Markus. En la ciudad corren rumores de lo que hacen allí con los negros.

—A mí no me engañas. Todo esto es por tu padre y por todas las otras miserias. Si asaltas Tremé, lo primero que harán será venir aquí.

—¿Y quién les impide rodear la casa y entrar ya?

Vita enciende un cigarrillo.

—Eso mismo me pregunto yo —dice con sinceridad—. Deben de estar demasiado ocupados... por ahora.

Suspira. Emmanuel vuelve a la carga:

—Antes o temprano entrarán aquí. Tenemos que marcharnos.

—¿Cómo?

—El puerto. Un barco. Podemos huir en él.

—El puerto está cerrado.

—No del todo. Dejan que los pescadores malayos y filipinos vendan su pescado. Lo que siempre han hecho. Los marines tienen que sofocar las protestas de los italianos. No les permiten estibar. El alcalde ha prometido que cobrarán sus sueldos, un subsidio para que estén callados un tiempo. Y eso lo adoran los italianos: cobrar sin trabajar.

—Eso es lo mismo que se dice de los negros.

—No me compares con un *dago*.

—Oh, gracias por la parte que me toca.

Se quedan mirando el uno al otro en silencio. Vita no puede arriesgarse a que él se enfade, no ahora. Empieza a temer en qué se puede transformar la ciudad si se queda sin alcohol, sin diversión, sin chismorreos, todo el mundo en sus casas, al menos los blancos. Vita ríe: hacía mucho tiempo que no tenía que acudir a su risa contagiosa para rebajar tensiones.

—Mi sangre italiana protesta..., pero a ojos de la ley también soy negra, recuérdalo.

Emmanuel se relaja. Empieza a hablar sin reservas:

—Podemos salir del puerto sin sospechas. Y en alta mar nos están esperando. Todo lo que habíamos preparado para sacar las armas lo podemos hacer. El expresidente nos estará esperando. Le causaste una profunda impresión, *ma'am* Vinci. Estaremos al otro lado, y desde allí podremos marchar a donde queramos. Al sur. A Sudamérica, Brasil. A algún lugar donde no haya blancos que se estén contagiando y peleándose entre ellos.

—¿Qué vamos a hacer con Isabella y Neil?

—Neil se viene conmigo. Estamos juntos. —El modo en que lo ha dicho deja claro en qué sentido.

Vita recibe la noticia como un puñetazo. Ella, que se vanagloriaba de saber todo lo que acontecía bajo su techo, jamás había imaginado que Emmanuel tuviera aquellos gustos. La incredulidad deja paso al rechazo, y luego trata de ocultarlo, la vergüenza tensando de una manera estoica los labios. Todo es tan extraño de pronto: la cuarentena, el negocio vacío, los gustos de Emmanuel por un chico, además blanco, además un sacerdote. Emmanuel era cuidadoso con las chicas. Nunca le había puesto un dedo encima a ninguna. Así que la contención y el respeto que ella siempre había admirado por su parte era solo indiferencia.

—Neil ha hecho buenas migas con Annie —tantea él el terreno con Vita—. Puede ser su preceptor. ¿No es eso lo que las casas elegantes hacen con sus hijos?

—Por mucho que la gente admire mis vestidos, siempre seguiré siendo una puta.

—No en el lugar al que vayamos.

Vita sonríe y añade:

—Claro que Neil es un cura y no sé qué es peor.

Ambos ríen. Quieren quitarle hierro a todo aquello.

—En cuanto a Isabella —dice él—, podemos enviar a la española a casa.

—¿A España?

Si volvía a España, ella tendría el camino libre para Morgan. Y él podría acompañarlos a donde fueran que huyesen. Si Emmanuel tenía a Neil, ella tendría a Morgan. Sin embargo, ella conocía a las mujeres.

—No querrá arriesgarse a un viaje tan largo.

—¿Por qué?

—Está embarazada.

48

La prisión es un edificio de piedra gris y muros estucados rematado por dos torres de vigilancia dispuestas en cada extremo como cúpulas gemelas. Un edificio victoriano amenazador y estricto que contrasta con la calle Orleans y el barrio de Tremé.

De Sanctis y Neil se dirigen hacia la entrada. Neil de nuevo vuelve a ser el padre O'Flaherty y va vestido con sus hábitos de redentorista. Lleva un pañuelo blanco a modo de mascarilla para no levantar sospechas. No han tenido mucho tiempo para preparar el plan, apenas un par de días. Se han encontrado en la Mansión Vita. De Sanctis tenía ganas de volver a ver a Isabella. A ambos la idea les ha parecido una locura. ¿Asaltar la cárcel? De Sanctis lo haría por ella, se sentía como un paladín o como un héroe mítico obligado a realizar una proeza para conseguir el aprecio de su amada. El plan es descabellado y tal vez eso es lo que le atraiga. No pueden dejar a Markus más tiempo en la prisión, saben que algo horrible puede ocurrirle. De Sanctis y Emmanuel han apartado su inquina a un lado.

De Sanctis va a aprovechar que allí lo conocen, pues a menudo ha de interrogar a algún interno, sonsacar información a otro. No sabe hasta qué punto la noticia de su expulsión del cuerpo ha llegado hasta la prisión. Los internos permanecen encerrados allí a la espera de juicio, y una vez celebrado los envían a la penitenciaria del estado. No obstante, muchos de ellos están años y años, esperando el traslado. Allí dentro debía de haber por lo menos doscientos internos, todos debidamente segregados en hombres y mujeres, blancos y negros. No sucede lo mismo con los presos que aún no han alcanzado la edad adulta: suelen compartir galería con los demás internos y hay toda una red de favores, rencillas y terribles abusos.

La puerta principal tiene una gran reja de hierro forjado de aspecto institucional. A un lado y al otro hay dos garitas guardadas por policías. La calle Orleans suele estar muy concurrida, repleta de tranvías y carruajes en un terreno que se ganó a las tierras pantanosas. Hoy está desierta, la cuarentena solo permite salir a la calle ante lo estrictamente necesario. Los pocos transeúntes son gente de color; al principio disfrutaban al poder moverse con cierta libertad, comparado con la población blanca, hasta que vieron que aquello guardaba ciertas similitudes con los viejos tiempos: hacían los trabajos pesados y no podían salir de la ciudad. No se ve ninguna patrulla del ejército. Se confía en que la sola presencia de la prisión sea disuasoria.

—Conozco a uno que está en la entrada —susurra De Sanctis a Neil—. Creo que no tendremos problemas para entrar.

Neil parece distraído, pero De Sanctis empieza a conocerlo un poco mejor y sabe que esa expresión de insípida candidez es deliberada. ¿Dónde había aprendido a conseguirlo y por qué? Él ha visto cómo se transformaba al dirigirse a la multitud, cómo aplacaba de golpe a hombres y a mujeres que ya tenían piedras en las manos y estaban dispuestos a lanzarlas. Neil esconde bajo la sotana varias armas y juegan con la baza de que nadie lo cachee a la entrada.

—Soy el inspector De Sanctis y él es el padre O'Flaherty. Venimos a visitar a una interna. Se llama Mamie Desmoines.

—¿Tiene... algún permiso? Ya sabe, del comisario o del juez.

De Sanctis se sorprende ante aquel requerimiento. Tal vez se hayan puesto más estrictos debido a la cuarenta. Decide ir directamente al grano.

—No, nadie está al tanto. El padre ha venido a comisaría por lo del incendio del otro día en Saint Alphonse, y al verlo he pensado que Mamie Desmoines es una mujer religiosa y que el padre tal vez pueda convencerla para que confiese lo que sucedió en casa de su amo.

Los guardias cruzan una mirada. El cura parece un joven agradable, y De Sanctis es un buen tipo. Así que no se les practica ningún tipo de registro ni cacheo.

—Creo que también está aquí Markus Johnson —dice el exinspector de pasada—. Lo creía en busca y captura.

—Eso es un asunto del doctor Schmidt. Es uno de sus internos... especiales.

Todo el mundo ha oído rumores sobre lo que sucede en el hospital penitenciario del doctor Schmidt, aunque nadie sabe exactamente qué es. Tampoco hay gran interés en obtener más información sobre algunos internos de color.

El sonido de la verja al cerrarse tras ellos resuena en De Sanctis. Verse embarcado en ese plan no es algo que le haya sorprendido en el fondo. Desde hacía tiempo sospechaba que en algún momento estaría en el otro lado de la ley. Sin embargo, no esperaba llegar a ese punto arrastrado por el amor y por una enfermedad.

Una vez que han entrado cruzan el patio. La rígida fachada parecía una adición posterior con la evidente intención de intimidar, mientras que los edificios interiores aprovechaban viejos cadalsos coloniales con patios estucados y arcadas de reminiscencias españolas y francesas.

Se cruzan con varios guardias que conocen al inspector De Sanctis e intercambian un saludo con la cabeza. Algunos llevan mascarillas hechas de tela.

Tienen un plan. Primero han de encargarse de liberar a Markus. Luego a Mamie. Y todo lo demás vendrá después.

—Tenemos que ir a aquel viejo edificio de enfrente. Allí está la enfermería y el hospital, y hay unas salas especiales para internos más problemáticos; esa zona es territorio de Schmidt.

Neil mira los gruesos barrotes de las ventanas de los pisos superiores. Algunos internos tienen ropa colgada. Le recuerda los patios interiores de las casas que ha visitado en el Vieux Carré. Los vecinos asomados desde las galerías superiores, llenos de plantas con hojas inmensas, los niños corriendo y gritando en el interior.

En la entrada del hospital penitenciario, el guardia, un hombre mayor y más bregado, los mira con extrañeza cuando De Sanctis pregunta por Markus.

—Aquí oficialmente no hay ningún señor Johnson. Y, además, el doctor Schmidt ha dado órdenes estrictas de que no ha de ser interrumpido.

El puñetazo pilla por sorpresa al guarda. De Sanctis se afana en quitarle el arma y se hace con un manojo de llaves.

—Ayúdame a meterlo dentro de la garita.

Markus abre los ojos con lentitud. Hay una luz blanca e hiriente que llega de alguna parte. Está tumbado en una camilla. Ha sido drogado de una forma un tanto chapucera a sabiendas, con una subdosis de cloroformo. Intenta moverse y se da cuenta de que está sujeto de piernas y manos. Una sábana cubre su cuerpo desnudo. Lo han estado drogando desde que entró en la prisión.

Ha pasado los últimos días medio adormilado, en una duermevela. Su mente, angustiada, daba vueltas sin cesar, se centraba con repentina claridad en escenas domésticas que creía olvidadas, imágenes de su familia que iban y venían, su madre tendiendo la ropa en un día claro de verano, su padre riendo ante las primeras palabras de su hermano pequeño, el sabor de un pastel de crema de Boston hecho por su tía, como si su mente se estuviera aferrando a recuerdos agradables porque a su alrededor todo era oscuro. De una manera difusa notaba que un averno se cernía sobre él y que alguien lo observaba, que estaba encerrado en algún sitio, aunque no tenía la sensación de que fuera una cárcel, sino algún lugar alejado de allí, algún lugar iluminado por una luz cruel. Tiene la boca seca, los brazos adormilados, frío en los pies y una sensación a mitad de camino entre el dolor y la náusea. Consigue a duras penas levantar la cabeza.

Logra enfocar la mirada y ve una vitrina y una serie de fríos instrumentos quirúrgicos, y a alguien de espaldas con una bata blanca manipulando un líquido con el que está desinfectando un instrumento punzante. Más allá hay toda una serie de archivadores, historiales clínicos, libros de medicina, láminas agrandadas de lo que parecen dibujos de anatomía. Intenta reconocer uno de ellos: es un cuello humano hiperextendido, los músculos descarnados, abiertos, dibujados con una pericia mórbida y admirable a la vez.

La sensación de que se desliza desde un lugar elevado se va desvaneciendo. La parte de él analítica y cerebral se da cuenta de que no es casual que haya podido despertarse, de que por algún motivo lo desean consciente.

La figura de espaldas se gira al notar el movimiento.

—Vaya, por fin se ha despertado...

Es el doctor Schmidt. Tiene los fríos instrumentos preparados a un lado. Sonríe con educación, incluso con una nota de cordialidad. Markus se fija de pronto en un detalle: un hilo de sangre cae desde la nariz del patólogo.

—Está usted contagiado —dice Markus con voz pastosa.

—Parece ser que sí.

—Debería llevar una mascarilla... Las gotitas de...

—Flügge... Creo que ya es demasiado tarde.

—¿Dónde estoy?

—Es un lugar con un propósito especial. Es mi laboratorio experimental. Aquí puedo trabajar sin que nadie haga preguntas.

Markus distingue que lo que lleva entre las manos es un escalpelo.

—¿Qué va a hacer?

—Voy a hacer realidad uno de sus sueños: ayudar a la ciencia. Si estoy en lo cierto, se salvarán cientos de miles de vidas con esta práctica.

Schmidt vuelve a sonreír y dice:

—Usted puede ser la solución. Prefiero hacerlo así, es menos doloroso para mí. Lo contrario para usted. Pero no se preocupe. Le dejaré vivir después de la operación. Así, será usted consciente de su gran contribución al avance de la ciencia, bien es verdad que será la suya una aportación pasiva.

La mirada de Markus recae sobre unas probetas y algo que había visto en casa de su tía Clementine, famosa por sus problemas intestinales. Un enema y un irrigador.

A pesar del abotargamiento, su mente encaja las piezas.

Quiere castrarlo. Utilizar sus glándulas seminales para conseguir la inmunidad adquirida.

—Parece mostrar usted un gran interés en mi laboratorio de investigación. Una pena que no pueda enseñárselo ahora. Es un gran laboratorio desde hace mucho tiempo. Los mejores estudiantes de Medicina de muchas zonas del país hacían en él sus prácticas de anatomía. Los esclavos que escapaban venían a parar aquí. Algunas veces nadie los reclamaba, estaban demasiado enfermos, y ¿qué haces con la mercancía que ya no quieres? Los mejores médicos anatomistas, los mejores patólogos salieron de esta casa. Incluso antes de la guerra venían médicos británicos, cuando en Edimburgo tenían que poner rejas a las tumbas para que no robaran los cadáveres. Aquí, sin embargo, ya ve. Podían hacer prácticas incluso con personas vivas. Fue una de las cosas que perdimos tras la guerra. Como tantas otras. Al menos, los negros siempre se están peleando y matando, así que suele haber varios cuerpos que nadie reclama. ¿Cómo cree que me he convertido en el mejor patólogo del país? Si quisiera, podría ir a la Johns Hopkins, aunque no tendría los mismos alicientes que aquí. En fin, como ya le he comentado, no podría seguir haciendo las investigaciones sobre la sífilis a mi manera. Le dejaré vivir. Le cauterizaré con extremo cuidado. No se mueva, es mejor así. No es necesario malgastar cloroformo. Su raza siente menos el dolor. A cambio, le pondré música. Siempre están ustedes cantando y bailando. Los muros son gruesos y no se escucha nada desde fuera.

Pone en marcha el fonógrafo. Es una ópera italiana.

—Verdi. Espero que le guste.

Lo pincha con el escalpelo en el muslo con cierta ironía. Schmidt levanta el bisturí. Sonríe. La sangre cae por la nariz. Entre la música se escucha un disparo. El rostro de Schmidt se crispa en una mueca de incredulidad. Se queda mirando a Markus sin entender.

Cae al suelo. Y al hacerlo deja ver a Morgan con un revólver en la mano, seguido de Neil.

—¡Markus! —exclama Neil.

Markus está conmocionado. Neil lo desata y lo ayuda a incorporarse. Los dos se abrazan con torpeza. Es demasiado intenso el paso de creerse condenado a la liberación. Markus solo acierta a decir:

—Dios mío...

Neil se quita la sotana y se la ofrece.

—Ponte esto.

Markus empieza a volver sobre sí mismo y dice:

—Llevas mi traje debajo. Te queda mucho mejor que a mí. ¿Por qué te lo has puesto?

—Porque el tweed me queda mejor a mí.

—De eso ni hablar.

De Sanctis dice:

—Tenemos que marcharnos, no hay tiempo. Pronto encontrarán al guardia de la entrada.

Markus se pone en pie tambaleando. Schmidt yace en el suelo en una posición antinatural.

—Solo una cosa antes. Quiero saber...

Se acerca hasta los archivadores. Que Schmidt sea tan metódico tiene sus ventajas. Las historias clínicas están ordenadas por enfermedades: sífilis, gonorrea, sarna. Cientos de rostros negros lo miran de frente y de perfil. Aunque lee en diagonal, descubre un mismo patrón. Los internos eran deliberadamente infectados y los soltaban y luego los detenían por cualquier motivo. Querían ver la evolución de la enfermedad. Markus empieza a guardarse historias clínicas bajo la sotana.

—La gente tiene que saber esto —dice exaltado—. Estos hijos de puta experimentan con nosotros.

—Venga, venga —apremia De Sanctis—. Tenemos que marcharnos.

—No, hay más archivos, estoy seguro de que habrá descripciones y dibujos de anatomía.

—Tenemos que marcharnos —insiste Neil—. Si nos atrapan, nadie sabrá nada.

Markus cede y salen al corredor.

—Debemos caminar deprisa —conmina Morgan—. ¿Podrás hacerlo, Markus?

—Creo que sí.

Se apresuran hacia la escalera de salida. Hay varias celdas a los lados y de pronto una voz surge de una de ellas.

—Padre...

Neil se gira. Es un chico irlandés que no acaba de encajar entre la feligresía.

Elliot.

Neil lo recuerda vagamente. Elliot mira a uno y a otro. Al padre Neil vestido de calle, al negro vestido de cura y al tipo medio indio y medio italiano con cara de pocos amigos. Es evidente que están haciendo algo que no deberían.

—No podemos perder tiempo —dice Morgan—. ¡Rápido!

—No podemos dejarlo aquí —dice Neil.

—Por favor, me han hecho cosas horribles. El doctor...

Elliot mira a Markus. El uno entiende la emoción del otro sin hablar.

—Hay que sacarlo de aquí —dice Markus.

—No es buena idea, joder... —contesta Morgan.

—Padre... Yo fui uno de los que arrojaron antorchas... Yo quise que ustedes murieran...

—No podemos ir caminando de la mano de un preso. —Morgan está empezando a perder la paciencia.

—No me dejen, por favor... Estoy curado... Y he visto cosas, he comprendido... cuando estaba enfermo. También necesito que me perdonen.

—Hay que liberarlo —se empeña Neil.

—Está bien —dice Morgan—. No deberíamos estar aquí con tanta cháchara.

Morgan acierta a la primera con la llave que necesitan y descorre el cerrojo.

—¿Cómo ha sabido qué llave ha de utilizar? —pregunta Markus.

—Abrir puertas cerradas es mi especialidad. Venga, andando.

El vigilante aún sigue inconsciente. Todavía no han llamado la atención. Pero el trasiego en el hospital es importante. Le quitan las ropas y Elliot se viste con ellas aunque le están grandes. Se coloca la mascarilla. Deben cruzar un edificio. Tienen un plan para salir con Markus por la puerta.

Son cuatro hombres y ninguno es lo que parece. Cruzan el patio y se resguardan entre los grandes arcos. Nadie ha hecho preguntas.

De Sanctis consulta su reloj. Apenas dispone de cinco minutos.

—Voy a liberar a Mamie Desmoines —dice.

Ha accedido a entrar en la prisión a cambio de poder liberar a Mamie.

Neil y Markus se miran y asienten de forma decidida.

—Vamos contigo. Tú también, Elliot.

Mamie Desmoines está en una celda en la que hay más mujeres que catres y se han de turnar. Dos en cada cama y una duerme debajo. Se producen numerosas peleas por ese motivo. Algunas mujeres aúllan, otras pierden la cordura al poco de estar allí. Las separan de sus hijos, que son institucionalizados y de esa forma sirven como mano de obra iletrada, gratuita, poniendo vías del ferrocarril o trabajando en el campo.

Mamie está bien considerada entre las presas: ha corrido el rumor de que ha matado a un blanco. No sucede lo mismo entre los funcionarios, quienes la han golpeado varias veces simplemente porque consideraban que no los miraba con el respeto debido. Mamie prefiere estar echada en el suelo. Ha conseguido varias telas de percal a modo de colchoneta con la que protegerse de los detritus y heces que forman una capa sobre las baldosas. Lo prefiere a estar en un catre espalda contra espalda de otra mujer. Pasa muchas horas mirando el techo. En aquel lugar, los recuerdos van y vienen, y empiezan a ser más reales que los propios muros.

La plaza Congo está a pocos metros de allí. Aquella plaza alguna vez fue un terreno baldío, detrás de la primera muralla de la ciudad, uno de los primeros lugares de reunión para los esclavos de África y sus descendientes. Cuando la ciudad era española, a los esclavos se les permitía comprar y vender productos los domingos.

También tocaban instrumentos musicales africanos y realizaban danzas originarias de sus hogares nativos. El Nuevo Orleans americano limitó las reuniones de esclavos a este lugar, y solo hasta el atardecer. Y allí se siguen reuniendo los negros a bailar, a tocar aquellas canciones tristes, esa mezcolanza de ritmos que nacen ahora de instrumentos bastardos como el banjo. Y Mamie siente en sus espaldas todos aquellos pasos de hombres y mujeres esclavizados, los murmullos, los pálpitos de quienes habían sido arrancados de África, como su propia madre. Tanto ella como su madre fueron amas de cría. Mamie lo fue desde muy joven. Había criado a muchos niños. A cambio, todos sus hijos habían muerto, algunos de ellos con rasgos heredados de algún Le Bois, todos a excepción de la pequeña Sarah, a quien tuvo cuando ya había perdido la esperanza de volver a ser madre. Cuando daba de mamar, uno de los pechos era para los blancos, el otro para los negros. Si tomaban leche del mismo pecho, eso los convertiría en hermanos de leche, y, si descubrían que lo hacía, sería azotada sin piedad. Tenían que silbar camino de la casa porque de esa manera no escupían en la comida. Su madre dejó de silbar en cuanto fue libre. Nunca más lo volvió a hacer.

De pronto hay una corriente de luz que llega del exterior y alguien grita su nombre. Mamie piensa que está soñando. La voz es insistente y ella está acostumbrada a responder de manera precisa cuando la llaman.

El olor de las heces con cuajarones de sangre de la menstruación golpea a Morgan. Mujeres desdentadas con cabellos grises se mezclan con chicas jóvenes con los pechos recién formados. En aquel lugar, ser una vieja es una bendición. A las chicas jóvenes las molestan varias veces al día. Morgan apenas distingue rostros oscuros tras las rejas. Abre las celdas. Tan solo disponen de un cerrojo exterior que se descorre con facilidad. Las mujeres, sorprendidas, levantan la cabeza. Algunas aturdidas, otras extrañadas, la mayoría con miedo; un hombre blanco que grita no augura nada bueno.

Solo ha visto a Mamie Desmoines una vez. Recuerda su cara ancha y que había algo infatigable en su mirada. Markus lo acompaña.

—¿La ves por alguna parte?

Varias mujeres se lo quedan mirando. No es la primera vez que reciben la visita de un sacerdote de color de alguna misión cristiana, pero entonces las dejan acicalarse y vacían las letrinas.

—¡Mamie Desmoines! —grita de nuevo.

Una de ellas muestra la genuina sorpresa de escuchar su nombre. Markus con aspavientos la conmina a que salga:

—Venga, venga.

La mujer no le quita ojo, aunque no le hace caso. Markus se adentra en la habitación. El suelo es resbaladizo y varias veces está a punto de caer. Algunas mujeres se retiran hacia atrás. Se encuentra cara a cara con Mamie. La sujeta del brazo y la ayuda a levantarse.

—Venga conmigo. Salgamos.

El vestido es de sarga, pero está tan sucio que el color es indefinido.

—No quiero que me vean así —dice ella.

—No pasa nada. ¡Vamos!

Cuando llegan a la salida, Markus se dirige a Morgan:

—Liberemos al resto. No podemos dejarlas así.

—Algunas de ellas han hecho cosas terribles y otras no tienen a dónde ir —dice Morgan—. No es tan sencillo.

—Si las hacemos salir, podemos aprovechar la confusión.

—De acuerdo. Venga, venga, salid.

De repente, se escuchan dos fuertes explosiones. Siguen el plan previsto. Un par de viejos carromatos apostados en el muro cargados con explosivos han detonado cuando debían. Todo el mundo se agacha por instinto. Se oyen silbatos. La confusión es extrema, los funcionarios se han visto sorprendidos por las explosiones y, a la vez, por un grupo de internas en el patio que no saben a dónde dirigirse.

Un humo espeso y negro se eleva desde los muros cegando las torres de vigilancia.

—¡Rápido! —conmina De Sanctis—. Tenemos que alcanzar la entrada.

Desde fuera, Emmanuel y varios hombres lanzan cartuchos de dinamita contra la verja, que de inmediato queda destruida, parte de ella colgando de los goznes. El camino está libre. Entran todos ellos armados con rifles. Emmanuel parece un dios enojado, furibundo, armado con dos rifles que dispara al aire.

—Ese no es el plan —dice De Sanctis.

—¡Largaos! —grita Emmanuel—. Yo me encargo de todo.

De Sanctis no acaba de entender qué quiere hacer Emmanuel allí. Aquel no era el plan. Nadie tenía que entrar, solo ellos tenían que salir.

—Yo me quedo, Markus —dice Neil—. Márchate tú. Investiga la enfermedad. Salva la ciudad.

Se abrazan. No tiene ni idea de si volverán a verse de nuevo.

—Venga, vamos —insiste Morgan.

Elliot duda, no sabe qué hacer. Morgan es taxativo.

—Te vienes con nosotros.

Markus y Morgan, junto a Elliot y Mamie Desmoines, se aprietan contra los muros y se van acercando hacia las garitas de la entrada. Aprovechan un momento de confusión y salen a la calle por la puerta de la entrada. Afuera los espera un carromato. Han pedido a un chico que lo guarde, pero al oír las explosiones ha huido. La vieja mula ha hecho caso omiso de las explosiones, está acostumbrada a las bocinas, a los gritos y al chirrido de los tranvías. Suben los cuatro al carromato. Morgan se encarga de conducirlo. Mamie Desmoines, Markus y Elliot se quedan dentro, bajo la lona. En el interior hay restos de verduras y barro.

Morgan echa una última ojeada a la prisión. Ve que varios internos están huyendo. Emmanuel y sus hombres están liberando a los presos: huyen de una prisión para ir a parar a una ciudad cerrada. Liberan solo los pabellones de los negros. Los otros pabellones aúllan.

Markus por una rendija de la lona ve en lo alto a Emmanuel y, a su espalda, a Neil. Están en una de las torres de vigilancia, bajo una de las cúpulas. El humo se ha ido disipando y queda el rescoldo de un infierno. Ve un nuevo fervor, un nuevo fanatismo.

49

Vita, Isabella y Annie observan la avenida Basin desde una ventana del piso superior. No hay nadie más en la casa. Los salones empiezan a mostrar una capa de polvo, así que ha decidido cubrir los muebles con sábanas y cerrar varias habitaciones. Han tenido un momento de intimidad doméstica mientras preparaban algo de comer.

—Me pregunto cuántas miles y miles de mujeres habrán hecho lo mismo que nosotras —dice Vita de pronto—. Oteando el horizonte, buscando alguna señal de que sus seres queridos vuelven a casa. Hombres después de una guerra, enfermos, mutilados.

Han escuchado las explosiones como el temblor de una tormenta lejana. El viento arrastra el humo negro como si se tratara de nubes de verano.

—Podría haberse usted marchado ayer —añade Vita.

—¿Volver a casa de mi marido? Tal vez. El inspector De Sanctis me dijo que la abuela de mi marido ya no sería un problema. Ella mandó encerrarme. Pero si lo hago tendrá que ser con Mamie. Las dos nos marchamos juntas, las dos volveremos juntas. Además, no hubiera podido dejarla sola aquí. Usted me ha ayudado.

—Podría salir mal.

—Hace un año y medio, mi vida consistía en decidir si era mejor salir a pasear antes o después de la misa vespertina, en una ciudad del norte de España, rogando por los soldados que se iban a la guerra.

—¿Sabe que el inspector De Sanctis ha aceptado asaltar la cárcel por usted?

Isabella asiente, incómoda.

—Lo sé...

—¿Sigue usted enamorada de su marido?

—No puedo evitarlo a pesar de todo lo que hizo. Por eso quiero salvar a Mamie. Porque es la única manera de salvarlo a él también. No sé qué más puedo hacer.

—¡Allí están! —exclama Annie.

—Lo han logrado —dice Vita al ver el carromato, con Markus al frente junto a un chico desconocido.

Las tres bajan deprisa las escaleras, se dirigen a la entrada y abren la puerta de carruajes del edificio contiguo. Una vez en el interior, De Santis quita el cierre de la lona y salta. Sonríe a las mujeres, incluso les hace una especie de humorística reverencia y Mamie Desmoines aparece cojeando.

—¡Mamie! —exclama Isabella, abrazándose a ella.

Mamie se muestra avergonzada.

—Señora... No he podido lavarme en muchos días.

—No importa. Volvamos a casa, sea lo que sea lo que eso signifique.

—¿Y Neil? —se alarma Annie.

La niña mira recelosa a Markus, que ha llegado vestido de sacerdote.

—Neil se ha quedado con Emmanuel —responde él, agachándose para estar a su misma altura.

Annie se gira hacia su madre buscando una explicación. Ella la mira y le pasa las manos por los hombros. Es el primer gesto maternal que ha tenido en mucho tiempo.

—Vendrán pronto, cariño.

Annie se la queda mirando.

—No digas nada que no puedas prometer.

Dejan que Mamie se lave y se cambie de ropa. Annie está llorosa. Isabella intenta abrazarla, pero la pequeña la rechaza.

—Esto también significa ser madre —le dice Vita—. Pero ya lo descubrirás tú misma.

—Nos tenemos que marchar —apremia De Sanctis. Luego se dirige a Vita en voz baja—: Y tú tendrías que hacer lo mismo.

Se escucha el ulular de las sirenas. Pronto las unidades del ejército intentarán sofocar el motín.

Isabella sujeta de las manos a Vita y dice:

Ya puedo volver a casa

—¿La de aquí?

—Sigue siendo peligroso —dice De Sanctis—, pero podremos burlar la policía. Estarán demasiado ocupados con la prisión. Y la Mano Nera haciendo de las suyas.

—Vengan su hija y usted con nosotros —dice Isabella—. Hay habitaciones de sobra.

—Es la primera vez que una dama me invita a su casa, pero no, muchas gracias, debo quedarme aquí. Tengo que esperar a Emmanuel y a Neil.

—Claro.

Mamie interviene y pregunta:

—¿Madame Frances sigue en la casa?

De Sanctis contesta de forma oscura:

—Ella ya no presenta ningún problema.

Nadie los intercepta en la avenida Charles. Los tranvías han empezado a funcionar de nuevo, pero solo admiten pasajeros de color. Patrullas del ejército están apostadas aquí y allá. Llevan mascarillas. Como habían previsto, la Casa de las Magnolias ha dejado de estar fuertemente vigilada. Hay una nueva alerta en la ciudad. El ejército se preocupa más por los barrios populares, sobre todo la Pequeña Palermo, donde los disturbios han aumentado de intensidad, pues la población italiana se niega a guardar la cuarentena.

A Isabella le da un vuelco el corazón al ver de nuevo la casa. Por primera vez percibe algo parecido a un hogar en aquel lugar. Baja del carruaje junto a Mamie Desmoines, acompañado de Markus y Elliot. Talbot los observa desde lejos y les grita:

—¡Mamie! ¡Señora!

El señor Jones, el señor Booker, Madeleine y la cocinera Harriet salen al jardín. Todos se abrazan.

—Vayamos dentro —conmina Markus—. Es mejor que no nos vean.

—¿Qué ha pasado?

—Nos hemos escapado —informa Mamie Desmoines con cierta emoción.

La pequeña Sarah entra de pronto en la cocina.

—Oh, mi niña —dice Mamie.

Madre e hija se abrazan.

—No volverás a estar sola —le dice a Sarah al oído.

Morgan le ha dicho a Isabella que madame Frances no será un problema y que puede volver a casa perfectamente. Isabella no ha entendido lo que ha querido decir.

—Tengo que hablar con madame Frances —dice Isabella a Madeleine.

—Está en su habitación —contesta ella bajando la mirada.

Isabella entra con cuidado en el dormitorio de madame Frances. Que ella recuerde, es la primera vez que está allí. La habitación es grande y, para su sorpresa, acogedora, a pesar de los viejos y pesados muebles de caoba barnizados. La encuentra echada en la cama. Las cortinas corridas. La mirada inmóvil, fija en el techo. Por un momento piensa que está muerta. Puede que haya enfermado. Luego piensa que allí todo el mundo es negro, con lo que está a salvo de la enfermedad. Se acerca hasta ella. Los ojos se mueven de un lado al otro como si estuviera buscando algo. Sobre la mesita de noche hay un tazón con sopa. Le cae la baba por un lado.

—Frances... —susurra Isabella.

Es la primera vez que la llama por su nombre de pila. Observa que tiene entre las manos un rosario. Frances nunca ha sido religiosa, su fe es una simple cuestión de adhesión a los ritos sociales. Isabella se las sujeta. Le resulta difícil saber si ella ha reaccionado a no a su contacto.

El señor Jones y Madeleine entran despacio en la habitación.

—No, no tiene la fiebre, señora —dice él.

—¿Qué ha pasado?

—Mi hija hizo algo terrible. Madame simplemente está asustada. Pasó varias horas encerrada en un lugar en el que no debería haber estado.

—Está catatónica —dice Madeleine.

—Reprendí a mi hija, señora. No podemos ser como ellos. Me acordé de usted. Usted no podía permitir que lincharan a uno de los nuestros. Nosotros tampoco podíamos vengarnos de esa manera.

Frances empieza a murmurar. Isabella acerca el oído a su boca.

—Léopold... Él lo sabe... Lo sabe... y lo envió él...

Isabella se retira. Prefiere hacer ver que no la ha entendido. Se vuelve a mirarlos.

—¿Cómo se las han arreglado mientras no estaba aquí?

—El inspector De Sanctis nos decía que tuviéramos confianza y que todo se arreglaría.

—¿Se encargó él de todo?

—Sí, señora, estábamos asustados, y él nos daba valor.

Madeleine no las tiene todas consigo:

—¿Qué vamos a hacer, señora? Antes había policía vigilando la casa, rondando, pero han desaparecido. Eran un incordio porque a veces nos pedían de comer y beber, pero al menos estábamos tranquilos. Han asaltado varias casas de la zona. De noche se oyen disparos y se ve el reflejo de hogueras. Cuando la fiebre amarilla, sabíamos que todos podíamos morir, pero ahora los nuestros se han vuelto... Ahora hay algo nuevo. El otro día, en el mercado, una mujer escupió a otra porque decía que no era lo suficientemente negra, que podía contagiarla. Y en el tranvía... Jane, una chica blanca, costurera, nos miró uno a uno y se vino a sentar a mi lado, en la parte de atrás con los negros, con nosotros al fondo, y... se levantó y se fue más al fondo, porque... dijo que yo no era lo bastante negra y que la podía contagiar, y que ella se había saltado la cuarentena, porque tenía que trabajar, y esa chica Jane, se lo juro, es más blanca que la leche. Es el mundo al revés, señora.

—El inspector De Sanctis se quedará con nosotros. Él nos ayudará. Saldremos adelante. Y Elliot es un chico que lo ha perdido todo. Ha estado enfermo. Ahora está recuperado. No hay nada que temer. Y también se queda con nosotros.

—He visto que él inspector se ha marchado —dice el señor Jones bajando la mirada.

—Volverá, estoy segura de ello.

Mientras tanto, en la casita del jardín, Claire recoge sus pertenencias bajo la atenta mirada de Markus.

—¿Te marchas?

—Tú te escapaste —dice ella—. Yo también. Nuestras cárceles son diferentes.

—¿A dónde vas a ir? La ciudad va a caer en el caos. Y no puedes salir de ella.

—Prefiero eso que estar aquí encerrada. Si todos los que lucharon para que fuéramos libres vieran lo que hacemos con nuestra libertad... Seguimos bajando la cabeza... Y eso que tú llamas caos, yo lo llamo justicia. Esta ciudad se ganó a los pantanos con nuestra sangre y ahora los pantanos han reclamado su sitio. Todos los nuestros que vinieron encadenados, y están enterrados en tumbas sin nombre, han enviado este mal.

Markus ha guardado con cuidado las pocas historias clínicas que ha conseguido salvar. Entiende la furia de ella. Esclavos negros utilizados en un taller de anatomía como si fueran animales de laboratorio. Después de saber lo que han hecho con ellos, no se siente con autoridad para contradecirla. Cierra los ojos con dolor ante la posibilidad de que los estudiantes de las facultades de Medicina realizaran vivisecciones con esclavos negros. Un secreto del que nadie querría hablar. El gran progreso del cirujanos americanos.

—Y ahora ha venido la señora y todo el mundo vuelve a ser servicial, como si siempre necesitásemos a alguien que nos dijera lo que tenemos que hacer.

—Ella no es así... Evitó que vinieran a por mí, nos ha ayudado a sacarnos de la cárcel.

—Oh, sí, la amita blanca salvándonos a todos los pobrecitos negros. ¿Qué haríamos sin los blanquitos que nos ayudan?

—Ella es octorona.

—Ella es negra cuando quiere, y cuando no, no. Que lo hubiera dicho el primer día.

—Claire... Ella no es así.

—De acuerdo. Me alegro por ella entonces, pero no me alegro por los míos. Seguiremos levantándonos a las cinco de la mañana, mientras ella se sienta a la mesa a plato puesto, y le llevaremos el desayuno a la cama si así lo quiere. Seguiremos lavando nuestras ropas y las de ellos. Nos iremos a dormir muertos de sueño cuando ellos se acaben de divertir en la cena. Sus problemas no son los nuestros. Si ahora se mueren, no es mi problema, como tampoco ellos se preocupaban cuando los míos morían por disentería o por beber agua podrida. No me pongas esa cara. Estaré bien. Tu naturaleza y la mía son diferentes. Cada uno ha de luchar a su manera.

Claire se acerca hasta Markus y de improviso le da un beso en los labios. Markus la retiene, la abraza y susurra:

—Claire...

Siguen los dos muy juntos cuando ella dice:

—Ahora es tarde ya. Tú tienes tu camino y yo el mío. Dile a mi padre...

Claire retrocede unos pasos sin dejar de mirarlo, luego se da la vuelta y empieza a alejarse.

—Le diré que lo quieres —contesta Markus.

—Él ya lo sabe.

A pesar de su determinación, Markus ve que hay cierto temblor en sus hombros. Cuando ella ya no puede oírle, añade:

—Yo también te quiero.

50

—No vienen —dice Annie mirando a su madre. La postura de Vita es extrañamente rígida, la espalda muy recta. Se ha cambiado el vestido y el que se ha puesto ahora le hace parecer una matrona. Madre e hija están apostadas en el ventanal de uno de los pisos superiores. El sol aún está a medio camino de su descenso en el cielo.

No hay nadie en la casa. Vita ha pedido que todo el mundo se vaya. Les ha dado el suficiente dinero para que puedan aguantar varios meses si no encuentran trabajo. Alguno de ellos se ha resistido. Querían quedarse. El viejo Jimmy, Angélica, la pequeña Ivy. Finalmente los ha convencido de que la casa ya no es un lugar seguro.

Vita calcula que disponen de víveres para una larga temporada. Las bodegas están llenas de vinos que ahora no le serían de gran ayuda a no ser que caigan en la desesperación. Pero tienen fiambres, salazones y frutas confitadas.

Desde la ventana se sigue viendo el humo negro y espeso que proviene de la prisión. El ulular de bocinas y sirenas no ha cesado desde hace más de una hora. A veces se escuchan en sentido contrario al de la prisión. Vita, por primera vez en mucho tiempo, tiene miedo. Ya no hay ningún chico de los recados a quien avisar para que averigüe qué sucede, ni puede llamar por teléfono a las otras madames del lugar. Se acuerda entonces de Tommy. ¿Cuánto tiempo ha pasado desde que enfermó? ¿Meses? No, apenas tres semanas. Parecía una eternidad, como si siempre hubieran vivido en ese *impasse*, encerrados entre esas paredes.

Llaman a la puerta de atrás. El timbre resuena en la casa vacía. Tanto a la madre como a la hija les da un vuelco el corazón. Annie baja corriendo las escaleras. Su madre la sigue, igualmente nerviosa, intentando alcanzarla para que no se precipite a la puerta. Consigue detenerla antes de bajar al primer piso. Se asoman con disimulo desde una ventana. Es Morgan. Vita respira aliviada. Abren la puerta.

—Me pediste que volviera y aquí estoy —dice él—. Era parte de nuestro acuerdo.

Vita no lo hace pasar. Tener un hombre en casa la haría feliz. Ahora se siente vulnerable. Los dos se miran con detenimiento.

—Vuelve con ella —dice en voz baja.

No tiene sentido. No quiere retenerlo a su lado en contra de su voluntad. La figura de Isabella se haría más grande, la no posesión, el anhelo de lo que hubiera podido ser, y Vita no podría luchar contra aquel fantasma, la presencia invisible de ella a todas horas.

Vita ve cómo algo se destensa en el rostro de Morgan, algo parecido al alivio y a la gratitud. A cambio, una sensación de soledad aprieta el alma de Vita ante el agradecimiento de Morgan por no tener que quedarse con ellas.

—¿Estáis solas?

—Sí.

El «sí» de Vita, que da a entender que no es necesaria su presencia, en realidad esconde que tiene un miedo terrible y que daría lo que fuera por que Morgan se quedara por voluntad propia.

—¿No han vuelto Emmanuel y Neil?

—No.

—Tened cuidado. Hay disturbios por toda la ciudad, encerraos en casa. No abráis a nadie.

Vita cierra despacio. Apoya la espalda contra la puerta, suspira. No puede dejarse llevar por la tristeza y el desamparo, porque se da cuenta de que Annie la mira, y se obliga a decir:

—Todo irá bien...

Apenas unos momentos más tarde, sin darles tiempo a subir al salón superior, escuchan que alguien ha entrado en la casa por la entrada principal. Es alguien que dispone de llaves. Annie da un salto y dice:

—¡Son ellos!

Y se dirige corriendo hacia allá, con Vita tras ella. Está acostumbrada a identificar los sonidos de los habitantes de la casa y no las tiene todas consigo. Aunque el sonido es familiar, hay algo nuevo, ominoso, en los pasos que se acercan.

Son tres de los hombres de Emmanuel. Su lugarteniente Isaiah y dos más. Isaiah muestra la mirada más intensa y brillante. Algo ha cambiado en ellos. Vita tiene un presentimiento desagradable. Descubre que viste un traje nuevo, a rayas, de un estilo que ningún caballero de la ciudad llevaría, un reloj dorado y enorme en la muñeca. Lo único en lo que tiene buen gusto son los gemelos, de elegante oro viejo. Y algo difuso en ella se pone en alerta.

—¿Y Emmanuel? —pregunta con calma.

Los tres se miran. Isaiah sonríe. Y para Vita es como si lo conociera por primera vez.

—Allí lo hemos dejado. En la prisión. No hay escapatoria. Con su novio blanco. El curita. —Dice «blanco» como si de pronto un sabor repugnante le hubiera subido a la garganta—. Desde que se ha vuelto un invertido... no podíamos permitir que nos siguiera mandando. No sé qué me da más asco de su novio, que sea blanco, que sea católico o que sea irlandés. Más bajo no se puede haber caído.

Vita ve en su rostro oleadas de ira como ráfagas de lluvia de una tormenta. ¿Cómo no lo había visto antes?

—Madame C. nos informó de todo —dice Isaiah—. Él nos está haciendo el trabajo sucio.

Isaiah es joven y Vita no se había dado cuenta hasta ahora de su ambición. Se echa la culpa de no haberlo visto antes, la gran Vita, que se las daba de conocer todos los recovecos de la naturaleza humana por sinuosos que fueran, de saber de qué pie calza todo el mundo solo echando un vistazo, sobre todo los hombres, y ahora, he ahí, frente a ella, un hombre joven y ambicioso. No es la primera vez que ha visto un lugarteniente que se cree más fuerte que el líder y que intenta por las bravas tomar las riendas de un negocio, aunque nunca de aquella manera.

—Nos marcharemos de aquí. La ciudad está llena de oportunidades. La Guardia Nacional se encuentra sobrepasada. Han pedido más refuerzos al ejército. Los marines siguen en el puerto y, mientras tanto, la ciudad es nuestra. Los malditos italianos la palmarán igual que los blancos... Antes que nada, la caja fuerte. Sabemos que está en la biblioteca.

—De acuerdo, pero deja a Annie que se marche.

—La cría se viene con nosotros.

Van camino de la biblioteca. Vita no soporta que toquen a Annie.

—¿Qué quieres decir?

Isaiah la sujeta por la garganta.

—Cuidadito con lo que haces.

Le da una palmadita en la cara que acumula violencia contenida. El gemelo de oro viejo y agradable tacto le roza la piel.

Vita se lo queda mirando. Sus labios dicen un nombre.

Philippe.

Vita sabe que tendría que haberse quedado callada, no dar pábulo. No lo ha podido remediar. Un fallo. No puede cometer otro.

Isaiah sonríe de una manera que es como si descerrajaran un tiro.

—Sí, tu cliente preferido —dice Isaiah—. Empezamos a tomar decisiones por nuestra cuenta. Emmanuel no nos dejaba rendir todo lo que podíamos. Así que, cuando supimos que los Villere estaban todos enfermos, asaltamos aquella casita. No estaba mal. Tenían buen gusto. Buenas joyas. Tres de los chicos alegraron el día a una de las chicas. La muy guarra lo estaba deseando. Los otros estaban ya jodidos.

Vita no puede evitar mostrar su cara de asco.

—No me mires así, zorra. Tú eres peor que ellos, ver cómo blancos ricos se follaban a nuestras mujeres. Y encima le dabas pretensiones de un club señorial. No eres más que una furcia con aires. Puede que a las señoras de esta ciudad les hagan gracia tus sombreros, pero nunca te dejarán entrar en los salones de sus casas. Estás bien para entretener a sus maridos con chicas limpias, pero no para tomar el té. Madame C. se reía de ti. Todos nos reíamos de ti y de tus humos. No decíamos nada, los negocios iban viento en popa, el viejo sabía lo que se hacía, pero ahora las cosas han cambiado.

Todo ese odio. ¿Dónde estaba? Emmanuel, ¿por qué no lo viste? ¿Tan cegado estabas?

Vita empieza a intuir algo. Isaiah es atractivo y joven, enérgico, pasó de orfanato en orfanato y Emmanuel vio todo aquello. El destello de que podía llegar muy lejos si se lo proponía. Su sonrisa se extingue de golpe, como un ocaso repentino:

—Te lo vuelvo a decir. No me mires así. No soy una de tus chicas.

Ella asiente. Se muestra humilde. Controla la mirada. Ha de encontrar el momento adecuado. Ve el encrespamiento en la mano de Isaiah. La violencia que tan solo espera la oportunidad para ser desatada.

Una vez en la biblioteca, Vita abre la caja fuerte. Lo primero que aparece es un par de revólveres. Vita no los toca, no pondrá en peligro a Annie.

Isaiah está detrás de ella, enfadado.

—¡Está vacía! Intentas engañarnos. ¿Quién te crees que eres?

Abofetea a Vita. Annie grita.

—¿Dónde tienes las joyas y el dinero?

—Madame C. se lo llevó todo cuando desapareció de la casa.

—¡Mientes!

—Ella me traicionó a mí, y también lo ha hecho contigo.

—Ella no...

—¿Dónde ha ido?

Isaiah no lo sabe. Está enrabietado. No soporta que una mujer mayor le haya engañado de esa manera. Y empieza a gritar:

—Toda la ciudad sabe que los negros no podemos enfermar. Es cuestión de horas que esta ciudad se levante. Ni la Guardia Nacional, ni el ejército, ni los marines podrán frenarnos. Y eso será tan solo el inicio. Pronto barreremos a los blanquitos, sus mujeres nos rogarán que las follemos, nos ofrecerán a sus hijas. Y los blanquitos, eso es lo mejor..., nos suplicarán que les demos por el culo. El doctorcito negro lo explicó a uno de los chicos. Le encantaba hablar. Pero ¿sabes qué? Se lo negaremos. O tal vez solo a unos cuantos, a los que tengan más dinero, y serán nuestras putitas. Haremos con ellos lo que ellos hacían en esta casa con tus mujeres.

Vita rebufa con sarcasmo y retrocede varios pasos, como si se estuviera ofreciendo, provocándolo. Se echa a reír. Se burla. Annie quiere decirle a su madre que deje de hacerlo, que está loca. No le da tiempo.

Isaiah dispara. Lo hace casi a bocajarro en el vientre de Vita, quien cae hacia atrás.

—¡Mamá!

Annie quiere salir corriendo hacia ella, pero uno de los hombres la retiene.

Isaiah se acerca hasta el cuerpo de Vita y dispara de nuevo al pecho para asegurarse.

—¡Mamá!

El cuerpo de su madre, inmóvil, en el suelo.

Isaiah se gira para mirar a la niña.

—Vaya, vaya, así que te has quedado huérfana —dice con una sonrisa.

Annie, paralizada de terror, ve cómo Isaiah se acerca hasta ella y se agacha hasta quedar a su altura.

—¿Qué se siente al ser literalmente una hija de puta? —Isaiah desliza la mirada hacia los chicos, les sonríe y luego mira de nuevo a Annie—. ¿Sabes?, hay una solución para que no enfermes. Es como un jarabe para la tripita.

Lo otros dos calcan su sonrisa lobuna.

—Es una pena que se me haya ocurrido ahora. Me hubiera gustado mucho que tu madre lo viera. Estábamos hartos de aguantar sus órdenes y de ver cómo manejaba a Emmanuel. Aunque, siendo un invertido, qué esperabas. Yo no te curaré. No lo hago con mujeres blancas. Es una cuestión de principios. Pero, aquí, mis compañeros, no tienen esos prejuicios. Incluso lo prefieren.

Isaiah apunta con el revólver a una de las rodillas de Annie. Va subiendo el cañón por el muslo, levantándole la falda del vestido.

Annie sigue paralizada de terror, aunque abre la boca de pronto mirando por encima de los hombros de Isaiah. Los tres hombres se dan cuenta y se giran.

Vita Vinci está de pie. Con un revólver dispara con tino a los tres, uno tras otro. La sorpresa juega a su favor. A Isaiah le alcanza en la cabeza, en el entrecejo.

La figura de su madre es rígida, apretada, como una Artemisa vengativa.

—Mamá...

Vita suspira, intenta respirar.

—Estabas muerta. Te han disparado. Lo he visto.

Annie se acerca hasta ella, y por primera vez en mucho tiempo, la abraza. Nota una dureza extraña en el cuerpo de su madre.

Vita Vinci se abre el vestido. El corsé está recubierto de diamantes. Retira las balas incrustadas en ellos.

—Los diamantes pueden salvar la vida de una mujer. Acuérdate de esto.

Annie parpadea.

—Lo provocaste a sabiendas —dice con admiración—, para que te disparara.

Vita sonríe y dice:

—Eres una chica lista.

—Oh, mamá.

Annie abraza a su madre con fuerza. Vita, a pesar de todo, está conmocionada. Los disparos no la han herido. Aun así, el impacto de las balas le ha hecho daño. Le cuesta respirar.

—Tenemos que marcharnos de aquí.

—Cuando venga Neil, no nos encontrará.

Vita padece por su hija. El primer desamor, la primera pérdida.

—Tenemos que llegar al puerto. Hay que hacerlo antes de que anochezca. Emmanuel y Neil irán allí.

—No es cierto... —Annie traga saliva. Sabe que su madre le está mintiendo. Pero sabe también que no pueden hacer otra cosa.

Emmanuel ha dado a Vita indicaciones precisas. El pequeño café del muelle donde se reúnen los chinos que pescan camarones. Allí las pueden trasladar hasta el dragaminas. Y el dragaminas puede salir del puerto. Y, una vez allí, el carguero puede llevarlas a otro lugar.

51

Emmanuel y Neil han quedado atrapados en lo alto de una de las torres de vigilancia de la prisión. No tienen escapatoria alguna. Están rodeados.

—Arrastrarán nuestros cuerpos y nos colgarán —dice Emmanuel.

Su ira se ha desvanecido en pesadumbre. Tienen franqueada la escalera, por lo que los guardias no pueden subir a por ellos. Saben que no pueden malgastar munición.

—Mis hombres me han abandonado.

Tenía que subir a la torre para cubrir a sus hombres, que permanecerían en el patio central, creando el caos suficiente para que Isaiah abriera las celdas y liberara a los internos. Neil decidió acompañarlo. Desde allí vieron con sorpresa cómo sus hombres se retiraban de pronto, y sobre todo a Isaiah girarse y sonreír, cortante, brutal.

Una docena de guardias los acechan protegidos entre los arcos del patio central. Tras las explosiones y el humo, unos cuantos presos intentaron aprovechar la situación, pero solo un puñado de ellos ha podido escapar. Los guardias han conseguido sofocar el motín. Todo el plan se ha hecho añicos. Se escuchan los aullidos de los internos. Algunos hacen retumbar los hierros de las camas. Un alarido que es también una mezcla de miedo y de aviso por las represalias que pudiera haber. Solo unas cuantas mujeres han logrado huir. La mayoría decidió volver y refugiarse en las celdas; prefieren eso a las ráfagas de balas.

Un benévolo sol brilla sobre las fachadas de colores y los balcones y las rejas de hierro del Vieux Carré. Neil observa cómo la ciudad se extiende a sus pies a kilómetros de distancia, desde las marismas hasta el río, sus aguas oscuras y densas, su presencia como un dios benévolo, aunque a veces lo asalten las furias y decida inundar la ciudad. Desde lo alto de la torre, los sonidos lejanos reverberan como si se produjeran a escasa distancia: el chirrido de los raíles de los tranvías, voces procedentes de niños que corren de un lado al otro, alguien canturrea mientras cocina algo delicioso a fuego lento. Su mirada recae sobre las dos torres de la iglesia de Saint Alphonse, que son como unas viejas amigas que hace tiempo que no ve y a las que no sabe qué decir, o tal vez sí: les explicaría que había sido feliz los últimos días por primera vez en su vida, les diría que ya queda poco de aquel hombre que salió avergonzado de esa isla del norte de Irlanda, y ahora apunta con un rifle desde la torre de vigilancia de la prisión de una ciudad semitropical, vestido con un traje de tweed que le va grande, junto a su amante negro que le lleva más de veinte años. Y está a punto de echarse a reír, pues aquel era él, su verdadero yo, y empieza a entender los estragos de la enfermedad, aquella capaz de sacar tus necesidades y tus deseos a la luz del día y no avergonzarte de ellos y vivir días intensos antes de morir, porque el estigma se había convertido en virtud y le había salvado la vida, llenándolo de fuerza.

Los guardias, abajo, los están esperando, como hurones que ven a dos pajarillos a punto de caer del nido. No tienen prisa. Hay al menos una quincena de hombres. Aguardan los refuerzos de la Guardia Nacional y probablemente del ejército. Saben que los primeros que entren en la torre morirán seguro. La torre está preparada para resistir asaltos desde dentro en caso de motín. Así que ninguno da el primer paso. Que se encarguen otros.

El miedo a una enfermedad queda en suspenso en medio de un asalto. Tres de aquellos hombres sangran por la nariz. Ni siquiera intentan disimularlo. Algunos llevan mascarillas de tela, a la mayoría les cuelgan como trapos sucios del cuello.

Neil descubre una figura moviéndose de manera furtiva en el otro lado del patio. Morgan de Sanctis avanza, cauteloso, entre columna y columna. Y entonces el exinspector se hace ver y grita, jactancioso:

—Eh, Sam, ¿qué tal estás?

Los guardias le apuntan.

—¿Qué coño haces aquí? —dice uno de ellos.

Está en las arcadas contrarias del patio y no pueden acercarse hasta allí, pues estarían a tiro desde arriba. Tampoco pueden ir por debajo porque hay una barricada para evitar la fuga de los presos.

Morgan hace señales hacia la torre.

—Neil —grita—, explícales cómo lo hiciste en el barrio irlandés... Ofréceles lo que más deseen.

Los deseos más profundos. Una vez retirada la capa. Nuestro yo más secreto saldrá a la luz.

—¡Está ciudad puede resistir a la fiebre amarilla y al cólera, pero no a la sinceridad! —brama Morgan.

Neil comprende: no es el único que se ha dado cuenta de que hay muchos hombres enfermos. Grita a su vez desde lo alto:

—Eh, Sam, Sam, escúchame. Puedes ser inmensamente rico. Una vida mejor. Riquezas, mujeres, lo que te apetezca, en realidad lo que te mereces. Sácanos de esta y serás recompensado. Todo esto te daré si me ayudas.

—¿Por qué te habla directamente a ti? —pregunta uno de los guardas con desconfianza.

—No lo sé, no sé qué coño quiere.

Morgan interviene y dice:

—No tendrás que aguantar los eructos y pedos de tus compañeros. —Mira de nuevo a la torre y añade—: ¡Eh, Neil, Jenkins también piensa lo mismo!

—¿Qué coño estás diciendo? —pregunta Jenkins.

—Sam, Jenkins, vosotros sois los elegidos. Ayudadnos, y seréis recompensados. Todos habéis oído hablar de la Mansión Vinci. De todas esas fabulosas mujeres. De ese lugar donde no os dejan entrar. Ellas estarán disponibles para vosotros como no os podéis imaginar.

—¿No hay manera de hacerles callar? —pregunta otro de los guardas.

—El chico tiene razón —se oye a Morgan—. Manejan mucho dinero. Pueden hacer tus deseos realidad.

—¡Cállate!

El «cállate» no lo han dicho Sam ni Jenkins. Otro guarda está empezando a perder los nervios.

Neil abre los brazos. El sol, a contraluz, ilumina sus cabellos dorados como un redentor. Hay algo puro, hermoso, sin mácula, en todo ello.

—Una vida mejor. No tener un jefe vigilándote, mirándote por encima del hombro. Ser libre. Sin necesidad de trabajar, Sam, Jenkins. Seréis recompensados.

—Y tú te lo mereces, eh, viejo Sam —interviene Morgan.

—Pero qué coño.

Sam apunta su rifle. Y entonces duda.

—¿Por qué te habla a ti? —pregunta con resquemor uno de los guardas.

Los guardas que no están enfermos disparan intentando alcanzar a Neil. Es difícil que lo logren. Están a contraluz. Y no han llegado a su puesto de trabajo especialmente por su puntería.

Sam se queda mirando a Neil. Hace sombra con su mano sobre los ojos.

—¿Qué piensas de todos ellos, Sam? —interviene Neil—. ¿No se burlan de ti? Todo lo que dicen a tus espaldas. Ni pizca de valor, ni pizca de sentido común, ¿qué se puede esperar del tonto de Sam? Pero yo te comprendo, Sam, sé quién eres.

Sam y Jenkins empiezan a escucharlo con atención.

—Sam, ¿qué coño estás haciendo...? —pregunta uno de los guardas.

—¡Cállate! —responde Sam.

—¿Por qué se tendría que callar? —protesta Jenkins.

—Porque sí, porque me tenéis hasta los cojones. Siempre tengo los peores turnos. No queréis que os acompañe cuando vais a beber, ni cuando vais de putas.

—Eh, eh, eh, Sam, ¿qué coño está pasando?

Solo dos o tres están contagiados.

—¿Y yo qué? —dice Jenkins como un niño celoso, lloriqueando a Neil—. Yo también me lo merezco.

—¡Claro que sí!

Uno de los guardas grita:

—Eres gordo, seboso. Ni las putas más negras quieren hacerlo contigo, y ahora estás aquí, llorando como un crío, manda cojones.

—Tú no tienes problemas con eso —contesta Sam con rabia—. Todo el mundo sabe que te gusta mirar a los chicos jóvenes. Y lo del irlandés... Dejaste que le hicieran todo eso, y disfrutaste viéndolo.

—No eres más que un cerdo...

Sam dispara a bocajarro, el rostro colérico, abotargado. Dos, tres cuerpos caen para atrás. Los pillan por sorpresa, nadie esperaba eso del tonto de Sam. Los guardas buscan refugio detrás de las columnas.

—Vamos —ordena Neil a Emmanuel—, se están matando entre ellos, salgamos ahora. Morgan nos cubrirá.

Hay un cambio impreciso en los dos hombres. Emmanuel se ha mostrado oscuro y silencioso, mientras que Neil tentaba a los hombres. El joven imberbe parece ahora dominante e impertérrito cuando el hombre maduro, cuya ira se ha desvanecido, se deja llevar.

El tiroteo es continuo entre los caídos en la enfermedad y los que no.

Es mejor salir como si nada por la puerta principal, piensa Vita. ¿Cómo alcanzar el puerto? Tienen el carruaje y los caballos. Tendría que conducir el carruaje ella y eso llamaría demasiado la atención. Podrían ir a caballo. Monta a caballo a menudo, pero no se siente segura respecto a Annie. A pesar del dinero gastado en sus clases de equitación, sigue siendo una chica torpe que prefiere los libros a cualquier actividad física, ¡es tan distinta a ella a su edad! Vita no podía estar quieta y siempre se metía en líos, de los que había aprendido a salir con más o menos fortuna. Y hay otro inconveniente: quiere llevarse ropa, se ha acostumbrado a tener prendas de calidad a su disposición, no quiere volver a los andrajos de su primera juventud. Ha hecho una maleta en la que ha metido todo lo que ha podido.

Son una mujer y una niña blancas. En teoría no pueden salir a la calle ni ir a ningún sitio. Cada día el periódico trae informaciones sobre lo mismo, conminando a la población a no salir y culpabilizando a quienes lo han hecho. Puede inventarse algo. La niña está enferma, pero, si lo dice, ¿no las trasladarán a algún hospital y las dejarán en cuarentena? Si intenta sobornarlos, sabrán que lleva dinero y joyas encima. Ella ha soportado calamidades, pero su hija no, y es difícil que Annie se acostumbre a ello. Ahora mismo, Vita, aunque algo mareada, se ha repuesto del ataque de Isaiah, ya está haciendo planes; sin embargo, Annie sigue en estado de shock, ha comprobado lo que los hombres pueden llegar a hacer. De repente se acuerda de que su hija es completamente blanca. Si está en contacto con blancos, puede contagiarse. La única salvaguarda para ella es estar rodeada de gente de color y mestiza: los periódicos dicen que los octorones parecen a salvo, pero más allá quizá sea arriesgado. Markus tampoco supo asegurarle si Annie, hija de una octorona y un blanco, estaría a salvo. Pero ¿cómo cerciorarse de que alguien es negro? Siempre ha habido

351

gente que intentaba pasar por blanco y, ahora que han cambiado las tornas, ¿no puede suceder lo contrario?, blancos fingiendo ser negros.

Dos mujeres solas. ¿Cómo no llamar la atención? Decide que es mejor ir andando al puerto, hacerlo a la luz del día. Su corsé está recubierto de joyas. Forra el vestido de Annie con las escrituras que demuestran la propiedad de varias casas y fideicomisos. Bajan las escaleras. Cierra la puerta mirando a un lado y al otro. De pronto, Vita piensa en su madre. Aún conservaba la llave de la casa de Sicilia de donde había salido. Hacía años que no se acordaba de ella. Ni siquiera sabe si está viva o muerta.

Por la calle circulan carruajes y carromatos con prisa por llegar a algún lugar, perros con la mirada perdida y que no entienden lo que ha pasado, adónde han ido los clientes satisfechos que les lanzaban comida de la buena. El griterío de los vendedores ambulantes y de los organilleros y de los vendedores de lotería se ha desvanecido.

—¡Vamos! —conmina Vita—. No te gires si alguien nos dice algo.

Un carruaje cerrado se detiene en una esquina frente a ellas. Vita acelera el paso. Debe pasar por delante de ellos a no ser que cambie de acera. Tiene miedo. El carruaje no se ha parado de forma casual. Lo conduce un chico joven y mestizo y la mira como si la conociera. Se abre una portezuela. Alguien baja de un brinco.

El rostro de Annie se transforma de pronto:

—¡Neil!

Sale corriendo en su busca. Neil las saluda con el brazo, como si estuvieran muy lejos los unos de los otros, en vez de los escasos metros que los separan.

Emmanuel y Morgan bajan también del carruaje. A Vita le da un vuelco el corazón. Una oleada de alegría que la deja sin aliento, un paroxismo que solo se puede comparar con el dolor. Hacía años que no sentía eso. Ni siquiera cuando un caballo de su cuadra ganó una carrera del Grand Prix. Ni la primera vez que pudo dejar de acostarse con hombres por dinero. Ni cuando se dio cuenta de que con el dinero que tenía ahorrado podía pasar el resto de su vida sin trabajar.

—¡Dios mío!

Echa a correr detrás de su hija y se abrazan los cuatro en medio de la calle ante la atenta mirada de Talbot.

—Es un lugar peligroso —dice Emmanuel—. Vendrán a por nosotros.

—Lo sé.

Vita explica lo que ha pasado en la casa.

—¿Los mataste?

—Sí.

—¡Buena chica! —exclama Emmanuel, alegre, aliviado, vengado. Y añade entre dientes—: Nos traicionaron.

Los cadáveres están en el sótano. En una cámara que es difícil de encontrar. Ha fregado los suelos. No hay rastro de ellos.

—Íbamos camino del puerto. No sabíamos qué os había pasado. ¿Cómo habéis podido escapar?

—Estaban enfermos —dice Emmanuel—. Se han matado entre ellos.

—Hemos huido justo cuando ha llegado la Guardia Nacional.

—¡Ha sido increíble! —dice Talbot emocionado.

—Podemos llegar al puerto.

—Yo me quedo —dice Morgan.

Vita asiente.

—Yo también quiero quedarme —dice Annie.

—No puede ser —dice Emmanuel—. Está todo preparado.

—No quiero marcharme —repite Annie—. Podríamos quedarnos y luchar. Podemos vivir en la casa de los Mackenzie. Ellos se han marchado al norte.

Está cerca, en la avenida de los Campos Elíseos, el lugar donde viven los creoles de color adinerados.

—La casa es amplia. Podríamos vivir todos juntos allí —afirma Annie con la seriedad de un adulto.

—Aquí todo será peor —dice Vita—. La ciudad está a punto de caer.

—Es nuestra casa, nuestro hogar —insiste la pequeña—. Y es más peligroso llegar al puerto que a Washington Square. Allí está la Guardia Nacional. El periódico dice que tienen órdenes de disparar. No seremos los únicos que quieran huir. Tú dijiste que traer la armas desde el puerto fue muy difícil —le recuerda a Emmanuel, y este interroga con la mirada a Neil.

—Solo aquí he sido feliz —contesta el irlandés.

—¿Nos quedamos? —pregunta Annie.

Emmanuel y Vita se miran el uno al otro y, sonriendo, afirman al unísono con la cabeza.

52

Los niños sienten atracción por Markus. Su aire ausente, como si se hubiera escurrido a otra realidad, tiene algo de divertido. La pequeña Sarah lo mira con detenimiento, ella también desearía estar en ese otro lugar, lo conoce, ha ido allí algunas veces y desearía volver. Ahora sencillamente no puede. Ha aprendido a leer muy rápido. Tiene un libro en su dormitorio. Un libro de hadas y príncipes, de caballeros hermosos y damas valientes; lo ha releído múltiples veces, repasado con el dedo las ilustraciones, le encanta perderse entre sus páginas y soñar despierta. Es su mayor tesoro.

Markus y la pequeña Sarah están sentados a la mesa de la cocina. La mesa tiene decenas de señales de cuchillos y tenedores. Allí se parte y se trocean carnes, se limpian pescados, se pican verduras una y otra vez. Sarah sigue con la yema del dedo una de esas marcas.

Aquel es el reino de la señora Harriet, y en apariencia está remoloneando, sacando brillo a una cacerola de cobre con una piedra blanca y porosa. Markus no se ha dado cuenta, pero no van a dejar a Sarah a solas con un hombre.

Markus está escribiendo de una manera afanosa en un cuadernillo. Ha hecho un mapa de Nueva Orleans y marcado algunos puntos. Relee los periódicos con avidez. Tiene que leer entre líneas para saber lo que está sucediendo en realidad. Morgan le ha explicado lo ocurrido en la prisión después de su marcha. Se alegra de que Neil y los demás hayan decidido quedarse en la ciudad. Fueron a salvarlo. Se siente henchido de gratitud y sabe que serán amigos para siempre.

Mientras escribe, nota la mirada de Sarah. Él también había sido un niño sentado a la mesa de una cocina viendo a otros escribir. El hombre blanco que era el dueño de la casa antes de que sus padres la compraran venía todos los meses. Su cabello era gris, y Markus recordaba que hacía un gesto con las manos de alguien caminando, los dos dedos moviéndose por la mesa, y eso le hacía reír, a pesar de que era un niño serio e introvertido. Lo que más recordaba era que tenía una bonita cartera de cuero marrón, porque eso hizo que él se propusiera tener un día una cartera como aquella.

Deja de escribir y sonríe a Sarah. Hace el mismo gesto que vio hacer a aquel hombre años atrás. Luego, con mucha suavidad, pregunta a la niña cómo se encuentra. Ella sonríe con timidez. Desde que su madre ha vuelto, parece que ha mejorado, aunque siempre hay una ligera inquietud y a veces se sobresalta por el súbito cambio de color en el cielo o el rumor de las hojas de los árboles. El día que todo aquello ocurrió, a él no le dejaron verla ni atenderla.

A pesar de la enfermedad y la cuarentena, la casa ha vuelto a sumergirse en una placentera rutina. Madeleine ha salido a comprar al mercado francés acompañada del señor Booker. Todo el mundo se queja de que los precios han subido escandalosamente. Isabella dispone de bastante dinero en efectivo y cree que pueden mantenerse sin problemas durante varios meses. Está intentando hablar con el abogado de la familia. La vida ha quedado interrumpida. Hay cosas prácticas por resolver. El testamento. Isabella es una prófuga de la justicia. Ahora las muertes diarias se cuentan por decenas. Es difícil saber cómo acabará todo.

Ha recibido una carta de Sophie. Las monjas se alegraron de que Isabella consiguiera escapar. Hubo un momento de duda. Una de las monjas habló de trasfiguración. Varias de ellas han enfermado y un par han muerto. Sor Beatrice resiste a la enfermedad. No hay suficientes manos para cuidar de los enfermos. Sophie ha decidido quedarse con ellas.

La casa se autoabastece en buena medida. A un lado hay un corral, escondido de los vecinos y las visitas. En el porche de atrás, un huerto. Por las tardes, todos se sientan en las mecedoras del porche delantero. A menudo sacan a Frances a tomar el sol allí. No hace nada, no dice nada. Pero es importante que quien pase por allí delante la vea. La respetable madame Frances. De Sanctis también se deja ver. Va siempre armado y lo muestra de manera ostentosa. El joven Elliot lo sigue a todas partes, y ha hecho buenas migas con Talbot.

—Eres una buena chica —le dice Markus.

En el rostro de la pequeña Sarah aparece una sombra. Markus lo nota.

—¿Estás bien? —le pregunta.

—Él también me dijo que lo era.

—¿Quién?

—El señor.

—Oh, lo siento. No sé cómo me las apaño, siempre meto la pata.

—Me lo dijo el día que se peleó con el loro.

—Dichoso loro —mascula la señora Harriet, quien ha estado atenta a la conversación y aprovecha la menor oportunidad para cambiar de tema—. Menos mal que se escapó. Era un pájaro de mal agüero, y nunca mejor dicho.

Sarah parpadea. Es como si quisiera decirle algo a Markus. Y Markus, a pesar de su mente científica, no le hace ascos a los presentimientos.

—¿Qué loro?

—Un loro africano que envió un familiar de madame Frances. Fue un regalo de bodas del señor Léopold.

—¿Se peleó con él? —pregunta Markus—. ¿Cuándo fue eso?

—Tres días antes del final del Mardi Gras —contesta Sarah.

Markus recuerda de pronto que la noche que atendió a Alexander tenía heridas en las manos y bajo un ojo.

La pequeña Sarah acerca el rostro al de Markus y en voz baja confiesa:

—El loro no se escapó. Está muerto. Todavía está aquí. El señor dijo que lo enterrara..., pero no lo hicimos.

—¿Puedo verlo? —pregunta Markus en voz baja, confidencial.

—No sé lo que estáis tramando —dice la señora Harriet—, pero, sea lo que sea, que os acompañe Talbot.

En el sótano se encuentra una pequeña heladera. Es una esquina fría de la mansión, un lugar donde nunca da el sol. Hay humedad, cierto olor a lodo y a pantano. Markus y Talbot siguen a Sarah mientras baja las escaleras hasta allí.

El loro está conservado en hielo. Es un ejemplar enorme. Markus lo observa. Un loro africano de plumas rojas y negras. Un loro que era portador de algo que había sobrevivido en las junglas por siglos y siglos. Y que había estado al acecho. Y que había contagiado a los negros en África, una generación tras otra, hasta que los negros se volvieron inmunes, transmitiendo esa inmunidad a sus descendientes hasta quien al menos tuviera una gota de sangre negra.

Se queda mirando aquel cuerpo de garras estiradas y sangre en el pico. Pasteur había obtenido la vacuna de la rabia procedente de perros enfermos.

Así que Alexander se había contagiado por el contacto por la sangre. Era el paciente cero. La mayoría de los pacientes se había contagiado por vía aérea. ¿Había cambiado el germen en el cuerpo de Alexander? ¿Había obtenido una nueva característica? Markus piensa en Darwin, en la evolución, en todo lo aprendido en la universidad, y en las discusiones que mantenía con algunos profesores sobre la presencia de la mano de Dios.

O tal vez alguien sabía lo que latía dentro. Alguien que conocía Nueva Orleans, y conocía también las junglas, alguien que deseaba que los pantanos y el río reclamaran su lugar y dijeran quién podía vivir allí y quién no.

La mente de Markus se agita nerviosa.

Existe una posibilidad: conseguir el suero del loro. Será difícil.

—¿Por qué lo conservaste? —pregunta Markus.

—Me lo dijo la vieja Marie, la vieja de los pantanos que es amiga de la chica de la lavandería. Me dijo que lo guardara, porque lo necesitaríamos. Mamá no me deja hablar con ella. Lo tengo prohibido.

—Pero tú lo haces igualmente, ¿verdad?

—Ella me dijo lo que había visto en el fuego cuando le llevé una de las plumas. Me pidió que guardara el animal para un hombre sabio, para cuando lo de abajo esté arriba y lo de arriba abajo, porque nada cambiará, todo seguirá igual, quienes han sufrido harán sufrir, y solo nos quedará la gracia de la compasión.

Agradecimientos

Quiero dar las gracias a mi agente Justyna Rzewuska por haber creído en mí desde un principio. También quisiera dar las gracias a mi editora Ilaria Martinelli por sus aportaciones al manuscrito y a Maya Granero por sus certeras correcciones.

Nota del autor

Storyville existió desde 1897 hasta 1917. El barrio fue demolido a finales de la Primera Guerra Mundial, y actualmente se levantan allí algunas viviendas sociales, supermercados y talleres, y tan solo quedan algunos nombres de calles y negocios.

Vita Vinci es un trasunto de la madame conocida como «condesa» Willie V. Piazza. El burdel del que es propietaria está basado en el Mahogany Hall, cuya dueña original era madame Lulu White. La trama de la novela sobre un golpe de Estado en Honduras se basa en un hecho real, por sorprendente que parezca.

El barrio irlandés, tal como aparece en la novela, no coincide con sus límites actuales, ya que con el tiempo se fue desplazando hacia el sudoeste. La calle Adele, que era el núcleo vital del barrio, ha dejado paso a un enorme centro comercial.

La prisión descrita es la Old Parish Prison, que fue trasladada en 1895, aunque en la novela aparezca como si siguiera funcionando en el antiguo edificio de estilo colonial.

El antiguo enclave de mansiones francesas situadas en la avenida Saint Charles es fruto de mi imaginación. Las mansiones construidas en dicha avenida en la vida real son muy posteriores y de origen «americano».

Respecto a la enfermedad infecciosa que aparece en la novela, tanto la cadena epidemiológica como los mecanismos de trasmisión y reservorio son plausibles desde un punto de vista científico. No obstante, me he tomado cierta licencia literaria en cuanto a la forma de adquisición de una posible inmunidad.

Este libro se terminó
de imprimir en
Móstoles, Madrid,
en el mes de
febrero de 2026